Udo Scheu

Frankfurt Myliusstraße

Frankfurt-Krimi

SOCIETÄTS
VERLAG

Alle Akteure und Handlungen sind Ausgeburten der Fantasie des Autors. Sämtliche Übereinstimmungen mit existenten Personen oder tatsächlichen Ereignissen sind rein zufällig.

Satz: Julia Desch, Societäts-Verlag
Umschlaggestaltung: Julia Desch, Societäts-Verlag
Umschlagsabbildung: © archiwiz – Fotolia.com
Druck und Verarbeitung: CPI books GmbH, Leck
Printed in Germany 2017

ISBN 978-3-95542-257-8

Für DORIS

„Was ist Clara für ein Wesen! Gewiß sprach sie am geistreichsten von uns allen – Kaum drei Schuh hoch liegt ihr Herz schon in einer Entwicklung, vor der mir bangt. Launen und Laune, Lachen und Weinen, Tod u. Leben, meist in scharfen Gegensätzen wechseln in diesem Mädchen blitzschnell. [...] Ja, auch Clara/Zilia konnte im Verhalten wie zweigeteilt sein: Zilia zuweilen sehr kalt, dann plötzlich innig.“
(Robert Schumann, Tagebuch, Bericht vom 21. August 1831, der in dieser Zeit das romantische Konzept der Doppelperson, des inneren Doppelgängers, übernahm).

***

„She walked up to me and she asked me to dance
I asked her her name and in a dark brown voice she said Lola
[...]
Well, I'm not the worlds most physical guy
But when she squeezed me tight she nearly broke my spine,
oh my Lola, la-la-la-la Lola
Well, I'm not dumb but I can't understand
Why she walked like a woman and talked like a man,
oh my Lola la-la-la-la Lola
la-la-la-la Lola
[...]
Girls will be boys and boys will be girls
It's a mixed up, muddled up, shook up world, except for Lola,
La-la-la-la Lola“
(Lola, The Kinks)

PROLOG

Toni Assmann schlenderte von der Hauptwache, dem Herzen Frankfurts, mit tänzerischen Schritten auf den Steinweg zu und Richtung Goetheplatz. Es war Abend und das Stadtzentrum lag weitgehend im Dunkeln. Offenbar hatte es einen teilweisen Stromausfall gegeben. Unschlüssig und ein wenig ängstlich sah der schlaksige junge Mann sich um. Die wenigen funktionierenden Lichtquellen spendeten kaum genug Helligkeit, um sich noch zurechtzufinden. Die Häuser und Wege lagen wie düstere Schatten vor ihm, beklemmend unheimlich und bedrohlich.

Er blieb stehen und schaute auf seine Armbanduhr. Keine Frage, er hatte sich verspätet. Fieberhaft überlegte Toni, ob er nicht lieber umdrehen und wieder nach Hause fahren sollte. Dort drüben in der Steinwegpassage sollte sie liegen, die Disco. Da trafen sich üblicherweise Heterosexuelle. Das war nicht so ohne weiteres sein Ding, denn er war noch auf der Suche, war unsortiert. Tief in seinem Innern forschte er nach einer Positionsbestimmung, wollte wissen, wo er hingehörte. Er blieb dabei mit seiner Identitätssuche und seinen Berührungsängsten außen vor. Dieses Rätsel, diese persönliche Krise, die aus inneren Zweifeln geschürt wurde, musste er ganz alleine lösen. Er wagte einfach nicht, fremde Hilfe in Anspruch zu nehmen, ganz gleich, wie ihm zumute war.

Diese Tanzbar da gegenüber war für nahezu alle anderen in seiner Schulklasse ein echtes Highlight. Außer für Bernie. Bernie Tandler, der weltmännische, abgeklärte und stets elegante Schönling mit der dicken Brieftasche. Von dem er sich seit einiger Zeit beobachtet fühlte.

Vor einem Jahr während der Klassenfahrt nach Salzburg war es ihm zum ersten Mal aufgefallen. Ihr Lehrer hatte sie durch mehrere Konzertsäle geschleppt. In einem der Räume hatte auf offener Bühne ein Flügel gestanden. Allein der Anblick versetzte Toni schon in Entzücken. Klavierspiel – das war sein Leben, seine Zukunft. Spätestens, seit er mit dreizehn Jahren den Bundeswettbewerb *Jugend musiziert* gewonnen hatte. Und weil alle Mitschülerinnen und Mitschüler wussten, dass Toni ein Ausnahmetalent war, dass er seit Jahren mit der Frühbegabtenförderung ausgebildet wurde, hatten sie ihn zu einer Kostprobe aufgefordert. Toni hatte sich zunächst geziert, sich aber geschmeichelt gefühlt und sich schließlich an den Flügel gesetzt. Virtuos hatte er Variationen von Glenn Millers *In the mood* gezaubert und dafür Standing Ovations geerntet. Bernie Tandler hatte ihn am selben Abend unter vier Augen angesprochen. „Du bist doch vom anderen Ufer“, hatte er ohne Umschweife gesagt, sich über sein volles schwarzes Haar gestrichen und Toni wissend aus seinem klassisch schönen, gebräunten Gesicht angelächelt.

Vorwurfsvoll hatte Toni protestiert. Was ihm einfiele, und wie er darauf komme. Doch Bernies überlegenes Grinsen hatte ihn damals einknicken lassen und Bernie hatte nachgelegt: „Gib auf! Ich habe dich per Zufall gesehen, als ich am Baseler Platz eine Verabredung hatte. Mein Blick fiel auf dieses Etablissement gegenüber der Straßenbahnhaltestelle, wo sich Männlein und Weiblein inkognito treffen oder vermutlich gegen Geld vom

Mann zur Frau und umgekehrt umkleiden können. Weil ich sehr lange auf mein Rendezvous warten musste, habe ich dich nicht nur rein-, sondern auch mit neuem, weiblichem Outfit rausgehen sehen."

Tonis Miene hatte tiefe Resignation ausgedrückt und er hatte sich geräuspert. „Bitte rede mit niemandem darüber. Ich weiß nicht, wo mein Platz ist. Immerhin wird mein Vorname männlich und weiblich verwendet." Trotzig hatte er den Kopf zurückgeworfen. „Und genauso fühle ich mich manchmal." Bernie hatte ihm auf die Schultern geklopft und mit sicherer, dunkler Stimme gemeint: „Na bitte! Geht doch! Bist schon okay."

Zurück in Frankfurt hatte Bernie ihm weiteres Vertrauen entgegengebracht. Er hatte ihn in sein Appartement im Westend, in der Nähe des Palmengartens eingeladen, das Bernie sozusagen inkognito unterhielt, denn offiziell wohnte er noch im Elternhaus im Stadtteil Heddernheim. Das Appartement war sündhaft teuer und zugleich schwülstig eingerichtet. Eine Edelabsteige, die Bernie ihm stolz präsentiert hatte. „Alles mit meiner Hände Arbeit verdient", hatte er geflachst. „Natürlich waren es nicht immer nur die Hände. Ich nehme nur ausgewählte Kundschaft. Andere können sich mein Preisniveau nicht leisten. Sogar ein Kardinal aus Rom gehört zu meinen Kunden."

„Und nur Männer?", hatte Toni gestottert.

Bernie hatte abgehoben gelächelt. „Privat sind auch mal Frauen dabei. Geschäftlich nie."

„Hast du keine Angst, irgendwann aufzufliegen? Soweit ich weiß wohnt Stella Engholm hier in der Nähe, in der Myliusstraße. Du könntest eines Tages von ihr gesehen werden."

Bernie hatte es nicht einmal für nötig befunden, darauf zu antworten.

Durch den Kontakt zu Bernie war Toni immerhin mit der Zeit selbstbewusster geworden. Dazu hatte auch eine gemeinsame Parisreise beigetragen, während der Toni ein paar Gleichgesinnte kennengelernt und erfahren hatte, wie sein Freund potenzielle Kunden aufriss.

Mehr und mehr hatte sich Toni damit auseinandergesetzt, wie ein Mann auszusehen, sich jedoch wie eine Frau zu fühlen. So war es gekommen, dass er sich wenig später auch Bernies Nachbarin Stella hinsichtlich seiner ihm selbst noch nicht ganz klaren Neigungen offenbart hatte. Die junge Frau war zart, ätherisch schön, und wollte genau wie er Musik studieren, und für Toni war sie zudem eine vorbehaltlose und vorurteilsfreie Gesprächspartnerin. Sie unterhielt seit einiger Zeit ein Verhältnis mit ihrem gemeinsamen Mitschüler Uli Landau. Eine Beziehung, die so gar nicht zu ihrer Wesensart passte. Ausgerechnet mit Uli, diesem Großmaul und ewigen Fremdgänger, an dem Stella trotz aller negativen Erfahrungen festhielt und zu dem sie nach allen Streitigkeiten immer wieder zurückkehrte. Stella konnte Toni zuhören, wenn er seine männliche Rolle überdachte und sie um Rat fragte, ob er den Schritt einer Geschlechtsanpassung gehen sollte, die man gemeinhin noch immer als Geschlechtsumwandlung bezeichnete. Von Stella wurde er einfach so akzeptiert, wie er war. Noch nie hatte sie sein Vertrauen missbraucht.

Vor der Eingangstür zur Kellerbar blieb Toni noch einmal stehen. Es half nichts. Er würde reingehen müssen. Es gab einfach keine überzeugende Ausrede. Der Abend würde vorübergehen, und er musste ja nicht bis zum Ende bleiben. Toni strich nervös über seine eleganten langen Finger, die seine Mutter seit seiner Kindheit schon als Klavierspielerhände bezeichnet hatte und mit denen er schon etliche Preise gewonnen hatte. Den wichtigsten Wettbewerb, die Krönung des talentiertesten Nachwuchspianisten, hatte er mit dem ersten Platz belegt.

Er betrachtete die schwere Holztür mit dem Rundbogen, atmete tief durch und richtete sich darauf ein, sich ein letztes Mal vor der Klasse verstellen zu müssen. Nahezu alle aus seiner Klasse waren bereits in festen Händen. Außer ihm. Und Bernie, der versprochen hatte, ebenfalls in den sauren Apfel zu beißen und zu kommen. Alle hatten dafür gestimmt, nach bestandenem Abitur den Abschied von der Schule hier zu feiern, Kilometer entfernt von der Ziehen-Schule im Frankfurter Stadtteil Eschersheim, wo sie neun Jahre alle Höhen und Tiefen des schulischen Lebens erfahren hatten und, wenn es nicht zu ertragen war, in das klassische Apfelweinrestaurant vom Scherer geflüchtet waren.

Mit erheblichem Kraftaufwand öffnete Toni die Tür und ging die wuchtige Sandsteintreppe nach unten in den Keller. Schwaden von Parfum und Zigarettenrauch hingen in der Luft, knallige Tanzmusik schlug ihm mit jeder Treppenstufe immer lauter entgegen. Das war nicht seine Musik, nichts Klassisches.

Vor ihm öffnete sich ein riesiger Raum. Entlang der rötlich verputzten Wände reihten sich Zweier- und Vierertische, in der Mitte war die quadratische Tanzfläche, darüber drehte sich eine Discokugel. Von der Decke trommelte eine Lichtorgel ständig variierende bunte Strahlen auf den Tanzboden. Einer der Lichtstrahlen tauchte alle weißen Stoffe in ein romantisches Indigoblau.

Etwas verloren schritt Toni die Tischreihen ab. Eine Kellnerin drängte sich mit beladenem Tablett murrend an ihm vorbei.

Da und dort erkannte er jemand und winkte in die jeweilige Richtung. Doch soweit seine Mitschülerinnen und Mitschüler sich nicht auf der Tanzfläche bewegten, waren sie in Gespräche vertieft oder beim Knutschen. So richtig registrierte offenbar niemand sein Kommen. Und Bernie schien auch noch nicht da zu sein.

Während er noch darüber nachdachte, die Situation auszunutzen und die Bar wieder zu verlassen, sah er, wie unmittelbar vor ihm ein auffällig athletisch gebauter Mann aufstand und seinen Stuhl nach hinten in den Durchgang zu den weiteren Tischen warf. Der Typ wandte sich den drei jungen Männern zu, mit denen er am Tisch gesessen hatte und posaunte mit lauter Stimme: „Der Schauspieler da drüben macht meine Tussi an! Jetzt gibt's auf die Fresse! Passt mal auf, ob ich euch brauche."

Daraufhin ging der Athlet einige Schritte auf den Tresen zu. Toni sah, dass dort sein Mitschüler Alex Wohlrabe mit einer zierlichen Blondine flirtete. Sie ließ es sich auch gefallen, bis sie bemerkte, dass der Muskelprotz vor ihr und Alex auftauchte. Alex, der offenbar nicht mit einem Angriff gerechnet hatte, konnte nicht einmal zurückweichen, als ihn der erste Schlag ins Gesicht traf. Bevor er reagieren konnte, landete die Faust des Schlägers ein zweites Mal auf seiner Nase und ein heller Blutstrahl spritzte auf die tief dekolletierte Bluse der Blondine. Alex ging stöhnend zu Boden und riss dabei einen Barhocker mit, der krachend in Stücke ging.

Während die Musik noch weiter dröhnte, zogen sich vor allem die weiblichen Besucher, die am nächsten standen, in den Raum zurück. Einige der Männer stürzten allerdings hinzu. Toni erkannte, dass es Klassenkameraden waren, die Alex zu Hilfe eilen wollten. Im Laufschritt drängten sich auch die drei Kumpels des Athleten durch die Menge, stießen sich dabei an und grölten laut ein paar Kampfparolen. Toni registrierte deren Körperbau und hatte keinen Zweifel, dass eine weiter ausufernde Schlägerei zum Nachteil seiner Mitschüler ausgehen musste.

Sein Blick fiel auf den nunmehr leeren Tisch der vier Proleten. Augenblicklich fasste er den Entschluss, die Situation dazu zu nutzen, sich unter diesem Tisch zu verstecken. Da ihn offensichtlich niemand beobachtete, schien ihm das auch unbemerkt zu gelingen. Rasch legte er sich bäuchlings zwischen die Tischbeine, so konnte er das Geschehen weiter im Auge behalten. Völlig verängstigt und zugleich gefesselt von der Massenschlägerei bemerkte Toni nicht, wie sich ein Paar schwerer Stiefel seinem Versteck näherte. Als sie vor ihm Halt machten und er aufsah, war es bereits zu spät. Er registrierte noch, dass ein Bein auf ihn niedersauste und hörte ein hölzernes Knacken. Ein stechender Schmerz durchfuhr ihn und Tränen schossen ihm in die Augen. Noch glaubte Toni an einen schrecklichen Zufall. Doch als er aus den verschwommenen Augen nach oben blickte, fuhr der Stiefel erneut nach unten. Und wieder traf er seine rechte Hand. Toni krümmte sich vor Schmerz und jaulte wie ein angeschossener Hund. Mit feuchten Augen sah er in das satanisch grinsende Gesicht über ihm. Er zuckte zusammen. Das war nicht einer dieser vier Schläger, sondern ein Mitschüler.

Er ließ den Kopf sinken und schloss vor Schmerzen kurz die Augen, öffnete sie jedoch schnell wieder. Das Stiefelpaar war verschwunden. Hatte er sich geirrt? Das konnte doch nicht sein, dass sein eigener Klassenkamerad ihn zum Krüppel trat. Denn das musste das Ergebnis der Tritte sein, da gab es für ihn keinen Zweifel.

Er betrachtete seine blutunterlaufene anschwellende Hand. Die Finger waren bestimmt gebrochen. Natürlich würde er sofort zum Arzt gehen. Doch er glaubte nicht, dass noch etwas zu machen war. Das konnte, das musste das Ende seiner Karriere sein. Sein Lebenstraum war vernichtet, bevor er richtig begonnen hatte. Sicher, er war Pessimist, aber hier gab es wohl kaum noch Hoffnung. Das war das Aus! Eine zerstörte Zukunft! Hemmungslos begann er zu weinen.

Unterbewusst bekam Toni mit, dass die Musik aufgehört und Ruhe eingetreten war. Aber er wollte keinesfalls gesehen werden. Von niemandem. Nicht in diesem Zustand. Am Ende wäre das noch als berechtigte Strafe für seine Feigheit gewertet worden. Er schlich sich mit zur Wand gedrehtem Kopf auf die Toilette und wusch sich vorsichtig das Blut von der Hand. Als sein Blick in den Spiegel fiel, verkrampfte er sich und heulte weiter, wie ein kleines Kind. Das dezente Make-up, das er abends immer auftrug, hatte krause Rinnen hinterlassen. Sein Gesicht glich einer weinenden Fastnachtsmaske. Lächerlich!

Wer hatte ihm dies nur angetan? War es wirklich der Mitschüler, den er glaubte, gesehen zu haben? Er würde es herausfinden. Mit allen ihm zu Gebote stehenden Mitteln.

Tief gedemütigt sog Toni die dünne Luft ein, die stark nach Desinfektionsmittel roch. Seinen Lebensplan würde er ändern müssen. Seine Zukunftsaufgabe hieß Rache!

Ein Vierteljahrhundert später…

1

Die Prostituierte hatte die Ärmel ihrer nachlässig geknöpften, karminroten Strickjacke hochgezogen und lehnte mit verschränkten Armen auf einer Fensterbank im zweiten Stock eines in Frankfurter Kreisen einschlägig bekannten Etablissements in der Breite Gasse. Auf ihren feisten Wangen blitzten silberne Sternchen und das hochtoupierte, graublonde Haar schmückte eine mit Strass besetzte halbrunde Krone. Ein tiefes Dekolleté offenbarte vermutlich ungewollt eine Reihe verräterischer Falten und Runzeln. Trotz des hohen Aufwands, den sie beim Schminken ihres leicht aufgedunsenen Gesichts betrieben hatte, ließ sich auch sonst nicht verbergen, dass sie in die Jahre gekommen war. Ihr bewegtes Leben hatte unauslöschliche Spuren hinterlassen. Allerdings schienen sie diese Umstände im Augenblick nicht zu beschäftigen. Ein ausdrucksloses Lächeln umspielte ihren Mund, während sie mit leicht gesenktem Kopf immer wieder ein kräftiges „Frankfurt Helau!“ in die Straße rief.

Unter ihrem Fenster bewegte sich die Prozession des Frankfurter Fastnachtszugs in schleppendem Tempo entlang. Verhaltene Helau-Rufe der überwiegend nicht verkleideten Zuschauer am Straßenrand übertönten kaum das rhythmische Knattern der Traktoren, deren Dieselmotoren gewohnt zuverlässig die Zugwagen voranbrachten. Nur die zahlreichen Musikkapellen in bunten Kostümen übertrumpften mit ihren Ständchen die

Alltagsgeräusche. Da und dort rissen sich vereinzelt maskierte Kinder von ihren meist gelangweilten Eltern los und stürzten auf die Straße, um die von den Wagenbesatzungen ausgeworfenen Bonbons einzusammeln.

Vor dem halb geöffneten Hauseingang des Bordells ging mit Trippelschritten eine zierliche junge Frau vorbei, die ihrem überaus gepflegten Äußeren nach nicht hierher zu gehören schien. Ihr dunkelblondes Haar schaute nur im Ansatz aus einem wollweißen Kaschmirschal heraus, der ihren gesamten Nacken bedeckte. Ein Zug von Überlegenheit, ja sogar Hochmut lag auf ihrem Gesicht, aber auch Verletzlichkeit und Angst. Das stilsichere Make-up und die vornehme Kleidung ließen darauf schließen, dass sie sich üblicherweise in großbürgerlichen Verhältnissen bewegte, zu deren Unterhaltungsrahmen Volksfeste mit reduzierter Hemmschwelle nicht gerade gehörten. Sie schaute sich mehrfach um, als suche sie etwas. Als ein sichtlich angetrunkener Pirat ihr stolpernd um den Hals fallen wollte, versteifte sich ihr Körper und sie wandte sich angeekelt ab und beschleunigte ihre Schritte in entgegengesetzte Richtung.

An der Ecke Breite Gasse/Allerheiligenstraße fiel ihr Blick auf einen unscheinbaren Bau, über dessen Eingang ein Hinweisschild den Zugang zur *Stoltze Bar* verriet. Soweit das Interieur durch die großflächigen Fensterscheiben sichtbar war, zeigte sich ein blutleeres Ambiente. Die junge Dame verschwand in der brechend vollen Bar, blieb aber nur wenige Minuten dort. Als sie wieder vor die Tür trat, blieb sie einen Moment unschlüssig stehen. Ihre Miene hatte sich aufgehellt, als habe sie einen plötzlichen Entschluss getroffen. Sie kämpfte sich durch ein paar herumstehende maskierte Schaulustige auf die gegenüberliegende Seite der Allerheiligenstraße, stellte sich dort an den Straßenrand und schaute dem Treiben belustigt zu.

Die Frau mochte etwa eine Viertelstunde an ihrem Platz gestanden haben, als die Tür der *Stoltze Bar* aufflog und ein dunkelblonder Mann mittleren Alters, der sich mit einem nachtschwarzen samtbesetzten Gehrock ein Retro-Outfit zugelegt hatte, nach draußen torkelte. Am Pfahl einer Straßenlaterne suchte er Halt, fuhr sich mit flacher Hand über das Gesicht und schüttelte sich. Der trübe Ausdruck ließ vermuten, dass er einfach zu viel getrunken hatte. Seine Hand strich über den Hals und legte sich anschließend auf die Brust, wobei der Mann sich immer mehr krümmte. Er stieß einen langgezogenen Seufzer aus, der weniger auf seelische als vielmehr auf körperliche Qualen schließen ließ. Plötzlich reckte sich sein Körper kerzengerade in die Höhe. Mit einem ungläubigen Ausdruck riss er die Augen weit auf und starrte hilfesuchend zu der vornehmen Dame gegenüber, die ihn wie versteinert beobachtete. Ob er noch registrierte, dass sie ihre Arme fest an sich presste, eine Kehrtwendung machte und mit eiligen Trippelschritten davonlief, blieb offen.

Dennis Hauschild, Reporter bei der Boulevardzeitung *Klartext,* hatte widerwillig dem Drängen seiner drei Gören nachgegeben und war mit ihnen in Begleitung seiner Ehefrau Susanne zum Faschingszug gegangen. Das älteste Kind, ein Mädchen, mochte etwa zehn Jahre alt sein. Die beiden kleinen Jungen, offensichtlich Zwillinge, konnten sich noch nicht allzu lange selbstständig auf ihren Füßchen fortbewegen. Sie klammerten sich mit einer Hand an die Jeans der Mutter. Während die Eltern gänzlich unmaskiert waren, hatte sich das Mädchen als Prinzessin verkleidet und die zwei Buben trugen martialische Cowboyhüte und hielten lange bunte Pritschen in ihren Händchen.

Als Dennis Hauschild nach einem bewundernden Blick auf seine Kinder wieder das Geschehen beobachtete, wurde sein Gesicht plötzlich ernst. Er schob seine schwarze Hornbrille auf den Nasenrücken zurück. Hastig strich er sich über seine kurzen, schon etwas schütteren blonden Haare und rannte dann unvermittelt über die Straße. Als er bei dem Mann im schwarzen Gehrock anlangte, war dieser gerade zusammengebrochen und lag rücklings auf dem Pflaster. Er atmete in kurzen Stößen, um seinen Mund hatten sich kleine Bläschen gebildet. Die Augen waren verdreht, der Körper verkrampft. Der Reporter kniete sich neben ihn und brachte ihn unter gehöriger Kraftanstrengung in eine stabile Seitenlage. Aber er wusste nicht, wie er ihm sonst helfen konnte. Vor etwa fünfzehn Jahren hatte er zur Vorbereitung der Führerscheinprüfung an einem Erste-Hilfe-Kurs teilgenommen, darüberhinaus aber keine medizinischen Erfahrungen gesammelt. Trotzdem kam ihm irgendetwas an dem Mann seltsam vor. Dessen Luftknappheit und Hilflosigkeit sprachen nicht nur für übermäßigen Alkoholkonsum. Er schien außerdem panische Angst zu haben.

Dennis Hauschild richtete sich auf und fingerte sein Handy aus der Seitentasche seiner Cordjacke. Er wählte die 1-1-0, schilderte den Vorfall und bat um einen Notarzt. Außerdem fügte er hinzu, dass ihm der Gesamtzustand des Mannes seltsam erscheine und nicht ins Bild eines nur Betrunkenen passe. Der Zusammenbruch könne seinem Eindruck nach andere Ursachen haben, auch wenn es keine Anzeichen für Gewalt gab. Auf Bitten des Polizisten am anderen Ende der Leitung versprach er, bis zum Eintreffen der Sanitäter zu warten. Er konnte kurz mit seiner Frau auf der anderen Straßenseite Blickkontakt aufnehmen und ihr signalisieren, dass er gleich rüberkommen würde. Dann betrat er die *Stoltze Bar.* Ein infernalischer Lärm schlug ihm entgegen, ein Gemisch aus schriller Musik und lautstarken Unterhaltungen. Die Menschen saßen und standen dicht an dicht, mit alkoholischen Getränken bestens ausgestattet. Hauschild quetschte sich durch die Masse bis zum Tresen. Der Arbeitsbereich wurde von einer Person beherrscht, die perfekt zum Anlass der Ausschweifungen passte: Eine lange dürre Gestalt, auf dem Kopf ein überdimensionaler pinkfarbener Hut mit bunten Blumengestecken und Schleifen, eingehüllt in ein üppig besticktes, langärmeliges Kleid aus Samt und Seide, füllte professionell Glas um Glas aus einer Batterie von Flaschen und Zapfhähnen. Die maßlos aufgetragene Schminke trotzte der Hitze nur unzureichend. Sie begann zu zerlaufen und zu bröckeln, eine künstliche Wimper hing nur noch lose an der Seite. Die Auflösungserscheinungen wie auch die Figur machten deutlich, dass sich hinter der Maskerade einer Southern Belle ein Mann verbarg. Seine Frisur und die zerronnene Schminke verbargen nur unzureichend das von Nikotin und Alkohol ausgemergelte, eher grobe und dennoch teigig-weiche Gesicht.

Mit einem Wink des Zeigefingers forderte Hauschild den Barkeeper auf, sich zu ihm vorzubeugen. „Haben Sie mitbekommen, dass eben draußen vor der Tür ein Mann zusammengebrochen ist? Es war wohl einer Ihrer Gäste. Ist er öfters hier? Kennen Sie ihn? Hat er zu viel getrunken? Oder was kann sonst mit ihm los sein“, überfiel er den Barkeeper mit seinen Fragen.

Die männliche Südstaaten-Lady legte linkisch ihren Hut beiseite und schnickte die dichten Locken ihrer blonden Langhaarperücke locker hinter die Schultern. Dramatisch beugte sich der Barkeeper über den Tresen, deutete auf sein Ohr und zuckte bedauernd mit den Schultern. Mit falsettartiger, weichgespülter Stimme dröhnte er gegen den Radau an. „Ich verstehe dich nicht. Was willst du?“

Hauschild drängte sich kurzerhand hinter die Theke, reckte sich dem Ohr des Barkeepers entgegen und wiederholte seine Fragen. Der Dürre sah ihn unbewegt an.

„Heute sind viele besoffen. Ich kann nicht auf jeden aufpassen. Wie sieht der Typ denn aus?"

„Er trägt einen schwarzen Gehrock und hat lange blonde Haare. Auf viel mehr habe ich nicht geachtet."

„Das ist Olli. Der ist jeden Tag hier. Er säuft wie ein Kanalschwein. Melancholie oder Depressionen", nickte der Barkeeper und kicherte in seine halb geöffnete Hand. Dann musterte er Hauschild kritisch. „Was geht dich das eigentlich an? Trink was oder hau ab. Ich habe hier die Hütte voll und keine Zeit, mit dir über deine Blähungen zu quatschen."

Er drehte ab und ließ Hauschild stehen. Der schaute ihm misstrauisch nach, bevor er sich wieder zum Ausgang durchkämpfte. Irgendetwas störte ihn an dem Auftritt des schlaksigen Kerls. Er fand, dass dieser Typ die Lage allzu oberflächlich abgetan und sich auffällig schnell davongemacht hatte. Für einen Moment ging ihm durch den Kopf, dass sich in diesem Milieu aufgrund des rätselhaften Zustands des kollabierten Gastes und der abwehrenden Reaktion des Barkeepers vielleicht erste Hinweise für eine lohnende Recherche boten.

Kurz darauf trafen Polizei und Sanitäter ein. Hauschild fragte sich, wie die beiden Fahrzeuge es trotz des Faschingstrubels so schnell geschafft hatten, ans Ziel zu kommen. Dann fiel ihm ein, dass das 1. Polizeirevier nur eine Parallelstraße weiter, oben auf der Zeil untergebracht war. Als die beiden Uniformierten, eine junge Frau und ein Mann mittleren Alters, ausgestiegen waren, ging er auf sie zu und offenbarte sich als der Anrufer. Die Polizisten baten ihn um seine Personalien und eine kurze Schilderung der Geschehnisse. Kurz und bündig gab er ihnen einen

Bericht und beendete ihn mit dem Gespräch mit dem Barkeeper. Sein daraus gewachsenes Misstrauen verschwieg er allerdings.

Währenddessen hatten zwei weißgekleidete junge Männer den Patienten auf einer Trage in den Krankenwagen geschoben und ein rothaariger Weißkittel war bereits mit Untersuchungen befasst. Als der Notarzt endlich aus dem Fahrzeug kletterte, sprach ihn der männliche Polizeibeamte zuerst an. „Können Sie schon etwas sagen, was für uns von Bedeutung sein könnte?" Mit einem abfälligen Blick streifte er Hauschild. „Wenn er nur zu viel getrunken hat, fahren wir gleich wieder weiter."

Der Rothaarige händigte dem Polizisten einige Unterlagen aus. „Ich habe die Papiere an mich genommen. Er heißt Oliver Radermacher und ist neununddreißig Jahre alt. Die übrigen Unterlagen habe ich nur kursorisch angesehen. Herr Radermacher ist wohl Musiker." Er legte die Stirn in Falten und zog die Schultern hoch. „Ihre Frage kann ich nicht abschließend beantworten, denn mit den Möglichkeiten, die mir hier zur Verfügung stehen, kann ich keine verlässliche Diagnose stellen. Sein Zustand ist allerdings sehr ernst. Wir müssen sofort los in die Uniklinik. Es ist möglich, dass er diesen Tag nicht überlebt." Er stieg wieder in den rückwärtigen Teil des Sanitätswagens und schloss die Tür von innen. Der Fahrer schaltete Blaulicht und Martinshorn ein und fuhr davon und die Polizisten entschlossen sich zu einer kurzen Vernehmung des Barkeepers.

Hauschild rannte zwischen zwei Zügen über die Straße und schaute sich nach seiner Familie um. Sie war verschwunden. Wahrscheinlich war seine Frau wegen seines langen Fernbleibens sauer und würde ihm, wenn er nun nach Hause ging, Stress machen. Diese Art der Problemlösung entsprach, wie er seit Jahren wusste, ihrer Wesensart.

Während sein Blick noch umherschweifte, fiel ihm fast genau an der Stelle, wo er seine Familie verlassen hatte, ein Mann mit Maske vor dem Gesicht auf, der eine Kleidertasche über dem Arm trug und eine Hutschachtel festhielt. Hauschild wollte schon abdrehen und weggehen, aber er stoppte, um sich den Mann noch einmal anzuschauen. Irgendetwas irritierte ihn. Dann fiel es ihm ein: Die Art der Maske passte nicht hierher. Diese Kostümierung war in Frankfurt völlig ungebräuchlich. Die Maske war aus Holz geschnitzt und rot-schwarz angemalt, der Mund zu einem diabolischen Grinsen geformt. Aus den Mundwinkeln ragten zwei mächtige Hauer. Die Kopfhaube bedeckten schwarze gerollte Federn. Das Körpergewand war übersät mit bunten Federn und Stofffetzen. Die Verkleidung erinnerte Hauschild an die Maskerade, die er von einem süddeutschen Karneval, von der alemannischen Fastnacht her kannte, wo Männer und Frauen vielfach die gleichen Larven und Gewänder trugen, ohne erkennbare Unterscheidung.

Spontan ging ihm durch den Kopf, dass es sich bei dem Maskierten um den Barkeeper handeln müsse. Er war groß und spindeldürr und bewegte sich wie der Mann, mit dem er kurz zuvor hinter der Theke gesprochen hatte. Hauschild hatte das Gefühl, dass der Kerl ihn beobachtete. Die Kopfhaltung sprach jedenfalls dafür. Er beschloss, sich den Mann näher anzusehen und ging auf ihn zu. Der schien das sofort zu bemerken, blickte sich kurz nach allen Seiten um und rannte dann in entgegengesetzter Richtung davon.

Hauschild setzte hinterher. Doch wurde er von Menschen, die dem Faschingszug zuschauten, und herumlaufenden Kindern ausgebremst. Durch den Slalomlauf verlor er mehr und mehr den Anschluss. Der davoneilende Narr hatte zwar mit denselben Schwierigkeiten zu kämpfen, schien aber trotz seines

Gepäcks besser damit zurechtzukommen. Immerhin konnte Hauschild ihn zunächst im Auge behalten.

Als der Maskierte an der Zeil um die Ecke bog, konnte Hauschild sein Tempo erhöhen, da der Menschenauflauf hier nachgelassen hatte. Er rannte an den Schaufenstern eines Möbelhauses vorbei bis zur Straßenecke. Dort schaute er sich keuchend um und sah gerade noch, wie der Verkleidete in einem Hauseingang verschwand. Hauschild behielt das Haus im Blick, um es ja nicht zu verwechseln. Als er den Eingang erreichte, wurde er enttäuscht. Ein Klingelbrett mit einer unübersehbaren Anzahl von Namensschildern, die auch noch zum Großteil mehrfach mit neuen Namen überklebt waren, beherrschte die Fläche über einem Meer von Briefkästen. Ihm war klar, dass es sinnlos war, aufs Geratewohl irgendwo zu klingeln und zu versuchen, den Namen des Dürren herauszufinden. Er musste sich eine andere Strategie einfallen lassen. Vielleicht war es klüger, erst mal nach Hause zu gehen, seine Frau zu beruhigen und morgen zu recherchieren, was aus dem in die Uniklinik transportierten Mann geworden war.

Hauschild spürte mit seiner ganzen Berufserfahrung, dass er das Kapitel zu einer neuen brandheißen Story aufgeschlagen hatte. Er klopfte sich das Konfetti von seiner Jacke und rückte am Revers den Trauerflor zurecht, den er im Gedenken an den gerade verstorbenen Lemmy Kilmister, Bassist und Gründungsmitglied der von ihm hoch verehrten Heavy-Metall-Band *Motörhead* trug. Morgen ist auch noch ein Tag, sagte er sich und war sicher, dass dieser Tag aufregend werden würde.

Als er entschlossen den Heimweg einschlug, blickte er einen Moment lang in die leeren Augen einer zierlichen Frau, die ihren Kaschmirschal rasch bis zur Nase hochzog und sich mit einer energischen Körperbewegung abwandte. Mit hastigen Trippelschritten entfernte sie sich.

2

Hanspeter Schultz stand grübelnd in seinem Büro, dem Zimmer 320 der Staatsanwaltschaft Frankfurt am Main in der Konrad-Adenauer-Straße. In der rechten Hand hielt er einen schweren Hammer, mit Daumen und Zeigefinger der linken Hand presste er einen langen Nagel gegen die Wand neben dem Fenster. Einem heimlichen Beobachter wäre sofort aufgefallen, dass der Staatsanwalt derartige Handwerksarbeit äußerst selten verrichtete. Schultz klopfte mit dem Hammer mehrmals vorsichtig auf den Nagelkopf und registrierte mit Verwunderung, dass der Hammer zwar seine Finger traf, der Nagel aber nicht einen Millimeter in die Betonwand eindrang. Hilflos schaute er zu einem kleinen, ungewöhnlich dicken Bilderrahmen auf seinem Ledersessel, der offenbar den Platz an der Wand einnehmen sollte. Hinter dem Glas war eine mächtige Zigarre eingerahmt, deren Banderole verriet, dass es sich um eine echte kubanische Partagas handelte. Schultz seufzte. Das war immerhin das letzte Exemplar, das ihm übrig geblieben war, nachdem er mit dem Rauchen aufgehört hatte.

Das Telefon klingelte. Schultz nahm ab, meldete sich und hörte kurz zu bevor er erwiderte: „Er kann raufkommen.“ Ein verwundertes Lächeln malte sich auf seinem Gesicht ab. Rasch deponierte er den Bilderrahmen und das Werkzeug ordentlich hinter einem Aktenstoß auf seinem Schreibtisch.

Es dauerte nur wenige Minuten, bis ein Klopfen an der Tür Schultz aus der Verlegenheit befreite, wie er mit seinen handwerklichen Übungen weitermachen sollte. Auf sein „Herein!" öffnete sich die Tür nur einen Spalt und Dennis Hauschild lugte herein. Schultz forderte ihn erneut zum Eintreten auf und bot ihm einen Platz an. „Guten Tag. Lange nicht mehr gesehen. Was führt Sie zu mir?"

Der Reporter zwängte sich im Sitzen aus seinem hellbeigen Sakko, präsentierte dadurch seine über und über tätowierten kräftigen Arme im T-Shirt und lächelte Schultz bedeutungsvoll an. „Nur eine kleine bescheidene Frage. Aus unserer bisherigen Zusammenarbeit erinnere ich mich, dass Sie auf Zuständigkeiten pfeifen, wenn Sie an einem Fall besonders interessiert sind." Hauschild legte eine Kunstpause ein, die Schultz erwartungsvoll dreinblicken ließ. Er konnte kaum verbergen, dass er sich geschmeichelt fühlte. Dann sprach Hauschild in unverändertem Ton weiter: „Weiter habe ich in der Vergangenheit gelernt, dass Ihre Kolleginnen und Kollegen Ihnen keine Steine in den Weg legen, wenn Sie Ihnen Arbeit abnehmen." Er rückte seine Hornbrille zurecht. „Meine Nase sagt mir, dass wieder einmal etwas am Kochen ist, was Sie neugierig machen könnte."

„Wahrscheinlich sind Sie vor der Tür Herrn Kriminalhauptkommissar Schreiner begegnet, der wieder einmal den Mund nicht halten konnte und Ihnen geflüstert hat, dass er in Kürze einen Termin bei mir hat. Und jetzt wollen Sie mich schnell ausquetschen, weil Sie eine lukrative Story für Ihr Blättchen brauchen. Ist es nicht so?"

„Falsch geraten. Dass Schreiner zu Ihnen kommen will, wusste ich nicht, lässt mich aber vermuten, dass es um den Toten vor der *Stoltze Bar* geht. Stimmt das?"

Schultz blies die Wangen auf, die sich leicht rötlich verfärbt hatten. Sein kunstvoll geschnittener Schnurrbart zog dadurch eine gerade Linie von Ohr zu Ohr. Hektisch fuhr er sich über seine graumelierte Haarbürste. „Nur weil sie mir bei einigen früheren Fällen nützliche Hinweise haben geben können, werfe ich Sie jetzt nicht hinaus. Deshalb hören Sie mir in aller Freundschaft genau zu! Wir treiben hier kein Frage- und Antwortspiel. Jedenfalls sind nicht Sie es, der fragt. Wenn überhaupt, so läuft die Geschichte umgekehrt. Entweder Sie legen jetzt die Karten auf den Tisch und sagen, weshalb Sie hier sind, oder Sie stehlen mir nicht weiter die Zeit. Ist die Botschaft angekommen?"

„Ich war Tatzeuge. Oder ich erzähle es Ihnen besser genauer", gab sich Hauschild kleinlaut. „Als der Mann auf die Straße taumelte, war ich dabei."

„Sie sind also Zeuge und haben die Pflicht, vollständig und wahrheitsgemäß auszusagen. Das erwarte ich jetzt umgehend von Ihnen."

„Deshalb bin ich hier. Aus langjähriger Berufserfahrung weiß ich, wie sich ein Betrunkener benimmt, auch wenn er volltrunken ist. Aber bei diesem Mann hatte ich sofort den Eindruck, dass etwas mit ihm nicht stimmte. Das war ein anderes Torkeln, ein anderes Erbrechen, ein anderer Gesichtsausdruck. Der sah wie einer aus, der sich seine eigene Lage nicht erklären konnte. Er wirkte einerseits hilflos und ohne Selbstkontrolle, andererseits kämpfte er gegen die Situation an." Er zögerte kurz und verlegen mit den Schultern, als suche er nach geeigneten Worten. „Sie dürfen mich bitte nicht für übergeschnappt halten. Ich habe einfach gefühlt, dass dieser Mann sich nicht selbst in diesen Zustand versetzt hatte."

Schultz blieb kühl. „Nehmen wir einmal an, dass es so war. Kannten Sie den Mann? Und woher wissen Sie eigentlich, dass er tot ist?"

„Er ist mir vorher noch nie über den Weg gelaufen. Aber gerade weil ich sicher bin, dass er Opfer irgendeiner unheimlichen Attacke war, habe ich mich sofort an den Barkeeper gewandt, um ihn auszufragen. Der Bursche reagierte auf meine Fragen äußerst reserviert, so, als habe er Dreck am Stecken. Sein gesamtes Verhalten war seltsam."

„Also wieder nur ein Gefühl, mit dem Sie nichts beweisen können. Beantworten Sie mir erst einmal meine zweite Frage."

Hauschild lehnte sich zurück. „Als die Polizeistreife und der Notarzt eintrafen, habe ich den Namen des Opfers mitbekommen. Bei meinen Kontakten war es kein Problem, in der Uni-Klinik herauszubekommen, dass er gestorben ist und die Todesursache Rätsel aufgibt."

Schultz schob seine Daumen in die Armausschnitte der Anzugsweste und spitzte den Mund. „Was Sie nicht sagen. Und nun wollen Sie in einem Artikel mit einigen hellseherischen Bemerkungen Wind machen, der uns bei der Ermittlungsarbeit ins Gesicht blasen soll. Ist es das?"

Eine tiefe Falte trat auf Hauschilds Stirn. „Natürlich nicht. Sie sollten doch wissen, dass ich eine sorgfältige Recherche bevorzuge. Selbstverständlich haue ich auch mal auf den Putz. Aber doch nur, wenn ich dicht an einem Ergebnis dran bin und Sie wegen Ihrer Vorschriften nicht die selben Möglichkeiten haben wie ich. Wollen Sie den Rest meiner bisherigen Erkenntnisse noch hören?"

Unwillig nickte Schultz. „Machen Sie es kurz. Herr Schreiner wird jeden Augenblick hier sein."

„Dieser seltsame bunte Vogel aus der Bar stand nach der Versorgung des Opfers in einem auffälligen Fastnachtskostüm am Straßenrand. Als ich ihn zur Rede stellen wollte, lief er weg und ich verfolgte ihn. Er verschwand in einem Mehrfamilienhaus auf der Zeil. Ich habe ein paar Ideen, wie ich mehr über ihn herausbringen könnte."

„Darf ich Ihre Pläne dazu wissen?"

„Wenn Sie mir, wie schon in früheren Fällen, ein wenig mit Informationen entgegenkommen, überlasse ich Ihnen die Ergebnisse, die ich mit meinen journalistischen Mitteln etwas ungezwungener erreichen kann."

„Was meinen Sie mit „ungezwungen"? Steht das für ungesetzlich? Dann dürfen Sie gleich Ihren Hut nehmen und gehen."

Hauschild wehrte lächelnd ab. „Niemals! Das Wörtchen steht dafür, dass wir Reporter manchmal das Glück etwas intensiver bemühen dürfen. Auf eine Weise, bei der Ihre strengen Gesetze leicht knirschen."

Schultz wischte über seinen Schreibtisch. „Das will ich nicht gehört haben. Erzählen Sie mir lieber endlich, was Sie als nächstes vorhaben."

Hauschild druckste herum. „Wie ich inzwischen herausgefunden habe, kommt in das Mehrfamilienhaus auf der Zeil einmal in der Woche der Hausmeister." Er fing den ratlosen Blick seines Gegenübers auf und fuhr in schulmeisterlichem Ton fort: „Als ich gestern wegen einer Info zum Gericht musste, bin ich auf dem Rückweg an dem Haus vorbeigegangen. Dabei habe ich erfahren, dass heute der Hausmeister kommt, um die Flure und Treppen zu putzen." Er stand auf und ging zur Tür. „Dem statte ich jetzt einen Besuch ab. Dieser Hausmeister arbeitet dort, wie man mir gesagt hat, schon sehr lange. Also weiß er vielleicht etwas über die Bewohner und damit vielleicht auch über den Barkeeper. Er soll für ein paar Euros zu sämtlichen Auskünften bereit sein."

Während Schultz sich den beim Handwerken verletzten Daumen heimlich an seiner Hose rieb, erwiderte er vorgeblich gelangweilt: „Das hätten Sie doch viel einfacher haben können. Warum haben Sie nicht in der Bar nachgefragt?"

„Das habe ich getan. Die Version der Geschehnisse, die man mir dort aufgetischt hat, wich erheblich von der des Barkeepers ab. Vielleicht distanzierten sich die Betreiber der Bar von ihm, weil sie nicht in etwas hineingezogen werden wollten. Sie behaupteten jedenfalls, dass der Dürre lediglich für die Fastnachtszeit als Aushilfskraft eingestellt worden sei. Sein Geld hätte er bar auf die Hand erhalten. Er benötigt es wohl dringend, weil er durch einen Unglücksfall seinen Beruf als Musiker aufgeben musste. Personalien wurden keine festgehalten, aber er ließ sich Toni rufen. Nähere Kontakte zu den übrigen Bediensteten soll es nicht gegeben haben. Von ihnen will auch niemand beobachtet haben, ob Toni mit Oliver Radermacher im Gespräch war, bevor der die Bar verließ. Ich habe allerdings das Gefühl, dass diese Angaben nicht stimmen. Deshalb will ich noch eine andere Spur verfolgen, von der ich mir mehr verspreche. Meine Karten kann ich aber erst später vollständig auf den Tisch legen." Sichtlich zufrieden mit der Situation rieb er sich die Hände. „Sobald ich Ihnen mehr Butter bei die Fische geben kann, komme ich wieder. Können Sie sich nun einen Deal zwischen uns vorstellen? Infos gegen Infos? Bei einem Ihrer letzten Fälle waren Sie immerhin bereit, mir als Gegenleistung den einen oder anderen Tipp einen Tag früher als meinen Kollegen zu geben."

Schultz musterte ihn intensiv. Einen leicht unwirschen Unterton konnte und wollte er nicht unterdrücken, als er ihm antwortete: „Lassen wir es auf uns zukommen. Was man Ihnen in der Bar erzählt hat, muss in der Tat nicht unbedingt stimmen. Aber Sie stützen sich wieder nur auf ein Gefühl. Mehr haben Sie nicht zu bieten, wollen aber Fakten hören. Von mir bekommen Sie weder Infos auf Vorschuss, noch segne ich Ihnen irgendwelche Himmelfahrtkommandos ab. Am Ende erzählen Sie noch irgendwo, im Einverständnis mit der Staatsanwaltschaft zu handeln. Das fehlte noch!“ Er reichte Hauschild die Hand und sah ihn durchdringend an. „Bei Ihrem nächsten Besuch erwarte ich, dass Sie mir alles verraten, was Sie so treiben und dabei erfahren. Ich bestehe darauf, dass Sie mich vollständig unterrichten, ohne Abstriche. Auch über all das, was Sie mir eben verschwiegen haben. Das scheint mir eine ganze Menge zu sein. Ich will mich zu Ihrem besseren Verständnis volkstümlich ausdrücken: Wenn Sie nicht die Hosen komplett runterlassen, kriegen Sie von mir nicht das Schwarze unter meinem Fingernagel. Haben Sie das begriffen?“

Hauschild nickte. Hätte Schultz seinen schlitzohrigen Gesichtsausdruck gesehen, als der Reporter das Gebäude verließ, hätte er ihm nach allen Regeln der Kunst die Daumenschrauben angelegt.

3

Sie sah verführerisch schön aus, auch wenn sie die Vierzig sicher überschritten hatte und die Frisur ein wenig aus der Zeit gefallen schien. Eine überaus gepflegte Frau. Die kunstvoll gescheitelten hellbraunen Haare waren im Nacken zu einem Knoten gebunden, das nur zart aufgetragene Make-up unterstrich ihr zierliches Gesicht mit den leicht eingefallenen Wangen und hätte einem Jahrzehnte zurückliegenden Geschmack standgehalten. Ein Kenner hätte den markanten Duft des schweren Parfums, das sie wie eine Wolke umgab, als Hermes Rouge identifiziert. Ihre Kleidung war nicht weiter auffällig: Zwanglos legeres blaues Jackett, locker fallende weiße Bluse, dunkelblaue Hose. Ihre Augen waren hinter der schwarzen Sonnenbrille halb geschlossen, der Kopf leicht zur einfallenden Sonne aufgerichtet. Dem dürren Mann, der gerade von ihrem Tisch aufgestanden war und sich nur mit einem Kopfnicken verabschiedet hatte, schaute sie nicht einmal nach.

Zur gleichen Zeit schlich ein etwa gleichaltriger Mann gespielt unauffällig das im glitzernden Licht der schon wärmenden Aprilsonne getauchte Mainufer entlang. Sein gesamtes Erscheinungsbild war ebenfalls ausgesprochen gepflegt. Ihm war anzumerken, dass er seinem Äußeren viel Zeit widmete. Das lange blonde Haar trug er gescheitelt, wobei ihm eine kräftige Haarlocke in die Stirn fiel. Aus den Augenwinkeln beobachtete er unablässig das Bootsrestaurant, das östlich des Eisernen Stegs, einer mit zahllosen Schlössern verzierten Kultbrücke für Frankfurter Verliebte, an mehreren Pollern fest verankert lag. Er nahm den Aufgang zum Schaumainkai. Von oben konnte er das *Bootshaus* besser einsehen, vor allem den Tisch, an dem sie saß. Diese atemberaubend schöne Frau. Aus zusammengekniffenen Augen starrte er zu ihr hinunter, vor einer Entdeckung durch den mächtigen Stamm einer Platane geschützt, deren fleckige Rinde fast dem Fell einer Giraffe glich. Als er sah, dass die Schöne mittlerweile alleine am Tisch saß, macht er sich eilig wieder auf den Weg nach unten. Der Tischnachbar der Dame war nicht mehr zu sehen. Als er in ihr Sichtfeld trat, ging er langsamer, um eine Selbstsicherheit vorzuspiegeln. Dann legte er ein Lächeln auf, trat an ihren Tisch und beugte sich leicht zu ihr runter. „Verzeihen Sie meine Aufdringlichkeit und gestatten Sie mir eine Frage. Sind Sie Clara Schumann?“

Sie nahm ihre Brille ab und blickte ihn huldvoll von unten an. Ihre Stimme war fast ein Flüstern. „Falls Ihr Name Johannes Brahms ist, dürfen Sie an meinem Tisch Platz nehmen.“

Er neigte zustimmend seinen Kopf und setzte sich ihr gegenüber. „Im täglichen Leben heiße ich ganz profan Werner Hoffmann.“

Ihr desinteressierter Blick wirkte eher aufgesetzt, weil sie ihn kritisch aus den Augenwinkeln musterte und auch ihrer Stimme gab sie eine gelangweilte Note, als sie erwiderte: „Und sind vermutlich verheiratet und haben zwei Kinder.“

„Nicht ganz. Ich war verheiratet. Um aufrichtig zu bleiben. Sogar mit einer adeligen Dame, Gräfin Selma von Winterbach. Natürlich gab es vorher auch eine Reihe von Beziehungen. Sie dauerten alle nur kurze Zeit, blieben allerdings nicht immer folgenlos.“

Clara erbleichte und ihr Gesicht erstarrte, während ihre Augen verstört umherirrten. Hoffmann stockte. „Habe ich etwas Falsches gesagt? Ist Ihnen nicht gut? Oder kennen Sie die Dame vielleicht?"

Ein Ruck ging durch Claras Körper und sie hatte sich wieder im Griff. „Nein, es ist nichts. Mich hatte nur kurz gefröstelt. Dadurch war ich abgelenkt. Fahren Sie bitte fort."

In Hoffmanns Blick lag ein Rest von Zweifel, doch er versuchte, keine Peinlichkeit aufkommen zu lassen. „Na ja, nach der Eheschließung mit der Gräfin kam auch gleich ein Kind, eine Tochter, die ich allerdings nur sehe, wenn sie Geld braucht. Das mag daran liegen, dass die Ehe schon nach sechs Wochen in die Brüche ging und die Tochter bei der Mutter aufgewachsen ist. Zu einer zweiten Ehe, dem Triumph der Hoffnung über die Vernunft, hat es später leider nicht gereicht."

Die Frau studierte ihn jetzt genau. „Gehen wir mal davon aus, dass Ihre Lebensbeichte so zutrifft, wie Sie es geschildert haben. Den optischen Test haben Sie jedenfalls bestanden. Mit Ihnen kann man sich sehen lassen. Und Sie sehen Brahms tatsächlich ein bisschen ähnlich. Jetzt verraten Sie mir bitte, weshalb Sie auf meine Partnersuche im Internet reagiert haben."

Die Bedienung trat an den Tisch und ermöglichte ihm damit, über eine passende Antwort nachzudenken. Hoffmann bestellte einen Campari und nahm eine entspannte Haltung ein, bevor er antwortete. „Weil mich die Ähnlichkeit Ihres Fotoportraits mit der echten Clara Schumann verblüfft und neugierig gemacht hat. Sie sehen ihr wirklich sehr ähnlich." Ein feines Lächeln umspielte seinen Mund. „Aber jetzt zu Ihnen. Ihr Internetauftritt hat mich veranlasst, mich mit der Lebensgeschichte Claras intensiver zu befassen, die ja immerhin seit einiger Zeit tot ist. Claras Ehemann Robert, ein bekanntermaßen großer Komponist, sprang eines Tages von einer Brücke in den Rhein und landete anschließend im Irrenhaus. Von ihm hatte sie mindestens sechs, wenn nicht sogar sieben Kinder. Man munkelte allerdings, der Vater des letzten Kindes könne Brahms gewesen sein, mit dem ihr eine Liebesbeziehung unterstellt wird." Er rückte ein wenig näher und schaute sie herausfordernd an. „Haben Sie den Namen Clara Schumann deshalb gewählt, weil es Parallelen zu Ihrem Leben gibt? Suchen Sie deshalb einen Doppelgänger von Johannes Brahms? Ist Ihr Ehemann im Wahnsinn von einer Brücke gesprungen, haben Sie viele Kinder oder sind Sie vielleicht Musikerin? Oder wohnen Sie zufällig in der Myliusstraße, so wie einst die echte Clara Schumann?"

Sie antwortete mit entrückter Stimme, nur ihre fest zusammengepressten Hände verrieten, dass sie Mühe hatte, die Kontrolle zu behalten. „Nicht gleich so viel Privates. Es war ein Einfall, weiter nichts. Weil man mir einmal gesagt hat, dass ich Clara Schumann ein wenig ähnlich sehe. Wer und was ich wirklich bin, sollen Sie selbst herausfinden. Mit der Zeit."

Die Bedienung stellte unauffällig den Campari vor Hoffmann auf den Tisch. Er sog die Luft ein und erwiderte: „Das kann doch nicht alles sein. Nur allein wegen der Ähnlichkeit haben Sie doch Ihr Pseudonym für Flirts im Chatroom nicht gewählt."

Sie unterbrach ihn mit einer zarten Handbewegung. „Mehr geht Sie nicht an," lächelte sie und berührte liebevoll seinen Arm. „Noch nicht. Gehen Sie bitte ein bisschen auf meine Spielregeln ein. Auch ich quäle Sie heute nicht mit bohrenden Fragen nach Ihrer Lebensgeschichte. Bleiben wir noch ein wenig in der Welt, durch die wir heute hierher gefunden haben. Es ist doch reizvoll, wenn nicht alle Auskünfte auf dem Silbertablett serviert sondern erkämpft werden müssen. Man lernt dann viel eher, ob es die Sache wert ist."

„Wie soll das gehen?"

„Lassen Sie sich einfach darauf ein. In zwei Tagen gibt es ein kleines Konzert im Holzhausenschlösschen. Wollen wir uns dort wiedersehen? Wir könnten anschließend bei einem Gläschen Wein mit den Antworten auf Ihre heutigen Fragen beginnen."

Er lächelte spöttisch. „Wer gibt dieses Konzert? Sie etwa?"

Sie schüttelte leicht den Kopf. „So einfach mache ich es Ihnen nicht. Sie müssen sich schon ordentlich anstrengen, damit Sie die Belohnung verdienen."

„Dann machen wir jetzt einen Sport daraus und eröffnen die Jagdsaison. Ich gebe nicht gerne vorschnell auf und verliere auch nicht gern. Noch bin ich neugierig und ich nehme die Herausforderung weiter an. Bevor wir aber für heute auseinandergehen, habe ich noch eine kleine Frage: Wer war der Mann vorhin an Ihrem Tisch? Kurz bevor ich kam." Er frotzelte. „Robert Schumann war es jedenfalls nicht. Ihn kenne ich vom Foto. Außerdem ist er schon etliche Jahre tot. Das werden auch Sie nicht bestreiten wollen."

Ihre Miene war abweisend. „Sie müssen sich irren. Hier saß kein fremder Mann bei mir."

„Vielleicht kein Fremder. Aber auf jedenfall ein Dürrer," lachte er.

Herausfordernd fixierte sie ihn. Ihre Stimme klang kalt und giftig. „Halluzinationen!" Dann fuhr sie wieder etwas ruhiger fort: „Seien Sie so gütig und holen Sie mir ein Glas Mineralwasser. Ich kann die Bedienung nicht sehen. Mein Hals ist ein wenig rau vom vielen Sprechen. Das bin ich nicht gewohnt."

Er stand auf, verbeugte sich leicht und ging zum Tresen. Eine kleine Weile musste er warten, bis die Bedienung aus dem Bootsinneren trat, seinen Wunsch entgegennahm und ihm versprach, das Wasser sofort zu bringen.

Als er wieder an den Tisch kam, war Clara Schumann verschwunden. Suchend schaute er sich um. Dabei lief er planlos hin und her, jedoch ohne Erfolg. Kopfschüttelnd setzte er sich wieder. Der gerade vorbeilaufenden Kellnerin rief er zu, zahlen zu wollen. Als er wartend vor sich hinstarrte, fiel sein Blick auf ein Stück Papier unter seinem Campari-Glas. Er zog es hervor und sah es von beiden Seiten an. Es war eine Eintrittskarte für ein Konzert im Holzhausenschlösschen am übernächsten Tag.

4

Das Frankfurter Gerichtsviertel lag im Zentrum der Stadt, ganz in der Nähe der Konstablerwache. Die Staatsanwaltschaft war in dem nächstgelegenen neueren Gebäude untergebracht, wo Kriminalhauptkommissar Schreiner wieder einmal Dauergast war. An diesem Morgen räkelte er sich auf der Holzbank vor Zimmer 320 im dritten Stock und wartete auf Staatsanwalt Schultz, mit dem er seit einer Dreiviertelstunde verabredet war. Er kannte dessen Problem mit der Pünktlichkeit und konnte damit umgehen. Zunächst hatte er sich die Zeit mit Zeitungslesen vertrieben, jetzt saß er da und kaute an einer geschälten Karotte, die er in einem Plastikbeutel in seiner Jeansjacke verwahrt hatte. Das hatte er sich zur Gewohnheit gemacht, als er mit dem Rauchen aufgehört hatte. Was ihm besonders schwergefallen war, da seine Frau ihn in dieser Phase nach längerer Ehe verlassen hatte. Früher hatte sie über seine Eigenwilligkeiten und seine extremen Dienstzeiten schmunzeln können, irgendwann waren ihr diese Unberechenbarkeiten jedoch auf die Nerven gegangen.

Wer Schreiner nicht kannte und ihn so sitzen sah, hätte den Kriminalhauptkommissar wahrscheinlich für einen Drogendealer oder -konsumenten gehalten. Seine gelockten strubbeligen schwarzen Haare, der formlose und ungebändigte Vollbart, der große Teile des völlig vernarbten Gesichts bedeckte, und die äußerst zwanglose Freizeitbekleidung hätten einen solchen Rückschluss erlaubt. Nur die lockere Haltung und die strahlende Miene verdeutlichten, dass der Mann hier nichts zu befürchten hatte.

Vom Ende des Flurs näherte sich jetzt in einem grauen Lodenmantel und mit gemächlichem Schritt Staatsanwalt Hanspeter Schultz. Auf Taillenhöhe zeigte sich eine deutliche Ausbuchtung, die erahnen ließ, dass er wieder einmal mit seinem Gewicht kämpfte.

Mit einem freudigen Lächeln ging er Schreiner entgegen und reichte ihm die Hand. „Hallo Herr Schreiner. Wer hätte gedacht, dass Sie es so schnell vom Präsidium hierher schaffen. Die Straßen sind doch immer sehr verstopft."

Für den Bruchteil einer Sekunde war Schreiner, entgegen seiner sonstigen Schlagfertigkeit, verblüfft über diese die Fakten verdrehende Ansprache. Dann hatte er sich wieder gefangen. Der Umgang mit seinem Gegenüber fiel ihm schließlich recht leicht, weil sie sich seit Jahren kannten und schätzten, und sie mittlerweile eine Art berufliche Freundschaft verband.

„Bevor ich mich jetzt damit befasse, dass nicht ich etwas von Ihnen, sondern Sie etwas von mir wollten, wäre ich Ihnen für einen Tipp dankbar, welches Schweizer Modell Sie in Ihrer kleinen Westentasche herumtragen."

Als Schultz verdutzt blickte, fuhr Schreiner angestachelt fort: „Für schlichtere Gemüter will ich meine Frage vereinfachen. Ihre Uhr oder was immer sie dort versteckt haben, versetzt Sie grundsätzlich in eine absolut beneidenswerte Lage. Sie scheint immer die Zeit anzuzeigen, die Sie sich gerade wünschen oder an die Sie glauben." Er machte eine Pause und starrte Schultz nachdenklich an. „Oder sind es doch die Augen, die nicht mehr mitmachen? Machen Sie sich nichts daraus. Keiner von uns hat die ewige Jugend gepachtet. Sie kommen halt in die Jahre“, feixte Schreiner und tätschelte ihm tröstend den Arm.

Schultz war sprachlos, winkte dann aber einfach nur ab, zog den Zimmerschlüssel hervor und sperrte sein Büro auf. In der vertrauten Atmosphäre fand er schließlich seine Worte wieder. Er deutete auf das betagte Modell seiner Kaffeemaschine. „Halten Sie keine Volksreden. Setzen Sie lieber Kaffee auf. Das ist eines der wenigen Dinge, die Sie beherrschen. Und wenn Sie dann endlich Ihre Oper beendet haben, kommen Sie bitte zur Sache. Meine Zeit jedenfalls ist knapp. Ich kann es mir nicht leisten, wie Sie stundenlang vor Bürotüren herumzusitzen und auf besseres Wetter zu warten.“ Umständlich hängte er seinen Mantel in den Schrank. „Falls Sie wider Erwarten etwas Sinnvolles ermittelt haben sollten, können Sie sofort loslegen.“

„Gar nicht so schlecht gekontert. Sagen wir, dass es jetzt eins zu eins steht.“ Schreiners breites Grinsen gab seinen zahllosen Narben die Optik eines Plisseerocks. Er ließ sich auf einen der Stühle fallen und verschränkte die Arme hinterm Kopf, als sein Blick auf die gerahmte Partagas-Zigarre fiel. Vor Spott triefend verstellte er seine Stimme. „Was haben wir denn da? Ein Märchen aus vergangenen Zeiten.“ Er versuchte, den Rahmen gerade zu rücken. „Alle Achtung! Das haben wir wohl selbst aufgehängt. Diese leicht schiefe Variante gelingt nicht jedem, mag aber im Stil der Zeit liegen.“

Schultz zog die Augenbrauen hoch. „Der gebildete Mensch vermag kurz geistvoll zu flachsen, findet dann aber zügig den Weg zurück zu den anstehenden Problemen. Falls Ihnen das wieder einmal nicht gelingen sollte, empfehle ich Ihnen, drei Häuser weiterzugehen. Dort finden Sie den städtischen Kindergarten.“

Schreiner akzeptierte nickend die Retourkutsche. „So, jetzt haben wir es uns gegenseitig wieder gezeigt. Wir sind eben doch wie siamesische Zwillinge. Untrennbar im Humor vereint." Er goss Kaffee ein und nahm einen Schluck. „Jetzt geht's los. Ich serviere Ihnen kostenlos die neuesten Infos über unseren Toten vor der *Stoltze Bar*. Mein Problem bei den Ermittlungen war zunächst, dass unsere Trachtengruppe den Einstieg vermasselt hat. Da musste ich zuerst einiges geradebiegen."

Schultz unterbrach ihn. „Sie wollten doch jetzt endlich sachlich werden. Also hören Sie damit auf, Ihre uniformierten Kollegen zu diskreditieren. Die machen die selbe Arbeit wie Sie und bekommen dafür auch das selbe Geld. Es ist eben nicht so, dass Sie als Kriminalbeamter besser bezahlt werden, weil Sie Zivil tragen." Er musterte Schreiner von Kopf bis Fuß. „Und überhaupt. Mir ist eine gepflegte Uniform lieber als abgerissenes Räuberzivil."

Schreiner drapierte grinsend den Kragen seiner Jeansjacke. „Okay, okay! Mir gefällt der saloppe Kleidungsstil halt besser. In einem Nadelstreifen falle ich bei meinen Ermittlungen zu sehr auf. Außerdem kann ich darin nicht sauber meine Karotten transportieren." Er nahm eine konzentrierte Haltung ein. „Also noch einmal von vorn. Der Tote heißt Oliver Radermacher. Er war Musiker im Frankfurter Museumsorchester, einem bundesweit renommierten sogenannten A-Orchester. Es spielt häufig hier in der Alten Oper." Er feixte. „Unser toter Freund hat auch sonst viel herumgespielt. Bevorzugt mit Frauen. Ich habe seinen Lebenslauf ein bisschen abgeklärt. Mindestens fünf Frauen hat er glücklich gemacht, jedenfalls kurzzeitig. Nichts Dauerhaftes. Alle fünf hat er geschwängert und anschließend sitzengelassen. Das ist fast rekordverdächtig. Schon etwas für das Guinness-Buch. Man könnte neidisch werden."

Schultz verdrehte die Augen und hustete gekünstelt, aber Schreiner fuhr unbeeindruckt fort: „Wir haben Radermacher im Gerichtsmedizinischen Institut an der Kennedyallee obduzieren lassen. Die äußere und innere Besichtigung der Leiche ergab keinen Hinweis auf gewaltsam beigebrachte Verletzungen als Todesursache."

„Weiter bitte! Er wird ja nicht an Altersschwäche gestorben sein, sonst säßen wir nicht hier."

Schreiners Zeigefinger schnellte in die Höhe. „Beachtlich kombiniert! Gewebeproben von Radermachers Leiche sind histologisch und toxikologisch untersucht worden. Mit einem irren Ergebnis."

Wieder unterbrach Schultz, wobei seine stoische Miene offenließ, ob er es ernst meinte. „Bleiben Sie doch endlich einmal bei einer altersgemäßen Ausdrucksweise. Sie sind doch kein Teenager mehr und sehen auch wahrhaftig nicht so aus."

Schreiner strich sich wie selbstverliebt über die Schläfen. „Ich fühle mich aber noch so und ernte nach wie vor Berge von Dankesschreiben meiner weiblichen Fans."

„Jetzt verstehe ich, warum Ihnen Ihre Frau weggelaufen ist. Aber nun möchte ich endlich wissen, was die Mediziner herausgefunden haben."

„In ein Getränk, das Radermacher zu sich genommen haben muss, hat jemand wohl eine oder zwei Ampullen Liquid Ecstasy geleert. Acht Milliliter dieser Substanz konnten in seinem Körper nachgewiesen werden. Diese sogenannten K.-o.-Tropfen entfalteten solch eine Wirkung, dass dem Opfer übel wurde und deshalb nach draußen torkelte. Dort sank Radermacher bewusstlos zusammen. Die große Menge der verabreichten Flüssigkeit führte anschließend seinen Tod herbei."

Ungläubig starrte Schultz sein Gegenüber an. „Dieses Zeug wird doch meines Wissens üblicherweise heimlich von Männern an Frauen abgegeben, um sie willenlos und für irgendwelche sexuellen Fantasien gefügig zu machen. Die von Ihnen geschilderte Variante ist mir dagegen neu."

„In der kurzen Zeit, die seit Radermachers Tod zur Verfügung stand, konnte ich noch nicht sehr viel ermitteln. Natürlich habe ich mich zunächst um den verdächtigen Barkeeper gekümmert und mich in der *Stoltze Bar* nicht wie die uniformierten Kollegen abwimmeln lassen. Ich habe mir den Typ gegriffen, der Toni Assmann die Beschäftigung verschafft hat. Von ihm gibt es eine Zeugenvernehmung. Der Kerl hat eine ganze Menge gewusst. Toni Assmann ist ein gescheiterter Musiker. Als solcher wird er möglicherweise Radermacher gekannt, vielleicht auch vergeblich um Vermittlung einer Stelle im Orchester gebeten haben. Dies könnte auch der Grund dafür gewesen sein, warum Assmann sich davongemacht haben soll, als er Radermachers prekäre Lage erkannte. Sicher wollte er nicht in Verdacht geraten. Das gilt erst recht, wenn er es war, der Radermacher die Tropfen untergemischt hat. Vielleicht hat die ganze Geschichte auch damit zu tun, dass sich Assmann dem Vernehmen nach in der Homo-Szene bewegt." Schreiner zog die Schultern hoch. „Die Ermittlungen stehen natürlich alle noch auf tönernen Füßen und müssen erst abgesichert werden. Vor allem will ich mich auch noch der Frage zuwenden, ob Radermacher Feinde gehabt hat."

„Wie könnte Assmann an Liquid Ecstasy gekommen sein?"

„Das wird ebenfalls zu klären sein. Vielleicht über das Darknet, vielleicht hat er auch Freunde, die im Pharma-Bereich arbeiten."

„Welche Schritte planen Sie jetzt?"

„Ich gehe als nächstes in die Alte Oper und die Musikhochschule." Er lachte auf, als er sah, dass sich auf dem Gesicht des Staatsanwaltes ein paar Sorgenfalten abzeichneten. „Keine

Angst! Ich habe nicht vor, in eines der anstehenden Sonntags- oder Montagskonzerte zu platzen. Ich nähere mich ganz behutsam, wie das eben so meine Art ist."

Schultz zog die Augenbrauen hoch. „Das will ich mir lieber nicht vorstellen. Ich habe aber noch eine weitere Frage: Haben Sie denn schon den persönlichen, vor allem den wirtschaftlichen Hintergrund von Toni Assmann abgeklärt? Wenn ich Ihre Angaben richtig interpretiere, hat Assmann eher keine familiären oder sonstige persönliche Bindungen. Und Ihre Mutmaßungen zu seiner gescheiterten beruflichen Orientierung gewährleisten auch nicht, dass ihn etwas hier in Frankfurt hält. Das könnte bedeuten, dass wir mit seiner Flucht rechnen müssen. Wenn das so ist, müssen wir schnell Butter bei die Fische bekommen. Den Verdacht gegen ihn sehe ich nämlich noch als so dünn an, dass uns auf dieser Grundlage kein Richter einen Haftbefehl geben wird. Wenn Assmann aber verschwinden und sich herausstellen sollte, dass er Radermacher umgebracht hat, wird uns die Presse, allen voran dieser überaus geschmeidige Sensationsreporter Dennis Hauschild, in die Pfanne hauen."

Schreiner setzte ein unwiderstehliches Lächeln auf. „Vertrauen Sie auf den guten alten Schreiner. Er hat Sie noch nie im Stich gelassen."

5

Dennis Hauschild hatte am Morgen kurz in die Klartext-Redaktion an der Eschersheimer Landstraße reingeschaut, ob etwas Dringliches zu erledigen war. Jetzt war es annähernd neun Uhr und er beschloss, zu Fuß auf die Zeil zu gehen. Mit der U-Bahn hätte er umsteigen müssen, das dauerte ihm zu lang.

Am Eschenheimer Tor bog er in die Bleichstraße ein und folgte ihr bis zu den Gerichtsgebäuden, wo er die Konrad-Adenauer-Straße überquerte und an der Zeil in den ruhigeren Abschnitt Richtung Zoo einbog. Vor einem unauffälligen Mehrfamilienhaus blieb er stehen. Hier wohnte der von ihm gesuchte Barkeeper. Toni Assmann, wie ihm der Hausmeister, ein gewisser Hans Bangert, verraten hatte.

Mit diesem Bangert war er jetzt verabredet, allem Anschein nach war der aber noch nicht eingetroffen. Bangert kam einmal in der Woche zum Putzen hierher. „Ungefähr um neun Uhr“, hatte er ihm gesagt. Genauer könne er es nicht wissen, da er in der Hanauer Ecke wohne und es vom Verkehr abhänge, wann er da sein werde. Hauschild hatte konzentriert zuhören müssen, weil Bangert durch eine abenteuerliche Fehlstellung seiner Zähne ein wenig verwaschen redete. Aber Bangert war mitteilsam und wusste viel über die Hausbewohner. Vor allem wenn ein paar Euros für ihn heraussprangen, wie Hauschild schnell klargeworden war. Und er hatte sich daran gehalten.

Das Geld war nicht zum Fenster hinausgeworfen, denn Bangert hatte nur so gesprudelt. Hauschild hatte ihm vorgelogen, der Feuilletonist seiner Zeitung denke daran, einen Artikel über Assmanns missglückte Musikerkarriere zu schreiben und habe Hauschild gebeten, vorab ein paar Recherchen zu übernehmen. Bangert hatte ihm die Story abgenommen. So hatte Hauschild erfahren, dass Toni Assmann im Erdgeschoss wohne. Ganz hinten in der Ecke, dort, wo das Flurlicht kaum noch hinfiel. Mit blitzenden Augen hatte der Hausmeister ihm weiter eröffnet, dass das Namensschild an der Wohnungstür die Aufschrift ‚Antonie A.' trage. Bangert hatte schließlich die Hand vor sein defektes Gebiss gehalten und gekichert und geprustet, bis er mit der nächsten Info herausrückte. Manchmal habe er wegen anderer Termine seine Hausmeistertätigkeit auf einen anderen Wochentag und eine andere Tageszeit verlagern müssen. Dabei habe er Toni oder Antonie Assmann einmal angetroffen, als er in Frauenkleidern das Haus verlassen habe. Sicher sei er dann zu irgendwelchen Schwuchteln gegangen, so viel stehe für ihn fest. Aber sonst, so müsse er sagen, lebe Assmann sehr zurückgezogen und sei stets freundlich. Obwohl er ihm einmal verweigert habe, zur Begrüßung die Hand zu geben. Das sei ganz merkwürdig gewesen. Assmann habe damals seine Rechte schreckhaft zurückgezogen und sie geschüttelt, als habe er eine Verletzung.

Die wichtigste Nachricht von Bangert hatte Hauschild erst beim letzten Gespräch erhalten. Der Hauseigentümer, ein gewisser Jochen Drews, komme einmal im Monat, um sich über den Zustand der Liegenschaft zu informieren. Drews sei sehr reich und sehr nett, aber auch sehr penibel.

Und heute war nun der Tag, an dem sich Jochen Drews diesen Monat das Haus ansehen wollte. Bangert versprach, ihn mit dem Eigentümer bekannt zu machen. Dafür hatte Hauschild nochmal zehn Euro springen lassen.

Als Hauschild noch so in Gedanken verloren war, schubste ihn plötzlich jemand von hinten an. Er drehte sich um und sah Hans Bangert mit einem gepflegt aber leger gekleideten Mann vor sich stehen. Bangert lachte ihn mit seinem gezähnten Steinbruch an. Der Händedruck fiel so aus, dass Hauschild die Augen zusammenkneifen musste. Dann zeigte Bangert auf seine Begleitung. „Das ist der Hauseigentümer, Herr Drews."

Drews lachte ihn an. Dabei traten rote Äderchen auf der Nase und den Wangen hervor und bezeugten, dass er sein bisheriges Leben genussreich geführt hatte. Sein graumeliertes Haar wies im Nacken etliche kleine Locken auf. Er war salopp, jedoch hochwertig gekleidet. Gelbe Cordhose, rotkariertes Hemd, das er wohl wegen eines leichten Bauchansatzes über der Hose trug, darüber ein dunkelbraunes Wildlederblouson. Seine Finger spielten mit einem Autoschlüssel. Hauschild ordnete ihn nach einem kurzen prüfenden Blick als sympathisch ein und begrüßte Drews, der sofort die Initiative zum Gespräch ergriff.

„Sie wollten mich kennenlernen, hat mir Herr Bangert gesagt. Ich weiß auch schon, dass Sie bei einer Zeitung arbeiten. Interessantes Metier. Vielleicht können Sie da irgendwann mal was für mich tun. Aber heute wollen Sie etwas von mir. Also, was kann ich für Sie tun?"

Hauschild gefiel die direkte Art. Deshalb entschloss er sich, unter kleineren Korrekturen der Wahrheit sofort mit seinem Anliegen vorzupreschen. „Unser Feuilletonist hat, aus welcher Quelle auch immer, von dem etwas ungewöhnlichen Schicksal ihres Mieters Toni Assmann Wind bekommen. Er weiß, dass

Assmann ein großer Pianist war, dem eine bedeutende Karriere bevorstand. Dann soll er sich bei einem Unfall die Hand so schwer verletzt haben, dass er seine Künstlerlaufbahn beenden musste, bevor sie richtig begonnen hat."

Drews unterbrach ihn, immer noch lächelnd: „Ich denke, wir können erst einmal Herrn Bangert erlösen, der seine Aufgabe erfüllt hat, uns zusammenzubringen. Er hat noch andere Arbeiten und will sicher mit dem Putzen hier fertig werden, weil er noch zu weiteren Objekten fahren muss."

Als der Hausmeister gegangen war, steckte Drews die Hände in die Hosentaschen, begann auf den Zehenspitzen zu wippen und schaute Hauschild fragend an. „Das ist alles sehr traurig, aber was kann ich jetzt in dieser Sache für Sie tun? Und wo ist überhaupt Ihr Feuilletonist, der darüber berichten will?"

Hauschild versuchte, die Situation mit einer gleichgültigen Geste zu erklären. „Er konnte heute leider nicht. Unaufschiebbare Familienangelegenheit. Deshalb bat er mich, das Objekt hier genauer anzuschauen. Offengesagt interessiert uns, wo und wie Toni Assmann wohnt."

Drews legte den Kopf schief und fragte: „Von außen oder von innen?"

„Sie meinen, dass wir auch in die Wohnung hinein können?"

„Ach wissen Sie, es ist vielleicht nicht üblich, dass der Eigentümer einen Zweitschlüssel für vermietete Wohnungen hat. Ich halte es damit aber anders." Der Hauch von Verlegenheit auf Drews' Gesicht war eindeutig nicht echt. „Wenn Sie nur einen Blick hineinwerfen wollen, sehe ich darin keine Verletzung der Intimsphäre von Herrn Assmann. Und auch keine Verletzung meiner Vermieterpflichten. Ich muss mir ja immer einmal Gewissheit verschaffen, dass die Mieträume in ordentlichem Zustand gehalten werden."

Hauschild wies auf die Eingangstür. „Dann lassen Sie uns gehen."

„Und Sie denken daran, dass irgendwann eine Hand die andere waschen muss?"

„Wenn es sich ermöglichen lässt, werde ich mich revanchieren."

Als sie im Flur um die Ecke traten und auf die hinterste Wohnungstür zugingen, knipste Drews das Licht an. Einen Augenblick lang blieb er wie angewurzelt stehen. Dann stieß er einen spitzen Schrei aus und rannte los.

„Was ist denn das? Da hat doch nicht jemand die Tür aufgebrochen? Oder doch?" Seine Stimme überschlug sich. Er drehte sich zu Hauschild um und versuchte, wieder ruhiger zu sprechen: „Wir müssen Bangert rufen. Wo ist er überhaupt? Oder nein! Wir schauen uns das Ganze erst einmal gemeinsam an. Vielleicht brauche ich einen Zeugen für die Versicherung. Oder für die Polizei. Wie ist der Einbrecher überhaupt ins Haus gekommen? Die Haustür soll doch immer verschlossen werden. Entweder hat der Schurke selbst eine Zugangsmöglichkeit ins Haus, oder er hat jemanden gefunden, der ihn hereingelassen hat."

Die Wohnungstür mit dem blütenumrankten Namensschild stand zwei Handbreit offen. Auf Höhe des Schließzylinders waren am Türrahmen und der Tür zwei tiefe Hebelabdrücke zu sehen. Drews stieß die Tür vollständig auf und betrat die Wohnung. Hauschild folgte ihm.

Während der Hauseigentümer die indirekte Deckenbeleuchtung einschaltete und in den Taschen seines Blousons nach seinem Handy fingerte, schaute Hauschild sich um. Die Wohnung bestand offensichtlich nur aus dem Raum, in dem sie standen. Das Zimmer war sehr groß, aber nur spärlich möbliert und wies keine Anzeichen von Unordnung oder gar Verwüstung auf. Eine komfortable Couchlandschaft im Palisanderton des Parketts, gegenüber stand ein riesiger Fernseher. Daneben gab es noch einen rechteckigen Esstisch aus einer rosa Plastikmasse mit vier Stahlrohrsesseln, deren Sitzflächen in vier verschiedenen Farben gehalten waren. Dahinter befand sich auf Brusthöhe ein Tresen, der die Einbauküche abgrenzte. Zwei Türen führten, soweit er sehen konnte, zum Bad und einem kleinen Schlafraum. Durch die dicht gewebten Batikrollos fiel kaum Licht in die Wohnung. In der Mitte des größten Fensters führte eine abgeblühte Orchidee ein Schattendasein.

Drews lief im Zimmer auf und ab und gestikulierte wild beim Telefonieren. Er war offenbar von seinem Gespräch völlig in Anspruch genommen. Hauschild sog die Luft ein und registrierte leicht angewidert, dass es stark nach Kampfer roch. Sein Blick fiel auf eine bemalte Holzmaske, die über dem Esstisch hing, und bewegte sich darauf zu. Bei näherem Hinsehen war er sich sicher, dass das nicht die Maske war, die ihm an Fastnacht während des Faschingsumzugs aufgefallen war. Damals hatte sich der Träger hinter einer Teufelsfratze versteckt. Bei der Maske an der Wand handelte es sich zwar ebenfalls um eine geschlechtsneutrale süddeutsche Schnitzerei, die femininen Züge waren jedoch stärker betont.

Außer der Maske und mehreren psychedelisch angehauchten, schreiend bunten Gemälden hingen noch zwei große Farbfotos an der Wand. Offenbar war das eine anlässlich eines Volksfestes aufgenommen worden. Eine Menschenmenge in extravaganter Bekleidung war darauf zu sehen, die jubelnd und lachend an einem Umzug teilnahm. Einige winkten mit bunten Puscheln um die Handgelenke in die Kamera. Hauschild erkannte sofort, dass das kein Fastnachtsumzug war. Dafür waren die Kostüme zu schrill, die Maskeraden und Schminken zu grell, die Textilien zu spärlich. Es musste sich dabei um den Christopher Street Day handeln.

Auf dem zweiten Bild war eine Dragqueen zu sehen, ein Mann, der sich durch Verkleidung in eine Kunstfigur verwandelt hatte. Und diese Dragqueen trug eindeutig die Züge von Toni Assmann. Doch das war nicht alles, was Hauschild daran interessierte. Das Foto war offenbar ein vergrößerter Ausschnitt. Auf der linken Seite sah man noch Teile einer ins Bild ragenden Hand. Oberhalb davon war der Ärmel einer Anzugsjacke zu erkennen.

Der Esstischbereich hob sich deutlich von der Ordnung im restlichen Raum ab. Am Boden lag eine CD mit dem Portrait einer Frau, die entrückt ins Nichts blickte. Der Aufschrift nach handelte es sich um die Sängerin Marianne Rosenberg, unter anderem mit der Präsentation des Titels *„Er gehört zu mir"*. Auf dem Cover war ein handschriftlicher Gruß, darunter der Buchstabe B. Über einer der Stuhllehnen hing eine blonde Langhaarperücke. Auf dem Tisch selbst stapelten sich Briefbögen und Umschläge, Zeitungen, Zettel, zahlreiche Fotos und andere Papiere. Obenauf lag ein Foto von der Größe einer Postkarte. Hauschild wagte nicht, es in die Hand zu nehmen, musste aber andererseits seiner Neugier nachgeben. Deshalb beugte er sich ganz tief über den Tisch, um es zu betrachten.

Das Bild zeigte einen menschlichen Körper, der auf Dielen lag. Die Arme waren ausgebreitet, eines der Beine angewinkelt. Das Gesicht war mit einer Holzmaske bedeckt und zur Seite gedreht. In einer Hand lag eine Pistole und aus der Schläfe rann Flüssigkeit, bei der es sich vermutlich um Blut handelte. Nun konnte Hauschild sich nicht mehr zurückhalten. Er nahm das Foto auf und studierte es genau. Dummerweise war es schwarzweiß. Trotzdem war er sich sicher, dass der Tote die Teufelsmaske trug, die er während des Fastnachtszugs gesehen hatte.

Hauschild war nicht mehr zu bremsen. Er vergewisserte sich, dass Drews noch telefonierte und ihm keine Beachtung schenkte. Vorsichtig zog er mit den Fingern die Papiere auseinander, die unter dem Foto gelegen hatten. Eine Fotokopie erregte seine Aufmerksamkeit. Auf einem Briefumschlag, der an die *Frankfurter Rundschau* gerichtet war, lag die Kopie einer Todesanzeige. Als er sie las, schüttelte er unwillkürlich den Kopf und ein ungläubiges Staunen zeichnete sich auf seinem Gesicht ab.

Es war nicht die Einleitungsfloskel, sondern der Name des Toten, der Hauschilds Finger zittern ließ. In verspielter Schrift, eine gezeichnete Lilie mit gesenktem Kopf daneben, war die Todesanzeige für Anton Assmann, der Name Toni war in Klammern eingefügt.

Was hatte das zu bedeuten? Hatte jemand Assmann umgebracht? Wenn ja: wer? Oder hatte er Selbstmord begangen? Dafür konnte die Pistole in seiner Hand sprechen. Wenn das auf dem Foto denn Assmann war.

Wilde Gedanken jagten durch Hauschilds Kopf. Was sollte er als nächstes tun? Drews war immer noch mit seinem Mobiltelefon beschäftigt. Hauschild rief sich mit einem Ruck zur Ordnung und beschloss, ganz Reporter, die Situation auszunutzen, um so viele Informationen wie möglich zu bekommen. Seine Augen wanderten über die Tischplatte, bis sie auf einer längeren Namensliste haften blieben. Namen, so sagte er sich, waren immer gut, um in einer verworrenen Story weiterzukommen.

Er zog das Blatt zu sich und erkannte, dass es ein Brief war. Der Anrede nach war es eine Art Rundschreiben. „Hallo Ihr

Lieben“, las Hauschild. Ein konkreter Adressat war nicht zu erkennen, aber der Absender ergab sich aus dem Briefkopf. Ein gewisser Alex Wohlrabe. Wohlrabe? Diesen Namen hatte Hauschild noch nie gehört.

Das Schreiben datierte um den Jahreswechsel und war eine Einladung zu einem Klassentreffen. Fünfundzwanzig Jahre nach dem Abitur wollte man sich erstmals wiedersehen. Hören, wie es allen ergangen war, was sie privat erlebt und beruflich erreicht hatten. Das Treffen war für Mitte des Jahres in der Gaststätte *Sandelmühle* in Heddernheim vorgesehen. In alphabetischer Reihenfolge wurden etwa fünfundzwanzig Personen genannt, der weitaus größte Teil mit Anschriften, Mailadressen und Telefonnummern. Darunter befand sich auch Toni Assmann. Zu fünf Namen gab es keine Kontaktangaben, dahinter waren jeweils mehrere Fragezeichen notiert. Mit einer Ausnahme: Bei Uli Landau stand ein dickes, mit Tintenstift nachgetragenes Ausrufungszeichen. Eine solche handschriftliche Markierung tauchte auch oben unter den erreichbaren Personen hinter dem Namen Bernie Tandler auf. Am Schluss der Einladung bat der Verfasser um Mithilfe bei der Suche nach den verschollenen früheren Mitstreitern. Im Erfolgsfall wollte er umgehend benachrichtigt werden, um bei der Reservierung genaue Angaben machen zu können.

Hauschild grübelte. Noch einmal sah er auf das Schreiben. Dabei blieb sein Blick kurz beim Namen Stella Engholm haften. Merkwürdigerweise stand dahinter in Klammern noch der Name Clara Schumann. Auch das hätte ihn nicht weiter beschäftigt. Mochte es eben ein für die Mitschülerin geläufiger Spitzname gewesen sein. Aber als Adresse war die Myliusstraße in Frankfurt angegeben. Das hielt er für ein kurioses Zusammentreffen von Umständen. Die wahre Clara Schumann hatte, wie er wusste, viele Jahre in der Myliusstraße 32 gelebt. Aber

Clara Schumann war längst tot! Hauschild war klar, dass er hier mit seinen Überlegungen nicht weiterkam.

In dem Stapel von Unterlagen und Papieren sah der Reporter noch ein Foto, das seine Aufmerksamkeit auf sich zog. Hauschild erkannte, dass der vergrößerte Bildausschnitt von Toni Assmann als Dragqueen an der Wand von diesem Foto herrührte. Auf dem Original war ein sehr gut aussehender, gepflegter Mann mit vollem schwarzen Haar und blasiertem Gesichtsausdruck zu sehen. Offenbar wusste dieser Schönling um sein Aussehen. Als Hauschild das Foto aufhob, fiel es ihm aus der Hand und landete mit der Bildseite nach unten auf dem Tisch. Auf der Rückseite war *Zum 40. Geburtstag alles Liebe, Dein B.* zu lesen.

Ein kurzer Blick machte Hauschild klar, dass Drews in Kürze sein Telefonat beenden würde, da er zu den üblichen Grußformeln überging. Kurzerhand steckte er das Bild ein. Die Gedanken schwirrten in seinem Kopf. Er war sicher, dass der Name auf dem Schreiben eine glänzende Möglichkeit war, den Hintergründen um das seltsame Verschwinden Assmanns, seine Todesanzeige und das Foto mit dem Maskengesicht auf die Spur zu kommen. Kurzentschlossen steckte Hauschild auch das Einladungsschreiben in die Innentasche seiner Jacke. Keinen Augenblick zu früh, denn Drews kam auf ihn zu. Hauschild tat, als bemerke er Drews nicht, nahm wahllos ein paar weitere Schriftstücke vom Tisch und überflog sie. „Na, irgendetwas gefunden, was uns weiterhilft?"

Hauschild legte die Papiere nach und nach wieder zurück. „Nichts, was man nicht erwartet hätte: Rechnungen eines Psychotherapeuten und über Hormonbehandlungen, offenbar ein psychiatrisches Gutachten und ein Antrag auf Änderung des Vornamens. Das ist alles, soweit ich es in der Kürze der Zeit richtig verstanden habe."

Drews nickte geistesabwesend. „Lassen Sie uns wieder nach draußen gehen. Ich habe die Polizei verständigt. Mein Gott, war das schwierig. Es hat Ewigkeiten gedauert, bis ich mich durch die Bürokratie gekämpft habe. Besser gesagt, bis sich jemand erbarmt und sich für zuständig erklärt hat. Sie wollen gleich einen Streifenwagen vorbeischicken. Solange werde ich warten. Sie bleiben am besten bei mir."

Mit verlegenem Blick streifte Hauschild den Ärmel hoch und schaute auf seine Armbanduhr. „Das wird nicht gehen. Ich muss dringend zurück in die Redaktion. Aber ich lasse Ihnen meine Visitenkarte hier, damit Sie meine Anschrift weitergeben können."

Er nestelte eine an den Ecken schon leicht abgestoßene Karte hervor, gab sie Drews, dankte und verabschiedete sich. Als er wieder im Freien war, jagten sich die Gedanken in seinem Kopf. Wie sollte er jetzt vorgehen? Erst die ganze Geschichte noch weiter aufklären? Tiefer in den Sumpf einsteigen? Oder seine vorläufigen Ergebnisse Schultz und Schreiner vorlegen? Immerhin hatte er nun etwas vorzuweisen, Ermittlungsansätze, wie die Verfolger das nannten. Also genau das, was Schultz von ihm verlangt hatte, bevor er ihm Zugeständnisse machen wollte. Doch dieses verfluchte Einladungsschreiben durfte er ja eigentlich gar nicht besitzen. Schließlich war es, ohne es schön zu reden, geklaut. Illegal also.

Vielleicht sollte er sich doch zuerst einmal um den Verfasser Alex Wohlrabe und die Herren Bernie Tandler und Uli Landau kümmern. Herausfinden, wer die beiden Namen durch die handschriftlichen Ergänzungen hervorgehoben hatte. Und vor allem, warum. Als Hauschild aufsah, blickte er in das lächelnde Gesicht einer schönen Frau. Es brachte ihn auf gänzlich andere Gedanken.

6

Schreiner hatte im Polizeipräsidium an der Adickesallee einen Streifenwagen der Schutzpolizei genommen, um rechtzeitig zu seiner Verabredung in der Musikhochschule zu kommen. Natürlich wäre er lieber mit der U-Bahn gefahren, um nicht die in der Innenstadt üblichen Parkprobleme lösen zu müssen. Doch einige unaufschiebbare Telefongespräche hatten ihn aufgehalten und nun war er unter Zeitdruck.

Mit Blaulicht und Martinshorn raste er auf der Eschersheimer Landstraße stadteinwärts, wobei er sich durchaus bewusst war, dass für die Sondersignale kein triftiger Grund vorlag. Aber wer außer ihm wusste das schon? Wo kein Kläger, da kein Richter, sagte er sich. Immerhin ging es um Mord oder Totschlag.

Wegen Bauarbeiten vor der Musikhochschule, wo früher in der angeschlossenen alten Villa der *Hessische Rundfunk* untergebracht war, musste er das Eschenheimer Tor umrunden und wieder in die Gegenrichtung fahren. Zunächst hatte er erwogen, das Auto neben den Absperrungen auf der rechten Fahrspur zu parken, hatte jedoch Skrupel, so weit zu gehen, zumal er damit auf der vielbefahrenen Straße ein heftiges Verkehrshindernis geworden wäre.

Er fand einen Parkplatz in der Finkenhofstraße, wenn auch im eingeschränkten Halteverbot, hetzte aus dem Streifenwagen und warf beim Überqueren der Eschersheimer Landstraße einen Blick auf seine Armbanduhr. Verwundert blieb er stehen und rieb sich die Augen. Das war ihm noch nie passiert. Er hatte sich um eine volle Stunde vertan. Zu seinen Gunsten. Ein martialisches Grinsen verzog seine Narben zu einem ungeordneten Schachbrett. Gerade wollte er über sein weiteres Vorgehen nachdenken, als ihn ein infernalisches Hupen aus seinen Träumen riss. Ein PKW hatte eine Vollbremsung hinlegen müssen, weil Schreiner unbedacht auf der Fahrbahn stehengeblieben war.

Schreiner erreichte mit einem Sprung die andere Straßenseite und kämpfte sich durch die Bauabsperrungen. Er hatte sich entschieden, wie es weitergehen sollte. Um die nächste Straßenecke, im Grüneburgweg, lag das *Balzac Coffee*. Jeder Frankfurter Polizeibeamte wusste, wo er in der Stadt die besten Speisen und Getränke zu vertretbaren Preisen bekommen konnte. Und im *Balzac Coffee* gab es frisch gebrühten Kaffee verschiedener hochwertiger Sorten. Außerdem herrliche Franzbrötchen, ein gezuckertes Blätterteiggebäck mit Rosinen und einem Hauch Zimt. Dafür würde er ein Steak stehen lassen. Oder hinterher essen.

Er betrat das Café, gab am Tresen seine Bestellung auf, bezahlte und nahm alles mit zu einem der kleinen Tische am Fenster, die er wegen der ältlichen Wohnzimmersessel und dem Blick nach draußen bevorzugte. Zu diesem zweiten Frühstück holte er sich eine der angebotenen Tageszeitungen, die er intensiv studierte. Nachdem er das Franzbrötchen genossen hatte, bewegte ihn nur noch ein Gedanke. Jetzt fehlte eine Zigarette zu seinem vollständigen Glück. Er seufzte tief und langte unbewusst nach der Brusttasche seines Jeanshemds, um sich zu vergewissern, dass er einige Mohrrüben als Ersatz eingesteckt hatte.

Ein erneuter Blick auf seine Armbanduhr machte ihm deutlich, dass es Zeit zum Aufbruch war. Nach wenigen Schritten stand er wieder vor der eindrucksvollen gläsernen Eingangsfront der Musikhochschule, deren Frontbereich durch aufgesetzte weiße Quadrate einem Schachbrett glich. Er schaute sich kurz im lichtdurchfluteten Foyer um, ging dann nach links an die Rezeption und ließ sich bei dem Präsidenten anmelden.

Professor Hengstenberg empfing ihn mit einem verklärtem Lächeln. Schreiner musste sich sehr beherrschen, weil der Hochschuldirektor so absolut dem Bild entsprach, das er sich von einem Menschen in dieser Position gemacht hatte: Ein moderner Paganini, wirres Haar, randlose Brille, temperamentvolle Gestik, lockere Kleidung.

Hengstenberg bot ihm Platz in einer Sitzgruppe an und begann direkt zu reden. „Sie sind Polizist. Wie spannend! Eine ganz andere Arbeit als unsere." Er rollte die Augen und machte mit der Hand eine kreisförmige Bewegung, als forme er den Erdball nach. „Kultur, das ist unser Auftrag. Wir hauchen den Menschen ihre Seelen ein. Aber ich will nicht zu sehr abschweifen, es sei denn, dass Sie unsere Arbeit interessiert. Sind Sie deshalb hierhergekommen? Oder was führt Sie zu mir?"

Schreiner ahnte, dass er sich auf längere Monologe einrichten musste, wenn es ihm nicht gelang, das Gespräch auf sein Anliegen zu fokussieren. „Danke, dass Sie mich empfangen haben. Ihre Zeit ist sicher sehr begrenzt. Ich verstehe, dass Sie durch den hehren Auftrag, den Sie erfüllen müssen, überaus in Anspruch genommen sind. Deshalb erlaube ich mir, mit der Tür ins Haus zu fallen. Ich bearbeite einen Fall, bei dem ein Mensch unfreiwillig zu Tode gekommen ist. In diesem Zusammenhang könnte ein gewisser Toni Assmann eine wichtige Rolle spielen. Assmann war nach unseren Ermittlungen vor einigen Jahren ein begabter Musiker. Sagt Ihnen der Name etwas? Gab es je einen Bezug zur Musikhochschule?"

Ein schrilles Kichern ging Hengstenbergs Antwort voraus. Er schaute Schreiner ungläubig an. „Ihr Polizisten seid doch eine merkwürdige Spezies. Da greifen Sie sich unter den zahlreichen Studenten, die wir in den letzten Jahrzehnten betreut haben, einen Namen heraus und schauen mich erwartungsvoll an. Lassen Sie mich wenigstens kurz nachdenken." Er schob sein verrutschtes Brillengestell zurecht und studierte Schreiner belustigt. „Wieso sind Sie eigentlich alleine gekommen? In Kriminalfilmen und Büchern finden doch alle Nas' lang Auftritte und Versammlungen statt, in denen sich Heerscharen von Beamten über einen einzigen Fall hermachen."

Schreiner winkte ab. „Die Lebenswirklichkeit ist eben anders. Wir sind oft froh, wenn zumindest einer von uns an einem Kapitalverbrechen dranbleiben kann."

Hengstenberg schien nicht zugehört zu haben, sein verklärter Blick ruhte auf der Zimmerdecke. Dann fixierte er Schreiner wieder und begann zu erzählen: „So wenig Sie das erwartet haben mögen. Ich kann mich gut an Toni Assmann erinnern. Dazu muss ich aber etwas weiter ausholen, damit Sie die Abläufe im Hause und damit die Zusammenhänge verstehen können." Er schlug die Beine übereinander und machte es sich gemütlich. „Unsere Hochschule geht auf das neunzehnte Jahrhundert zurück. Von Anfang an unterrichteten hier sehr berühmte Musiker, wie etwa Clara Schumann. Diesen Namen erwähne ich nicht ohne Grund. Ihre Frage führt uns nun zunächst etwa zwanzig Jahre zurück. Es gab damals einige hauptamtliche Professoren und ein paar Lehrkräfte von außen. Etwa Solomusiker des Frankfurter Opern- und Museumsorchesters. Sie betreuten gemeinsam die Studenten hier im Haus. Wir konnten nur etwa ein Fünftel der interessierten Studenten aufnehmen. Selbstverständlich nach anspruchsvollen Aufnahmeprüfungen. Drei bis vier Stücke mussten von vorgelegten Blättern auf einem Instrument vorgespielt werden. Und einiges mehr. Klavierkenntnisse waren zwingend. Das anschließende Studium dauerte acht Semester. Mit Gruppen- und Einzelunterricht, Vorlesungen, Chor- und Orchesterleitungen. Noch heute geben die Studenten Konzerte in der *Alten Oper.* Die Studiengänge waren auf Schul- und Privatmusik und letztlich auch auf eine instrumentenbezogene künstlerische Ausbildung angelegt, also die Orchesterklasse. Nach acht Semestern folgte dann ein breit gefächertes Examen. Die Einzelheiten dazu stelle ich vorerst zurück, es sei denn, sie möchten gleich mehr darüber hören." Hengstenberg sah Schreiner erwartungsvoll an. Als der nicht reagierte, fuhr er fort. „Es gab auch Gäste, die nur zur Weiterbildung an einem Instrument an die Hochschule kamen. Sie erfuhren eine höhere praktische Ausbildung in unserem Orchester mit einem Profi-Dirigenten. Orchesterstudien, also Solopartien aus Sinfonien, mit einer Art Probespiel für die Aufnahme in einem Orchester, Kammermusik und viele weitere Angebote waren verpflichtend."

Schreiner dauerte das alles zu lange. Er hatte nicht vor, sich als Student anzubieten, sondern wartete auf die Beantwortung seiner Frage. Deshalb entschloss er sich, Hengstenberg höflich zu unterbrechen. „War Toni Assmann ein solcher Gast? Er muss ja meinen Ermittlungen zufolge schon vor seinem Abitur Klavierunterricht erhalten haben."

Hengstenberg nickte. „Sie haben Glück. Zur damaligen Zeit, der Chef des Hauses nannte sich noch Dekan, war ich Orchestermitglied des erwähnten Frankfurter Opern- und Museumsorchesters. Daneben hatte ich Schüler, die ich im Klavierspiel fortbildete. Einer davon war Toni Assmann. Er war in der Tat so eine Art Gast der Musikhochschule. Dass er zu der Zeit noch auf das Gymnasium ging, ändert nichts an diesem Status."

„Und dessen sind Sie sich nach zwanzig Jahren absolut sicher?"

Ein leichtes Stirnrunzeln machte deutlich, dass der Professor die Frage als despektierlich empfand. „Ich gebe einem Polizisten keine Antwort, für die ich nicht geradestehen kann. Sie fragen mich vermutlich deshalb, weil Sie es für gewöhnlich mit Menschen zu tun haben, die Ihre Erlebnisse nicht verlässlich speichern und später abrufen können. Zu dieser Sorte gehöre ich nicht. Toni Assmann habe ich im Gedächtnis behalten, weil er nicht eben nur ein bisschen Klavier übte. Toni Assmann war, mit einem Wort, genial. Ein Naturtalent, das zu allergrößten Erwartungen berechtigte. Deshalb habe ich ihn nicht vergessen." Er zog die Nase hoch. „Wie Sie sicher wissen, hat es einen schweren Unfall gegeben. Dabei hat sich Assmann die rechte Hand irreparabel verletzt. Klar, dass dies das Ende seiner Karriere bedeutete."

„Hat er Ihnen das selbst erzählt? Und wissen Sie was über Art und Ursache des Unfalls?"

„Nein. Das habe ich von seinen gelegentlichen Begleitern erfahren. Allerdings sind mir die Einzelheiten nicht mehr genau in Erinnerung."

Schreiner ruckte höchst angespannt vor. „Zwei Begleiter, sagen Sie? Was können Sie mir über die verraten?"

Hengstenbergs Mimik verriet, dass er sich nun als die wesentliche Auflösungskomponente in einem wichtigen Kriminalpuzzle verstand. „Es handelte sich um einen Mann und eine Frau. Beide kamen gelegentlich mit Assmann zu uns. Nicht, um ihm zuzuhören, vielmehr, um sich mit unserem Institut vertraut zu machen. Das ist nicht ungewöhnlich. Ich habe mehrfach beobachtet, dass unsere Studenten andere aus ihrem Freundes- und Bekanntenkreis, meist aus der Klassengemeinschaft, für ihr Musikinteresse begeistern konnten. Manche widmeten sich später in Trios der Kammermusik, andere bevorzugten zeitgenössische Musik, etwa Pop, und gründeten ihre Bands. Bei Assmanns Begleitern ging das weit größere Interesse von der Dame aus."

„Wissen Sie noch die Namen der zwei Personen? Wie sahen sie aus? Welche Verbindung hatten sie zu Assmann?"

Hengstenberg lächelte überlegen. Mit gespreizten Fingern fuhr er sich durch seine etwas öligen Haarlocken im Nacken. „Viele Fragen auf einmal. Haben Sie sich nicht gewundert, dass ich Ihnen vorhin als frühere prominente Lehrkraft der Musikhochschule Clara Schumann nannte? Nun, die Dame hieß Clara. Oder vielmehr ließ sie sich von den beiden Männern so ansprechen. Das allein hätte ich noch nicht für bemerkenswert gehalten. Junge Leute brauchen ihre Idole, mit denen sie sich bis zu einem gewissen Grad identifizieren können. Bei Clara kam allerdings noch mehr hinzu. Wie sie wirklich hieß, ist mir im Augenblick entfallen. Aber ich erinnere mich an sie, weil sie bei uns noch einen anderen Spitznamen trug. Wir nannten sie die Studentin mit dem Biedermeier-Tick. Ihr komplettes Äußeres, Frisur, Kleidung und Betragen, war eine romantische Darstellung. Sie kopierte Clara Schumanns Aussehen, wie wir sie von Zeichnungen und Lithographien kennen. In der Tat hatte sie das gleiche puppenhafte Gesicht und die dunklen, tiefen Rehaugen. Sie studierte später bei uns, lange nachdem Assmann seinen Unfall hatte. Wie der Mann hieß, der sie begleitete, weiß ich nicht."

„War Clara so genial wie Assmann? Oder so meisterlich, wie ihr Künstlername vermuten lässt? Und wollte der männliche Begleiter ebenfalls Musiker werden?"

„Wieder viele Fragen. Dabei habe ich Ihre vorigen noch nicht einmal alle beantwortet. Lassen Sie mich der Reihe nach erzählen. Toni Assmann war unverkennbar homosexuell. Jedenfalls zeigte er kein Interesse an Frauen. Daher bestand zwischen den beiden Männern keine Konkurrenz um Clara. Toni Assmann hörte auf Clara. Es war fast so eine Art Mutter-Kind-Verhältnis. Nach dem Unfall sagte Clara einmal, ihr ‚kleiner Junge' weine von morgens bis abends um seinen verlorengegangenen Jugendtraum. Ich glaube, dass sie von einem Tritt auf die Hand Assmanns erzählte. Das sei aber unbeabsichtigt gewesen. Er wünsche sich jetzt nur noch, dass sie ihn als Künstlerin übertreffe."

„Tat sie das?"

„Keineswegs. Clara war gut. Sehr gut sogar. Manchmal wie ein zarter, einfühlsamer Hauch, wenn sie zum Beispiel eine Sonate von Carl Maria von Weber präsentierte. Aber nicht genial. Bestenfalls ein vorgespieltes Genie, wenn Sie verstehen. Sie war zu unbeherrscht, gelegentlich sogar hysterisch. Ihre zwei Gesichter verhinderten eine kontinuierliche Disziplin. Das schadete der Qualität ihrer Darbietungen." Er klatschte in die Hände. „Einmal bestellte sie in unserer kleinen Kantine Tomatensaft und erklärte, sie brauche manchmal eine Bluttransfusion. Verrückt, nicht? Nachdem sie ausgetrunken hatte, gab sie sich lammfromm und sanft. Ebenfalls gespielt."

„Und der Mann?"

Hengstenberg lachte laut auf und schlug sich mit der Hand auf den Oberschenkel. „Der war, um eine Ihrer Fragen von vorhin zu beantworten, nicht an Musik interessiert und auch kein Student bei uns. Wenn die Studenten mittags nicht gegenüber im *Café Mann* saßen, das es längst nicht mehr gibt, besuchten sie unseren Aufenthaltsraum. Dorthin wurde mittags von der

Mensa der Goethe-Universität, damals noch an der Bockenheimer Warte, für ungefähr vierzig Personen ein Mittagessen in Aluminium-Behältern geliefert. Manchmal aß ich auch dort. Clara setzte sich dann gerne zu mir, wohl, weil sie mir einen gewissen Repräsentationswert zubilligte. Einmal setzte sich auch dieser junge Mann dazu, der vom Betragen her ihr Liebhaber gewesen sein könnte. Dabei empfahl er mir ein Kapitalanlagegeschäft und versprach astronomische Zinsen. Ich verschluckte mich beinahe vor Lachen. Als ich höflich ablehnte, wurde er laut und impulsiv. Clara hielt ihn zurück, und er gab auf. Er studierte wohl Volks- oder Betriebswirtschaft. Später kam mir zu Ohren, dass er wegen Betrügereien von der Polizei gesucht oder verfolgt werde. Einzelheiten weiß ich aber nicht mehr."

Als Schreiner gerade fragen wollte, was aus Claras Studium geworden ist, packte Hengstenberg ihn am Arm und unterbrach ihn: „Stopp! Jetzt fällt es mir wieder ein. Mit richtigem Namen hieß sie Stella. Den Nachnamen weiß ich allerdings immer noch nicht. Nun, sie war jedenfalls plötzlich verschwunden. Lange, bevor sie Examen machen konnte. Den Grund habe ich bis heute nicht erfahren. Und ihren Begleiter habe ich ebenfalls nie wieder gesehen."

„Immerhin. So nach und nach kommen doch Ihre Erinnerungen wieder", feixte Schreiner. „Jetzt fehlt nur noch, dass Ihnen zu Claras Begleiter der Vorname Robert einfällt. So hieß ja wohl Clara Schumanns Ehemann."

Hengstenberg betrachtete Schreiner spöttisch, als habe er einem Polizisten nicht zugetraut, diesen Anstrich kultureller Bildung mitzubringen. Dann schlug er sich plötzlich mit flacher Hand vor die Stirn. „Nein, das nicht. Aber Sie haben mir den Weg gewiesen. Natürlich! So war es. Sie nannte ihn Johannes. Auch wenn ihr die Klavierwerke von Brahms musikalisch nicht so lagen. Verstehen Sie, was ich meine?"

Schreiner hatte Hengstenbergs Blick aufgefangen, daher war es ihm ein Anliegen, seinem Gegenüber zu verdeutlichen, dass das Gespräch auf Augenhöhe erfolgte. „Selbstverständlich. Johannes Brahms war Clara Schumanns Liebhaber und möglicherweise der Vater ihres letzten Kindes. Nur hilft mir ein Spitzname bei den Ermittlungen nicht wirklich weiter. Vielleicht sollte ich Ihnen ein bisschen mehr Zeit einräumen, damit Sie über die Geschichte noch einmal konzentriert nachdenken können. Wie sich gezeigt hat, kommen Ihnen ja doch ein paar Bruchstücke aus Ihrem damaligen Lebensabschnitt schubweise in Erinnerung." Schreiner bemerkte Hengstenbergs misstrauische Miene und entschloss sich zu einem versöhnlichen Schlussakkord. „Sie haben mir sehr geholfen. Dafür danke ich Ihnen. Aber Sie würden sich in der Geschichte der Verbrechensaufklärung ein Denkmal setzen, wenn Sie noch ein paar konkretere Ansätze bieten könnten, die uns gezielte Nachforschungen ermöglichen würden."

Der Professor nickte und ihm war anzusehen, dass er nicht mehr genau zuhörte. Dann platzte es aus ihm heraus: „Ecuador! Vielleicht auch Brasilien! Oder jedenfalls Südamerika. Das war es, was mir die ganze Zeit entfallen war. Claras Begleiter – oder Stellas, wie Sie wollen – soll sich nach Südamerika abgesetzt haben." Er setzte ein leicht süffisantes Lächeln auf. „Verhelfe ich Ihnen damit nicht zu einem Grund für eine fantastische Dienstreise? Südamerika auf Staatskosten!"

„So etwas haben wir heutzutage bei der Polizei nicht mehr nötig. Unsere Bezahlung wurde zwischenzeitlich den Leistungen angepasst, die wir erbringen. Wir können uns sogar schon ein Opernabonnement leisten."

7

Eine der Perlen Frankfurts ist das Holzhausenschlösschen, ein barockes Wasserschloss im Nordend, umgeben von einem Park. Die unmittelbar umliegenden Straßen, das Holzhausenviertel, gehören zum besten und teuersten Wohnbereich Frankfurts.

Clara Schumann alias Stella Engholm und ihre Internetbekanntschaft Werner Hoffmann saßen in dem vergleichsweise schmucklosen Veranstaltungssaal in der ersten Reihe. Die Atmosphäre entsprach der Zweckmäßigkeit des Veranstaltungsorts genauso wie die eher funktionale Beleuchtung. Stella hatte beim Eintreten an der provisorisch eingerichteten Bar ein Glas Champagner erbeten – wie sie wusste, das Lieblingsgetränk ihres Idols. Mit den Jahren war es auch das ihre geworden. Sie musste ihren Wunsch jedoch zurückstellen, da es keinen Champagner gab.

Hoffmann reckte seine Hände aus dem edlen schwarzen Ledersakko und legte sie flach auf seine ausgestreckten Beine, peinlich darauf bedacht, dass seine Markenjeans an den Knien nicht ausbeulten. Stella nestelte an ihrer weißen Spitzenbluse unter dem dunkelblauen Taftkleid. Mit Mühe zupfte sie die zahllosen verspielten Rüschen aus den engen Ärmeln des Kleids. Dadurch entfaltete sich der Duft ihres Lieblingsparfums noch stärker. Wie so häufig hatte sie das Haar gescheitelt und im Nacken verknotet.

Ein chinesischer Klavierspieler mit dem Künstlernamen Singsang präsentierte mit furiosem Körpereinsatz seine eigenwillige, nicht ganz überzeugende Interpretation des zweiten Klavierkonzerts von Johannes Brahms. Nach genau siebenundvierzig Minuten war das Konzert zu Ende.

Stella und Werner waren sich bereits vor der Darbietung einig geworden, im Anschluss essen zu gehen. Auf Hoffmanns Vorschlag hatten sie sich für das *Restaurant Rosa* im Grüneburgweg entschieden. Und so steuerte Hoffmann seinen schwarzen Mercedes der S-Klasse bis fast vor den Eingang der Hausnummer 25 und parkte ihn ohne erkennbare Gewissensbisse im absoluten Halteverbot. In der sicheren Überzeugung, sich mit seinem Vorschlag durchsetzen zu können, hatte Hoffmann vorab schon in dem gemütlichen, kleinen Restaurant mit französischer Küche einen Tisch in einer verschwiegenen Ecke reserviert. Das Paar ging bei einem Glas Champagner zum vertrauten Du über. Auf Empfehlung der kräftigen, nostalgisch gekleideten Chefin bestellten sie Lammrücken mit grünen Bohnen und Kartoffelgratin, dazu einen samtroten Bourgogne. Während des Essens wurden sie sich unter vielen abwägenden Bewertungen darüber einig, dass das gerade erlebte Konzert die Erwartungen nicht ganz erfüllt hatte.

Im Anschluss saß Stella vor einem Espresso, die weit geöffneten Augen irrten im Raum umher. Immer wieder tupfte sie sich mit einem weißen Spitzentaschentuch die Schläfen und die Nase. Hoffmann betrachtete sie forschend, einen XO-Cognac langsam schwenkend. „Du bist so unruhig. Gefällt es dir hier nicht? Oder fühlst du dich nicht wohl?“

„Doch, doch“, lächelte Stella gequält.

„Oder ängstigt dich die Frage, wie es jetzt weitergehen soll?“

Sie berührte seine Hand mit den Fingerspitzen. „Aber nein. Weshalb denn? Lass uns noch ein wenig hierbleiben. Es ist schön hier. So kuschelig und warm."

Hoffmann zog seine Hand zurück, sein Blick wurde hart, die Stimme provokativ: „Wir sind keine kleinen Kinder mehr. Gehen wir anschließend zu dir oder zu mir? Oder bevorzugen Madame ein gepflegtes Hotelambiente? Ich kann mit allem dienen."

„Lieber Freund! Lass doch diese unangebrachten Untertöne weg. Das passt nicht zu deinem sonstigen Stil. Versteh' einfach, dass ich noch ein bisschen bleiben und genießen möchte. Und entziehe mir deine Hand nicht weiter. Ich brauche manchmal etwas, woran ich mich festhalten kann. Auch menschliche Wärme und Zuwendung."

Er reagierte versöhnlich und entsprach ihrem Wunsch. „Erzähle mir bitte ein bisschen mehr aus deinem Leben. Ich will dich kennen, bevor ich dir gehöre. Verstehst du das? Ich bin nicht die Frau, die sich jedem Mann sofort an den Hals wirft. Das ist nicht mein Stil und das habe ich auch nicht nötig."

Tatsächlich war es ihr gelungen, Hoffmann zu verunsichern und an seiner bisher gewählten Eroberungsmethode Zweifel aufkommen zu lassen. Er lenkte ein. „Das ist ein weites Feld, wie Fontane sagen würde. Was soll ich aus den Jahrzehnten herausgreifen? Welchen meiner vielen Fehler willst du denn genauer kennenlernen? Gib mir bitte wenigstens ein Thema vor."

Stella war zu klug, um eine Siegerpose einzunehmen. Sie gab sich schalk- und gleichwohl mimosenhaft, ein Jungmädchentyp, der ihrer Erfahrung nach Beschützerinstinkte weckte. „Du bestichst durch deine Dynamik, deine Stärke und deine Sicherheit. Was machst du eigentlich? Wovon lebst du? Und was hast du überhaupt gelernt? Wenn ich das weiß, kann ich dich viel besser einschätzen. Du wirkst manchmal sehr aufgedreht und gestresst. Sicher trägst du eine große Verantwortung."

Stolz stand ihm ins Gesicht geschrieben. „Ich bin Unternehmer. Selbstständig. Wir produzieren Maschinen, genauer gesagt Fahrstühle. Alles muss auf den Millimeter stimmen."

„Und davon kann man leben?"

Hoffmann sah sie verdutzt und ein wenig gekränkt an. „Selbstverständlich. Wenn man ordentliche Produkte herstellt und anbietet, ist die Erfolgsgeschichte vorprogrammiert. Ich arbeite nun schon seit Jahren in diesem Sektor und habe es nie bereut. Der Rubel rollt. Mit steigender Tendenz." Er legte den Kopf leicht schief und fuhr nachdenklich fort: „Wenn man immer auf der Hut ist, zumindest. Je besser es läuft, umso größer ist die Gefahr, dass man von irgendwelchen Haien gefressen wird."

Stella schaute ratlos vor sich hin und gähnte mit verschlossenem Mund. Sie schien Mühe zu haben, ihm Interesse vorzuheucheln. „Dazu gibt es sicher Lebenserfahrungen oder sogar eine Geschichte. Erzähle bitte weiter. Es ist so spannend und gleichzeitig beruhigend, dir zuzuhören."

Er wiegelte mit großspuriger Geste ab. „Ach was! Alltagserlebnisse. Als mein Betrieb so richtig im Aufblühen war, kamen natürlich die Finanzhaie und wollten mich über den Tisch ziehen. In so einer Stellung gibt es immer Typen, die das schnelle Geld abgreifen wollen."

„Aber mein starker Freund hat sie durchschaut und zum Teufel gejagt." Sie tätschelte seine Hand und räkelte sich wohlig.

Hoffmann fühlte sich offensichtlich geschmeichelt. Er nahm einen tiefen Schluck aus seinem Cognacglas und lenkte ein. „Na ja, so ganz unbedarft bin ich nicht. Da müssen schon andere Kaliber kommen, um mir das gerade frisch gewaschene Hemd vom Leib zu ziehen.“ Er lachte laut auf und schlug mit der flachen Hand auf den Tisch, sodass einige Leute an den Nachbartischen kurz herüberschauten. „Der übelste Zocker war ein gewisser Landau oder Lauda. Jedenfalls so ähnlich. Es ist jetzt ein paar Jahre her. Dieser Windbeutel oder, vornehm gesagt, Lebenskünstler, wollte mir wertlose Kapitalanlagen oder dubiose Firmenbeteiligungen in Südamerika andrehen. Er verniedlichte das Risiko, präsentierte mir Expertisen auf Hochglanzbroschüren und versprach mir abenteuerliche Renditen. Selbstverständlich sei sein Unternehmen kerngesund.“ Er wischte sich ein paar Lachtränen aus den Augen. „Ich habe ihm geraten, das Kapital seiner angeblich so vermögenden eigenen Firma in den von ihm selbst vertriebenen Papieren anzulegen. Da gab er sich beleidigt und drohte mit Verlusten, die auf mich zukommen würden.“

Hoffmann hatte sich in seine Geschichte hineingesteigert. Dabei war ihm offensichtlich die Wirkung des Namens Landau auf Stella entgangen. Sie war kreidebleich geworden und hatte begonnen, am ganzen Körper zu zittern. Um ihre Reaktion vor Hoffmann zu verbergen, umschlang sie ihren Körper, rieb ihre Oberarme und tat, als habe sie ein Kälteschauer ergriffen. Sie nickte mit dem Kopf zur Eingangstür hin. „Ich glaube, unsere Wirtin hat gerade etwas zu lange gelüftet, mir ist kühl geworden.“ Sie reckte sich, bekam ihr Zittern in den Griff und dann schaute sie Hoffmann wie ein waidwundes Reh an. „Erzähle nur weiter. Es ist sehr unterhaltsam. Und, bist du diesen Scharlatan losgeworden? Oder hat er dich später noch weiter belästigt?“

„Ich habe nur noch einmal von ihm gehört. Offenbar zur Gesichtswahrung nannte er mir eine Adresse, wo ich mich mit ihm treffen und noch einmal gründlich über alle finanziellen

Vorteile seiner Angebote reden könne." Hoffmann winkte ab. „Die Adresse war natürlich irgendwo in Übersee."

Stella gab sich Mühe, sich ihr Interesse nicht anmerken zu lassen und lächelte. Gleichwohl hätte ein sorgfältiger Beobachter ihre innere Anspannung bemerkt. „Das ist gewiss kein seltener Name, oder? Dabei fällt mir ein, dass wir demnächst ein Klassentreffen geplant haben. Davon habe ich dir noch gar nicht erzählt. Ein Wiedersehen nach immerhin mehr als zwanzig Jahren. Und das, nachdem die meisten von uns sich nach dem Abitur nie wiedergesehen haben."

Hoffmann registrierte den Themenwechsel und brauste unverständig auf. „Wie kommst du jetzt gerade darauf? Was hat das mit meiner Geschichte zu tun?"

„Das sollst du gleich erfahren", zwitscherte Stella mit sanftem Augenaufschlag. „Zu unserem geplanten Klassentreffen gibt es eine Fehlliste. Darauf stehen die Namen der Klassenkameraden, deren Adressen oder Telefonnummern der Organisator des Ganzen bisher nicht herauskriegen konnte."

„Ja und?"

„Einer meiner ehemaligen Mitschüler auf dieser Liste hieß Landau. Verstehst du nun mein Interesse?" Sie schloss die Augen und schüttelte kaum merklich mit dem Kopf. „Sicher, fast ein Allerweltsname. Aber man weiß ja nie. Der Zufall kann immer seine Hand im Spiel haben. Welchen Vornamen trug denn dein Rosstäuscher? Unser Klassenkamerad hieß Uli."

Über Hoffmanns Nasenwurzel zeigten sich ein paar Falten. „Uli? Das könnte sein. Ich meine jedenfalls, dass sein Vorname mit U anfing. Aber sicher bin ich mir nicht."

Stella nestelte an ihrem Spitzenkragen, als sei sie in Gedanken schon bei einem anderen Thema. „Hast du eine Möglichkeit, bei dir zu Hause in irgendwelchen Unterlagen nachzuschauen? Vielleicht findest du ja noch etwas über ihn. Den Vornamen, eine Adresse oder Handynummer." Sie schenkte ihm ein aufmunterndes, dankbares Lächeln. „Es würde möglicherweise dazu beitragen, unser Klassentreffen um eine weitere Person zu vervollständigen."

Er ergriff wieder ihre Hand und schaute sie auffordernd an. „Ich verspreche es dir. Großes Indianerehrenwort."

Sie legte den Kopf schief und sah ihn mit verträumten Augen betont zärtlich an. „Danke! Du bist lieb. Ich wusste, dass du mir jeden Wunsch von den Augen ablesen würdest."

Hoffmann glaubte sich am Ziel. In der Pose eines Olympioniken, der seine Goldmedaille herumzeigt, winkte er der Bedienung, bevor er Stella einen triumphierenden Blick zuwarf. „Wollen wir jetzt nicht langsam zahlen? Aber vorher musst du endlich Farbe bekennen und dich entscheiden. Sollen wir lieber zu dir oder zu mir gehen? Du darfst es dir aussuchen. Ich mache alles mit."

Sie warf ihm einen leidenden Blick zu. „Du wirst sicher gleich ungehalten reagieren und mich für undankbar oder exaltiert halten. Sei mir bitte nicht böse. Ich will dir nicht wehtun, aber ich habe seit dem Konzert eine unglaublich hässliche Migräne. Die ganze Zeit über habe ich sie unterdrückt, um uns den Abend nicht gänzlich zu verderben. Jetzt bin ich allerdings völlig erschöpft und möchte nur noch nach Hause."

Hoffmanns Augen verdunkelten sich, seine Miene war versteinert. „Wohin?"

Stella griff sich an die Schläfen. „Du darfst es ruhig wissen. Ich habe keine Geheimnisse vor dir. In die Myliusstraße. Aber ich kann gerne ein Taxi nehmen."

Kommentarlos stand Hoffmann auf und wies zum Ausgang. Stella ging voran. Von einer Sekunde auf die andere wich ihre bisher zur Schau gestellte Selbstsicherheit einem Ausdruck tiefer Verzweiflung. Hoffmanns unverhohlene Erwartungshaltung hatte mühsam verdrängte Erinnerungen in ihr wachgerufen. Sie biss sich fest auf die Lippen, um die hochkommenden Tränen vor ihm zu verbergen. Was auch kommen mochte, Hoffmann durfte ihr wahres Gesicht, durfte die verletzte Frau nicht sehen. Das würde ihr Stolz nicht zulassen. Und sie würde weitere Demütigungen nicht verkraften.

Sie biss sich noch fester auf die Lippen und verkrampfte ihre Hände. Ihre Stimme versagte und die Knie wurden weich, als sie am Tresen ein Taxi bestellen wollte. Hoffmann packte sie am Arm. In seinem Gesicht zeichneten sich Enttäuschung und Selbstmitleid ab. „Ich regle schon alles!“

8

Schultz saß nachdenklich und übellaunig in seinem Büro. Seine Ehefrau Traudel hatte ihm am Vorabend eröffnet, dass sie von ihrem Arbeitgeber, einer namhaften Frankfurter Großbank, zu einer einwöchigen Fortbildungsveranstaltung nach Südamerika entsandt werde. Nach Ecuador, weil man anschließend den Teilnehmern großzügig noch einen Besuch der Galapagos-Inseln spendieren wollte. Am meisten hatte ihn verdrossen, dass sie sich offenbar auch noch darauf freute, während er sich Gedanken machte, wie er in dieser Zeit über die Runden kommen sollte. Klar, der Haushalt machte ihm keine Schwierigkeiten. Er war es seit Jahren gewohnt, sich um die Einkäufe zu kümmern, das Frühstück zuzubereiten und auch sonst alle Arbeiten auszuführen, die seiner Frau das Leben leichter machten. Aber sich eine Woche lang alleine versorgen? Nur für einen Menschen kochen? Oder abends alleine in einer Kneipe essen? Das hörte sich nicht attraktiv an. Und Freunde waren vermutlich so auf die Schnelle auch nicht loszueisen. Alle standen mehr oder weniger stramm im Berufsleben. Da ging von heute auf morgen nicht viel.

Es klopfte leise und die Tür ging auf. Und da stand sie: Traudel, der Anlass seines Unmuts. Ihre großen Augen musterten ihn belustigt. „Wenn ich dich so anschaue, komme ich gerade rechtzeitig, um dich von schwermütigen Gedanken abzuhalten.“ Sie atmete tief durch und strahlte ihn an. Dann sprudelte sie los: „Ich hatte eben einen kleinen Außentermin und kam hier vorbei. Da fiel mir ein, dass ich dir noch nicht von meiner kleinen Überraschung erzählt habe, die ich letzte Woche vorbereitet habe. Wir feiern am kommenden Wochenende ein kleines Fest. Ich habe schon vom Büro aus die Räumlichkeiten gemietet. Das sogenannte Frankfurter Zimmer auf Gut Neuhof in Dreieich-Götzenhain hat es mir angetan. Serviert wird ein bisschen Grillzeug. Ich habe auch schon ein paar Mails abgesetzt und herumtelefoniert, um herauszufinden, wer von unseren Freunden Lust und Zeit hat. Da wir unsere letzten Geburtstage nicht gefeiert haben, habe ich die Einladung unter das Motto ‚Wir leben noch‘ gestellt. Wir können nicht auf die Feiern aller möglichen Leute gehen, ohne mal wieder selbst einzuladen.“ Sie hob den Zeigefinger. „Und bei der Gelegenheit wirst du mit deinem kommunikativen Wesen zwanglos herausfinden, mit wem du die Woche über mal einen trinken gehen kannst. Dann frisst dich die Sehnsucht nicht völlig auf, wenn ich weg bin. Na, wie gefällt dir das? So denkt deine liebe Frau immer an dich. Hoffentlich weißt du das zu schätzen.“

Schultz grummelte unverständlich „einverstanden“ vor sich hin, konnte aber eine gewisse Freude schlecht verbergen. Bevor er fortfahren konnte, klopfte es erneut. „Das ist hier ja wie im Taubenschlag. Kein Wunder, dass man nicht zum Arbeiten kommt.“ Er hob die Stimme und rief: „Herein!“

Kaum hatte er die Aufforderung gegeben, flog die Tür auf und knallte mit lautem Schlag gegen die Wand. „Hallöchen, Hallöchen, der unverzichtbare, allseits geschätzte Herr Schreiner ist da.“

Da fiel Schreiners Blick auf Traudel. Sein frohgemutes Grinsen erstarb. Er machte eine tiefe Verbeugung und streckte eine

Handfläche offen zu Traudel hin. „Küss die Hand, gnädige Frau. Ich hoffe Sie bei bester Gesundheit."

Traudel konnte sich eines schrillen Auflachens nicht erwehren. „Wenn ich Sie nicht so gut kennen würde, könnte ich glauben, dass Sie mich auf den Arm nehmen wollen. Da ich aber weiß, dass Sie sich das nicht erlauben, freue ich mich, Sie zu sehen." Sie winkte ihrem Mann über den Schreibtisch hinweg zu. „Wir haben alles besprochen. Ich lasse euch jetzt allein, weil ich mich dringend auf meine Südamerika-Reise vorbereiten muss. Dass ihr mir für mein Steuergeld ordentlich weiterarbeitet, damit mir keine Klagen kommen." Dann nickte sie Schreiner zu und verließ das Büro.

Schultz forderte sein Gegenüber auf, Platz zu nehmen. „Na, sieht so aus, als hänge der Haussegen ein bisschen schief", bemerkte Schreiner scheinbar mitfühlend. „Jedenfalls spricht Ihre Mundpartie für eine versalzene Stimmung."

„Hören Sie auf, sich über meine Gemütsverfassung auszulassen. Berichten Sie mir lieber, was Sie bisher herausgefunden haben."

„Bescheiden, wie es nun mal meine Art ist, fange ich mit den Erfolgen anderer Personen an. Dieser Zeitungsfritze, Dennis Hauschild, hat mich angerufen. Der Kerl ist wie ein Trüffelschwein. Er ist angeblich in eine Geschichte reingeschlittert und hat dabei das Gespür dafür verloren, wie weit er gehen durfte. Egal, jedenfalls hat er etwas zu bieten. Er kommt gleich nach und erzählt selbst. Ich habe ihn, wie man so sagt, gründlich zusammengefaltet. Er läuft jetzt in der Spur."

„Bisher ist Ihre Botschaft nicht sehr gehaltvoll. Sonst gibt es nichts? Dann können wir es kurz machen", knurrte Schultz vor sich hin.

„Gemach! Die Hauptsache kommt noch. Sie werden vielleicht noch bedauern, den hoch qualifizierten Kollegen Schreiner so abweisend behandelt zu haben. Gestern habe ich ein Gesuch auf meine Frühpensionierung gestellt." Er hob die Faust und streckte den verkrümmten Ringfinger nach oben. „Seit einigen Tagen ist mein Ringfinger versteift. Der Doc hat noch kein Gegenmittel gefunden. Auch der Physiotherapeut kommt nicht weiter. Mit einem steifen Finger kann ich aber nicht mehr ungehindert die Schusswaffe bedienen. Als Kripobeamter bin ich damit untauglich. Ich werde also den Rest meines Lebens in der Nähe von Arles in der Provence verbringen. Zufällig habe ich dort ein nettes kleines Grundstück. Und meine neue Freundin freut sich schon sehr, da es in dieser Gegend noch Wildpferde gibt, und sie eine passionierte Reiterin ist."

Fast hätte Schultz sich an die Stirn getippt. „Das glauben Sie ja wohl selbst nicht, dass Sie wegen einer solchen Lappalie dem Steuerzahler als kerngesunder Beamter für die nächsten Jahrzehnte auf der Tasche liegen." Er schmunzelte verhalten und fuhr fort: „Und außerdem habe ich keine Lust, mich schon wieder an einen anderen Beamten zu gewöhnen. Nach meiner Erfahrung macht das nur noch mehr Arbeit, als ich ohnehin schon mit Ihren Extravaganzen habe."

Schreiner zog die Augenbraue hoch. „Aha! Der gute alte Schreiner würde Ihnen also doch fehlen."

„Lassen Sie jetzt den Quatsch. Keine Sentimentalitäten. Nächste Woche gehen Sie mit mir abends ein Bier trinken. Das ist eine dienstliche Weisung. Aber jetzt kommen Sie endlich zur Sache."

Ein Ruck, ein Nicken – Schreiner wurde ernst. „Hauschild hat mir von einem Einbruch berichtet. Kurz zuvor hatte mich schon ein Kollege in gleicher Sache informiert, da der einen

Zusammenhang mit den Ermittlungen um den Toten Oliver Radermacher vermutete. Der Einbruch war in der Wohnung von Toni Assmann, den wir in diesem Mordfall überprüfen. Hauschild kann über seine Erlebnisse nachher selbst berichten. Er hat mir ein paar Unterlagen gezeigt, die er in der Wohnung vorgefunden und an sich genommen hat, damit sie nicht verloren gehen. Ich habe das nicht weiter kritisiert, ihm aber angedroht, dass Sie ihm deswegen die Messe lesen würden. Außerdem habe ich mir selbst die Wohnung angesehen. Zunächst habe ich dort eine Schusswaffe gefunden. Ein ursprünglich waffenscheinfreies Exemplar, dessen Lauf durchgebohrt worden ist. Kaliber zweiundzwanzig. Mit der Waffe ist auch geschossen worden. Näheres müssen wir noch klären."

„Und weiter?"

„Wie gesagt: Hauschild bringt gleich noch so einiges mit. Ich habe aber darüber hinaus noch einen hoch interessanten Brief gefunden." Er zog einen Zettel hervor und las vor: *„Ich habe eine Lösung für Ihre Bedenken gefunden. Ich lade Sie hiermit als mein Gast auf diese Tour ein, das dürfen Sie mir nicht abschlagen. Denen, die es angeht, schreibe ich es morgen, dann weiß jeder, woran er ist.* Der Brief lag bei Toni Assmann auf dem Tisch. Er war mit Clara Schumann unterschrieben."

„Die, wie wir wissen, seit fast eineinhalb Jahrhunderten tot ist."

„Offenbar gab es eine Wiedergeburt. Eine sogenannte Reinkarnation. Wegen der Unterschrift und der ungewöhnlichen Sprache haben wir ermittelt. Und tatsächlich gibt es ein Schreiben nahezu gleichen Inhalts von der echten Clara Schumann. Wir haben es im Katalog eines Auktionators entdeckt."

Schultz schüttelte den Kopf. Seine Miene drückte Unverständnis aus. „Das ist mir ein Rätsel. Haben Sie noch mehr solcher Ungereimtheiten im Köcher?"

Der Kommissar öffnete den Perlmuttknopf an der Brusttasche seines karierten Cowboyhemdes, zog eine Karotte heraus und legte sie vor sich auf den Tisch. „Allerdings." Er erzählte Schultz in Kürze von seinem Besuch an der Musikhochschule. „Es tauchen so viele Namen auf. Dazu gleich mehr, wenn Hauschild endlich kommt. Immer wieder ist auch von einem Mann die Rede, der häufig Toni Assmann und die falsche Clara Schumann, die in Wahrheit Stella heißt, begleitet hat. Zumindest früher und für eine Weile. Nach den bisherigen Hinweisen soll er sich in Südamerika aufhalten. Ich habe mit einem Lehrgangskollegen von mir telefoniert. Der hat mit mir damals bei der Polizei angefangen und ist jetzt sogenannter Verbindungsbeamter des Bundeskriminalamts in Kolumbien. Dem habe ich in aller Dürre die Story erzählt. Dabei habe ich ihm von der Einladungsliste, die Hauschild bei Assmann gefunden hat, die Namen vorgelesen, deren Aufenthalt unbekannt ist. Er hat da drüben so seine Kontakte. Ob es ein Einwohnermeldeamt oder so etwas Ähnliches gibt, weiß ich nicht. Die Kollegen haben jedenfalls ihre Ohren in den Behörden und Banken und der Kriminalitätsszene. Wenn ein Fremder Geld ausgibt, bleibt das nicht unbeobachtet. Mein Kollege meinte, einer der Namen komme ihm irgendwie bekannt vor. Er wollte aber noch nicht mit der Sprache herausrücken." Schreiner sah den Staatsanwalt stolz an und biss in seine Karotte. Dabei verschluckte er sich fast. „Eben kommt mir ein super Gedanke, wie ich ihn so oft habe: Vielleicht kann sich Ihre Gattin, je nachdem, wo sie sich in Südamerika aufhält, mit dem Kollegen treffen und uns seine Ermittlungsergebnisse mitbringen. Dann brauchen wir jedenfalls nicht lange zu prüfen, ob wir dafür den langatmigen und dornenreichen Weg über die offizielle Rechtshilfe gehen müssen. Wenn wir erst ein schriftliches Ersuchen über alle beteiligten Ministerien bei uns und in Südamerika stellen müssen, haben wir in einem Jahr noch kein Ergebnis." Er senkte in einem Anflug von Demut leicht den Kopf. „Oder haben Sie Bedenken und wollen den Rechtsstaat raushängen lassen?"

Bevor er antworten konnte, wurde Schultz über das Telefon von Hauschilds Ankunft informiert. Wenige Minuten später stand Dennis Hauschild im Zimmer. Er wirkte nervös, als er sich Schultz zuwandte und ihn begrüßte. „Schön, dass Herr Schreiner auch hier ist. Dann sind Sie ja schon über das Wesentliche im Bilde. Eigentlich wollte ich mit meinem Besuch bei Ihnen noch ein bisschen warten. Aber dann traf ich vor der Wohnung von Toni Assmann meine Frau, deren Rat mir immer sehr wichtig ist. Sie hat mir empfohlen, so schnell wie möglich zu Ihnen zu gehen."

Schultz antwortete nicht und sah in nur fragend an. Hauschild nestelte in der Innentasche seines sandbraunen Leinensakkos herum, bis er mit leicht zittrigen Fingern ein Blatt Papier hervorholte und auf den Tisch legte.

„Mir ist klar, dass Ihnen nicht gefallen wird, wie ich in den Besitz dieses Briefes gekommen bin. Ich habe diese Einladung zu einem Klassentreffen in Assmanns Wohnung an mich genommen. Ich war besorgt, dass dieses aus meiner Sicht wichtige Schriftstück abhandenkommen könnte. Immerhin war die Wohnung aufgebrochen. Die Polizei war zwar von Herrn Drews, dem Wohnungseigentümer verständigt. Wann sie kommen würde, wusste allerdings niemand. Mir war auch nicht bekannt, ob Herr Drews so lange in der Wohnung warten würde. Ich selbst hatte keine Zeit zu bleiben. Deshalb habe ich mir gesagt, dass es besser wäre, wenn ich dieses Beweisstück vor einem möglichen Verlust bewahren würde."

Hauschild sah Schultz erwartungsvoll an. Der gab sich ungerührt. „Sie haben sich Mühe gemacht, eine halbwegs vertretbare

Erklärung dafür zu finden, warum sie unbefugt Beweise von einem Tatort entfernt haben. Lassen wir das vorerst auf sich beruhen. Woher wollen Sie wissen, dass gerade dieser Brief wichtig ist?"

Durch die ruhige Reaktion wurde Hauschild wieder ein bisschen sicherer. „Bei meinem letzten Besuch hatte ich Ihnen Ergebnisse versprochen." Er zeigte auf den Brief. „Hier sind sie." Der Reporter erzählte von seinem Aufenthalt in der Wohnung und erwähnte auch das Foto des offenbar toten Toni Assmann. Dabei sah er Schultz und Schreiner bedeutungsvoll an. „Jetzt kommt meine Schlussfolgerung. Ich habe mir Gedanken über die Ausrufungszeichen hinter den Namen von Uli Landau und Bernie Tandler gemacht. Die hat vermutlich Toni Assmann selbst auf dem Brief gemacht. Die Zeichen könnten bedeuten, dass Assmann vor diesen zwei Leuten Angst hatte. Und dass vielleicht einer der zwei Männer Assmann umgebracht hat."

Schreiner unterbrach ihn. „Ihre Theorie stimmt schon mal nicht für Landau. Nach meinen Ermittlungen ist er in Südamerika." Es lag Spott in seiner Stimme, als er fortfuhr: „Von dort mordet es sich schlecht nach Deutschland rüber. Im Übrigen können die beiden Ausrufungszeichen beispielsweise auch bedeuten, dass Landau und Tandler es waren, die Oliver Radermacher umgebracht haben. Assmann könnte sie in der *Stoltze Bar* dabei beobachtet haben, wie sie dem Opfer etwas ins Glas geschüttet haben. Ich will damit sagen, dass Ihre Theorie nur eine von vielen Möglichkeiten beschreibt."

Hauschild blieb cool. „Es entspricht auch meinen Recherchen, dass Landau sich in Südamerika aufhält. Allerdings kann er ja zwischendrin zurückgekommen sein, eventuell auch zeitweise. Wie geht es jetzt weiter?", fragte er den Staatsanwalt.

Wieder schaltete sich Schreiner ein. „Das werden wir Ihnen in dieser Phase der Ermittlungen bestimmt nicht auf die Nase binden."

Hauschild behielt Blickkontakt mit Schultz. „Soll ich mal den Verfasser des Einladungsschreibens interviewen? Oder ein paar Informationen über die anderen Mitschüler einholen?"

Schultz machte eine bremsende Handbewegung, reagierte aber freundlich. „Jetzt halten Sie mal die Füße still. Wir stehen noch am Anfang unserer Ermittlungen und müssen noch Konturen in unser Vorgehen bringen. Ich werde auf jeden Fall an Sie denken, wenn es etwas mitzuteilen gibt. Das ist versprochen. Immerhin zeigen Sie ja deutlich, dass Sie uns helfen wollen." Er zeigte auf das Einladungsschreiben. „Das bleibt natürlich hier." Dann musste Schultz lachen. „Aber Sie werden sich sowieso eine Kopie gemacht haben."

„Ich denke mal darüber nach, wie ich noch etwas zur Aufklärung beitragen kann." Er erhob sich. „Gerade habe ich eine hervorragende Idee entwickelt, wie ich Licht in die Vorgänge bringen kann, ohne Ihnen in die Quere zu kommen."

Schultz verabschiedete ihn mit erhobenem Zeigefinger. „Letzteres ist wichtig."

Ein kurzes Nicken zu Schreiner, dann war Hauschild verschwunden. „Und nun?"

Der Kommissar wurde ungewöhnlich ernst. „Ich habe mich intensiv mit der Lebensgeschichte von Clara und Robert Schumann beschäftigt. Der umjubelte Komponist Robert Schumann soll im Suff oder als Folge seiner Syphilis-Erkrankung, die ihm das Gehirn vernebelt hat, vor rund einhundertfünfzig Jahren in Düsseldorf von einer Brücke in den Rhein gesprungen sein. Er kam in eine, wie man das damals noch nannte, Irrenanstalt in Bonn-Endenich. Es würde mich nicht wundern, wenn mit Stella Engholm nicht nur Clara Schumann wiedergeboren wurde, sondern es in unserem Fall auch einen Robert Schumann geben würde."

„Alles Spekulation!"

Schreiner ignorierte den Zwischenruf. „Dann stellt sich die Frage, wer dieser neue Robert Schumann ist. Das ist bei vierundzwanzig Klassenkameraden nicht so einfach." Er schmunzelte. „Genauer gesagt, sind es keine vierundzwanzig. Wir müssen ja die Mädels abziehen."

„Woher wollen Sie so genau wissen, dass jemand aus der ehemaligen Klassengemeinschaft uns der Lösung unseres Falles näherbringt?"

„Weil jetzt der Kriminalist spricht. Und zwar deutsch", lachte Schreiner verschlagen. „Passen Sie auf! Es ist mehr ein Gefühl. Und eine Kombination aus der Aussage des Chefs der Musikhochschule zur Besonderheit seiner Studenten, insbesondere ihre Klassenkameraden für dasselbe Studium zu begeistern. Clara Schumann soll den Sprung ihres Mannes Robert von der Rheinbrücke als willkommenen Anlass betrachtet haben, ihn in die Klapsmühle zu schaffen. Und zwar deshalb, weil sie danach ungestört mit ihrem Lover Johannes Brahms ins Bett gehen konnte. Verstehen Sie? Wir müssen jetzt nur noch aus der früheren Klasse die zugehörigen Figuren herausfiltern, die zu einer Wiederholung der alten Story passen. Stella Engholm alias Clara Schumann kennen wir schon. Wer aber verstand sich als Robert Schumann? Und wen hat Stella Engholm zu ihrem Johannes Brahms erkoren?"

Schultz' ganze Körpersprache drückte seinen Unmut aus. „Unfug! Sie ähneln Hauschild, der auch immer nach seinem Gefühl arbeitet. Das ist doch alles an den Haaren herbeigezogen. Vor allem nach so vielen Jahren. Und in unserer heutigen

Zeit gar nicht mehr nötig. Heute muss man keine Klimmzüge mehr machen, um eine neue Partnerschaft einzugehen. Früher hat man eher Beziehungen repariert, heute begründet man neue Verhältnisse ohne derartig komplizierte und kriminelle Umwege."

„Das muss nicht so sein. Vielleicht gelten in manchen bürgerlichen Familien andere Verhaltensregeln." Schreiner dozierte weiter. „Unterstellen wir einmal, dass der Tote vor der *Stoltze Bar* in unser Puzzle passt. Bei ihm könnte es sich um das Alter Ego von Robert Schumann gehandelt haben. Dann müssen wir nur noch herausfinden, wer sich als Johannes Brahms verstand. Das könnte dann unser Mörder sein."

„Kriminalist nennen Sie sich? Sie sollten Fantasy-Romane schreiben." Schultz verzog das Gesicht, als hätte ihm jemand eine Chilischote unter sein Essen gemischt. „Mir fehlt in Ihren Fantasien jeder logische Ansatz. Das Opfer gehörte nach unseren bisherigen Erkenntnissen wohl nicht zur Klassengemeinschaft der Ziehen-Schule. Ich glaube nicht, dass ganze Blöcke aus dieser Klasse plötzlich oder bereits vor Jahren in das romantische Zeitalter zurückgefallen oder Fälle für die Psychiatrie geworden sind. Zumindest ist mir Ihre Vorstellung unheimlich. Ihr Denkmodell kommt außerdem bisher ohne die schillernde Figur des Toni Assmann aus. Der ist, wenn wir dem Foto aus seiner Wohnung glauben und die aufgefundene Schusswaffe in unsere Überlegungen einbeziehen, erschossen oder jedenfalls umgebracht worden. Vielleicht aber auch nicht, denn von ihm fehlt bisher jede Spur. Welche Rolle eines romantischen Musikers haben Sie ihm zugedacht? Wer passt noch in Ihr Konzept? Gab es in jener Zeit noch mehr unberechenbare und undurchsichtige Figuren für dieses Mörder-Schach? Vielleicht probieren Sie es mit dem Komponisten-Lexikon von Metzler. Ich habe es zu Hause und kann es Ihnen leihen. Oder was will der Herr Kriminalist sonst weiter tun, um Licht in den Tunnel zu bringen?"

„Wir müssen die Lebensläufe aller Schülerinnen und Schüler dieser Jubiläums-Klasse durchleuchten. Das kann uns zum Ziel führen."

„Sie sagen, dass es zur Aufklärung beitragen kann. Und wenn nicht? Dann haben wir ein riesiges Arbeitspensum geleistet, wahnsinnig viel Zeit vertan und sind da angelangt, wo wir heute schon stehen. Wir müssten also wieder ganz von vorn anfangen."

„Vertrauen Sie dem alten Schreiner. Oder haben Sie eine bessere Idee?"

„Nein!"

Schreiner sah auf die Armbanduhr. „Und jetzt gibt es für Sie noch ein Ermittlungsbonbon obendrauf. Der gute alte Schreiner geht sich sofort umziehen. So haben Sie ihn noch nie gesehen. Im Anzug mit Krawatte."

Als er in Windeseile aus dem Büro stürmte, ließ er einen ratlosen und verblüfften Staatsanwalt zurück.

9

Schreiner fuhr mit seinem zivilen Dienstfahrzeug aus dem Stadtzentrum zur Darmstädter Landstraße. Jeder, der ihn kannte, würde bei seinem Anblick an eine Sinnestäuschung glauben. Der Kommissar hatte seine Locken gebändigt und trug einen schwarzen Anzug. Aus Leinen, aber immerhin schwarz. Über dem weißen Hemd zeichnete sich etwas formlos eine silbergraue Krawatte ab.

Er drückte aufs Gas. Weil er sich bei Schultz verschwatzt hatte, war er jetzt spät dran. Unterhalb der Sachsenhäuser Warte bog er in Höhe des Hotels *Leonardo* nach links auf den Parkplatz des Südfriedhofs ein. Nach einem kurzen inneren Kampf löste er aus dem Automaten einen Parkschein und bewegte sich dann im Laufschritt zur Trauerhalle. Der Platz vor dem Kuppelgebäude aus rotem Sandstein war bereits leer. Schreiner schlüpfte schnell in den Raum. Was er sah, verschlug ihm den Atem. Dennoch stellte er seine Neugier fürs Erste zurück und ließ sich kurzentschlossen in der hintersten Reihe der Bestuhlung auf den äußersten Platz nieder.

Seiner Erfahrung nach drängte es den Täter manchmal zur Beerdigung seines Opfers, mochten manche Verbrecher die letzte Gewissheit für den Erfolg ihres Frevels suchen oder Rache und andere Beweggründe im Spiel sein. So oder so konnte Schreiner als Polizist und ermittelnder Beamter auf einer solchen Veranstaltung möglicherweise einige Hinweise von Bedeutung gewinnen. Bevor jedoch seine Augen die Reihe der Anwesenden absuchten, fesselte ihn die Präsentation auf dem Altar: kein Sarg, keine Urne, nur ein Foto von Oliver Radermacher im Zentrum. Ein Portrait, auf dem er freundlich in die Kamera lächelte. Bei der Trauerfeier für den verstorbenen Vater des Sologitarristen der Rolling Stones, Keith Richards, hatte es ebenfalls keine Urne mit Asche mehr gegeben, fiel Schreiner ein. Seine Gedanken schweiften ab, unpassend, wie er selbst fand. Eine Zeitung wollte erfahren haben, dass Richards sie in einem Joint verarbeitet hatte, um seinem Vater besonders nahe zu sein. Schreiner unterdrückte mit Mühe ein Lachen.

Um den Altar herum saßen fünf Männer mit kahlgeschorenen Köpfen und asiatischen Gesichtszügen im Lotussitz. Alle fünf trugen erdfarbene Roben. Wie auf ein Kommando senkten sie die Köpfe und begannen zu singen, monoton, eher wie ein Rezitativ. Begleitend dazu schlug einer der Mönche in kurzen Abständen immer wieder die Totenglocke an. Schreiner verstand den Gesang nicht, nicht einmal einzelne Wörter. Da es Buddhisten waren, würde es wohl Pali sein.

Der Kommissar nutzte die Andachtsphase, um sich die Trauergesellschaft näher anzusehen. Da saßen zahlreiche Damen und Herren in Trauerkleidung. Man erkannte auf den ersten Blick, dass diese Menschen derartige Kleidung gewohnt waren. Kein Zerren am Revers, keine Finger zwischen Hemd- oder Blusenkragen, um die beengenden Gefühle abzumildern. Es musste sich um Orchestermitglieder handeln, schloss Schreiner daraus. In der ersten Reihe hatte ein altes Paar Platz genommen, vermutlich die Eltern des Toten. Neben ihnen saß eine junge Frau, deren schmales Gesicht zweifelsfrei verriet, dass sich ein asiatischer Elternteil ziemlich dominant bei der Optik durchgesetzt hatte. Sie war auffallend hübsch, äußerst zierlich gebaut und zeigte keinerlei Gefühlsregung. Sie trug eine plissierte weiße Bluse und einen eng anliegenden schwarzen Rock. Aufmerksam verfolgte sie den zeremoniellen Ablauf am Altar. Schreiner schätzte sie auf etwa achtzehn Jahre.

Die Mönche verharrten plötzlich vollkommen still in ihrer Haltung. Da stand die junge Frau auf, ging zum Altar, verbeugte sich vor den Mönchen und drehte sich zur Trauergemeinde um. Aus dem Stehgreif begann sie mit glockenheller Stimme zu singen. Schreiner bekam Gänsehaut. Der zärtliche Gesang rührte ihn an. Wieder konnte er die Sprache nicht sicher einordnen, tippte aber auf Japanisch. Als sie geendet hatte, verbeugte sie sich vor dem Bild von Oliver Radermacher. Dann richtete sie das Wort an die Trauergemeinde und verkündete, dass sich die Eltern des Toten und sie als dessen Tochter freuen würden, alle Gäste zu einem kleinen Empfang im gegenüberliegenden Hotel *Leonardo* einzuladen.

Schreiner staunte über die Selbstsicherheit, mit der die bezaubernde junge Dame auftrat. Er wartete ab, bis sich die Trauergesellschaft nach draußen verloren hatte, dann trat er ihr in den Weg und stellte sich verhalten lächelnd vor.

„Mir war gar nicht bekannt, dass Herr Radermacher eine erwachsene Tochter hat. Ich freue mich, Sie kennenzulernen."

Sie reagierte überaus höflich, mit sanfter, jedoch fester Stimme. „Ich habe mich bei Ihnen zu bedanken, dass Sie meinem Vater die letzte Ehre erwiesen haben." Dabei neigte sie leicht den Kopf.

„Ich will Ihnen an diesem schweren Tag nicht zu nahe treten. Sie müssen Ihren Vater offenbar sehr geliebt haben. Das schließe ich aus der feierlichen Organisation dieser Zeremonie und

Ihrem gefühlvollen Lied, das Sie ihm zum Abschied gesungen haben."

„Sie spielen sicher darauf an, dass meine Eltern getrennt lebten", erwiderte sie ernst. „Gleichwohl hatte ich eine ungetrübte Beziehung zu meinem Vater. Ich habe meinen Vater regelmäßig besucht. Deshalb habe ich heute noch einmal sein Lieblingslied vorgetragen, das ich ihm seit meiner Kindheit immer und immer wieder vorsingen musste. Es handelt von der Vergänglichkeit aller Dinge."

„Ich möchte Sie heute nicht über Gebühr aufhalten. Daher wäre ich Ihnen dankbar, wenn ich mich in den nächsten Tagen bei Ihnen melden dürfte."

Wie selbstverständlich zauberte sie aus ihrer kleinen schwarzen Handtasche eine Visitenkarte. „Gerne. Ich heiße Yumiko Ute Radermacher." Sie lächelte andeutungsweise. „Auf dem Namen Yumiko bestand meine Mutter, Ute heißt die Schwester meines Vaters."

Schreiner nahm die Karte an sich und nickte dankend. „Eine kleine Frage möchte ich Ihnen noch stellen dürfen, weil es meine Arbeit in den nächsten Tagen erleichtert. Haben Sie irgendeinen Verdacht, wer Ihrem Vater nach dem Leben getrachtet haben könnte? Jeder kleine Hinweis kann sehr wichtig sein."

Mit ihren schmalen Mandelaugen blickte sie ihn direkt an. „Nein. Überhaupt nicht." Sie stockte kurz. „Nach der Trennung meiner Eltern hätte ich ihm einen Suizid zugetraut. Er liebte meine Mutter abgöttisch. Sie ist ebenfalls Musikerin und viel unterwegs." Yumiko zuckte die Schultern. „Da haben sie sich wohl auseinandergelebt. Für meine Mutter existierte nur noch die Musik. Und natürlich ich als ihre Tochter."

„Hatte er Freunde, mit denen er über seine Probleme reden konnte?"

„Nein. Nur seinen buddhistischen Glauben und mich. Er war ein liebenswerter Einzelgänger. Mir hat er erklärt, was er alles in der Ehe falsch gemacht und warum er das Herz meiner Mutter verloren hatte. In letzter Zeit war er allerdings ungewöhnlich ausgeglichen, manchmal sogar euphorisch. Er hat mir aber nicht verraten, weshalb. Das sei vorläufig noch ein großes Geheimnis, hat er mir gesagt."

„Und Sie haben keine Ahnung, was sich hinter dieser Verhaltensänderung verbergen könnte? Gab es keine auffälligen Hinweise?"

Yumiko dachte lange nach. „Nein, nicht wirklich. Da war vor Kurzem ein langer dürrer Mann bei ihm, als ich spontan auf einen Besuch vorbeigekommen bin. Der ist aber gleich weggegangen. Was er wollte, kann ich nicht sagen. Ich habe meinen Vater nicht danach gefragt, und er hat es mir auch nicht erzählt."

Schreiner war elektrisiert. „Können Sie den Mann noch etwas näher beschreiben?"

„Nein", lächelte sie verlegen. „Nur seine Bewegungen. Sie glichen eher denen einer Frau."

„Sonst noch etwas?"

Yumikos Antwort ließ lange auf sich warten. „Die Sache mit dem Schlüssel. Ich hielt sie eigentlich für bedeutungslos. Vater hatte immer einen Wohnungsschlüssel in einem Versteck im Garten. Der Schlüssel war dort für mich deponiert, falls ich überraschend zu Besuch kommen sollte. Manchmal kam es vor, dass ich in der Nähe war und ihn besuchen wollte. Der Schlüssel war ab und zu weg. Das habe ich mir nicht eingebildet. Ich weiß aber auch nicht, wo der Schlüssel dann abgeblieben ist. Wenn ich an einem der nächsten Tage meinen Vater darauf ansprach, ging er jeweils nachsehen und der Schlüssel war wieder da. Er tätschelte mir die Wange und meinte, ich müsse konzentrierter werden und künftig genauer hinschauen."

„Können Sie sich geirrt haben? Haben Sie den Schlüssel vielleicht übersehen?"

„Möglich. Alles ist möglich. Aber nicht mehrmals."

Schreiner fiel eine verhaltene Unruhe in Yumikos Stimme auf. Er führte es darauf zurück, dass er sie zu lange von ihren Pflichten gegenüber der Trauergemeinde abgehalten hatte und beschloss, sich zu verabschieden.

„Haben Sie ganz herzlichen Dank, dass Sie sich trotz des traurigen Anlasses und der weiteren Aufgaben so lange für mich Zeit genommen haben. Ich möchte noch eine kleine Bitte anschließen." Er kramte ein Kärtchen hervor, das er ihr überreichte. „Falls Ihnen in den nächsten Tagen noch etwas Wichtiges einfällt, rufen Sie mich bitte an. Ansonsten melde ich mich in absehbarer Zeit bei Ihnen."

10

Die Alte Oper, vor Jahrzehnten knapp dem Abriss entronnenes Juwel der Frankfurter Kulturfreunde, war an diesem Abend festlich erleuchtet und strahlte in eleganter Pracht. Von den gegenübergelegenen Restaurationsbetrieben *Opern-Café* und *Charlot* bewegten sich nach und nach sichtlich gesättigte Menschen in gehobener Bekleidung zum Treppenaufgang. Die Vorfreude auf das Highlight im Rahmen der ohnehin künstlerisch anspruchsvollen Pro-Arte-Konzerte war auf ihren Gesichtern zu sehen. Als vor Monaten der Vorverkauf die Berliner Philharmoniker unter Sir Simon Rattle mit der Präsentation von Weber, Berlioz und Mahler angekündigt hatte, waren die Karten innerhalb einer guten Stunde vergriffen.

Alex Wohlrabe durchschritt den Vorraum der Oper, ging zur Garderobe, gab seinen sandfarbenen Regenmantel ab und kaufte sich ein Programmheft. Mit verschränkten Armen stellte er sich so hin, dass sein Blick zum Eingang fiel. Von dort strömten nun immer mehr Menschen in das Gebäude. Dann und wann zog Wohlrabe die Augenbrauen hoch und machte sich gegenüber dem einen oder anderen Besucher durch einen dezenten Zuruf und Gruß bemerkbar, wobei er zusätzlich mit dem Programmheft winkte. Als einer der Letzten suchte er seinen Platz im Parkett auf. Kaum hatte er sich gesetzt, betraten auch schon die ersten Musiker im Frack und weißen Hemden unter lebhaftem Applaus der Zuschauer die Bühne und nahmen ihre Sitze ein. Nach kurzem Stimmen der Instrumente trippelte der graugelockte Dirigent aus einer Seitentür zu seinem Pult, verbeugte sich tief vor dem Publikum und erntete frenetische Vorschusslorbeeren. Da und dort wurde noch verhalten gehüstelt, während die Beleuchtung in den holzvertäfelten Wänden mehr und mehr abgeschwächt und mit einem lichtgesteuerten Signal um das Ausschalten der Handys gebeten wurde. Sir Simon hob die Hand und eine magische Stille setzte ein. Dann setzte das Orchester konzentriert mit den ersten Tönen der Ouvertüre zu *Oberon* ein.

Während des ersten Teils hatte Wohlrabe Mühe, seine Augen offenzuhalten. Als Applaus einsetzte, richtete er sich auf, wartete das Ende der Ovationen ab und erreichte vor der großen Masse das Foyer. An der Bar holte er sich einen Champagner, eroberte einen Platz an einem der weiß eingedeckten Stehtische, setzte ein zufriedenes Lächeln auf und beobachtete intensiv die umherstreifenden Konzertbesucher.

Eigentlich interessierte ihn die Veranstaltung überhaupt nicht. Aber Wohlrabe war Arzt und betrieb eine florierende Privatpraxis in der Innenstadt. Zu seinen Patienten gehörte seit Jahren ein Teil der Crème de la Crème Frankfurts. Das bedeutete aus seiner Sicht, dass er bis zu einem gewissen Grade deren Erwartungen erfüllen musste, um seinen wirtschaftlichen Status Quo zu erhalten. Zugleich war es ihm ein inneres Bedürfnis, als Kunst- und Kulturliebhaber gesehen zu werden. Also unterdrückte er erfolgreich sein eigentliches Desinteresse und nickte immer wieder freundlich bis jovial in alle Richtungen. Da blieb sein Blick an einem Mann haften, der offensichtlich alleine an der Wand lehnte und ein leeres Sektglas in der Hand drehte. Nur ein kurzes Nachdenken, dann wusste Wohlrabe, wen er vor sich hatte. Die schwarzen glatten Haare an den Schläfen andeutungsweise ergraut, leicht gebräunte klassische Gesichtszüge, maßgeschneiderter dunkelblauer Anzug. Klar, das musste sein früherer Klassenkamerad Bernie Tandler sein, den er seit rund zwanzig Jahren nicht mehr gesehen hatte.

Wohlrabe war noch unschlüssig, ob er eine Begegnung vermeiden sollte, als sich ihre Blicke trafen und Tandler durch ein leichtes Nicken zu verstehen gab, dass er ihn wiedererkannt hatte. Er stellte sein Sektglas auf einem der Stehtische ab und ging langsam auf ihn zu. Seine Bewegungen verrieten Unlust, seine Miene einen Hauch von Nonchalance.

„Alex, wenn ich nicht irre. Was treibt dich hierher? Früher hast du nicht gerade als Freund der Musen gegolten. Eher als Mann fürs Grobe."

Mit gekonnt spöttischem Blick nahm Wohlrabe die kleine Provokation auf. „Allerdings. Wie man sieht, ändern sich die Zeiten. Dich hätte ich fast nicht erkannt. Du hast dich äußerlich ziemlich verändert und bist merklich älter geworden. Geht es dir denn gut? Alles in Ordnung?"

„Alles wie früher", winkte Tandler ab. „Du brauchst sie immer noch, die Nadelstichpolitik. Hast du dich jetzt abreagiert? Keine anderen Ventile? Einträglicher Job? Häuschen in Kronberg?"

Wohlrabe entschloss sich, spontan einzulenken. „Die kurze Pause wird kaum für alle Antworten ausreichen. Kommst du zu unserem Klassentreffen? Dort können wir die nach fünfundzwanzig Jahren üblichen Fragen erörtern, was jeder von uns heute so macht. Und wie viel er auf dem Konto hat."

Tandler schien in Gedanken schon bei einem anderen Thema zu sein. „Ich denke schon. Vorher muss ich noch ein paar terminliche Fragen klären."

Mit verschwörerischem Blick forderte Wohlrabe Tandler auf, ihm zu einer Nische zu folgen, wo die heißumstrittene Skulptur des Apoll aufgestellt war, nach Meinung vieler Besucher eine Kunstfigur von erhabener Hässlichkeit. Dort angekommen, fing er an zu flüstern: „Hast du gehört, dass Toni Assmann tot ist?" Er riss die Augen auf. „Mord oder Selbstmord. Es stand etwas darüber in der Zeitung."

„So? Das glaubst du wirklich?"

Ein erster Gong verkündete das Ende der Pause. Völlig verblüfft schaute Wohlrabe ihn an. „Zweifelst du etwa daran? Hast du Anlass dazu? Weißt du es besser? Oder gibst du nur den aufgeblasenen Wichtigtuer? He, spuck es aus. Jetzt gleich. Vorher gehe ich nicht zurück in den Saal."

Hinterhältig grinste Tandler ihn an. „Müsstest du das nicht viel besser wissen? Du hast doch immer gegen ihn gestänkert, ihn vor allen anderen in der Klasse wegen seiner exaltierten Art und seinen nonkonformen Neigungen lächerlich gemacht und erniedrigt. Also musst du dir doch zusammenreimen können, wie es mit ihm weitergegangen ist. Warum interessiert dich das überhaupt? Weil du immer so großen Anteil an seinem Schicksal genommen hast? Du hattest doch meines Wissens nach dem letzten gemeinsamen Auftritt vor zwanzig Jahren in der Bar im Steinweg keinen Kontakt mehr zu ihm."

Mit einer Spur von Verlegenheit schaute Wohlrabe unter sich. „Es ist nicht falsch, was du sagst. Lassen wir das! Ich habe keinen besonderen Grund, nach Toni zu fragen, sondern war einfach nur neugierig."

„Ich mache dir ein Angebot. Eine Hand wäscht die andere. Auf deiner Einladung zum Klassentreffen ist Uli Landau unter denen ohne bekannte Kontaktdaten. Weißt du inzwischen mehr?"

„Warum willst du das wissen? Uli Landau und du, ihr wart doch nie füreinander geschaffen."

„Ich frage wegen Stella. Toni hat seit damals regelmäßigen Kontakt zu ihr. Sie erzählte ihm neulich, dass ihr neuer Freund vor einiger Zeit eine größere Geldsumme an Uli Landau verliehen und nicht zurückerhalten habe. Uli habe sich zunächst verleugnen lassen und sei dann verschwunden. Stella ist an seiner Adresse interessiert, um ihrem neuen Freund zu seinem Geld zu verhelfen."

Es läutete zum zweiten Mal. Wohlrabe sprach hastig: „Ich habe das Gefühl, dass du mir einen Bären aufbindest. Was steckt wirklich hinter diesem Interesse?" Er zögerte kurz, bevor er fortfuhr: „Na, egal! Uli war wohl mal im Lande. Er hielt das sehr geheim, weil er eine Reihe von Gläubigern am Hals hatte und per Haftbefehl gesucht wurde. Uli hat viel Geld bei Pferdewetten verloren und ist im Ausland in schlechte Gesellschaft geraten. Man hat ihn dort ausgenommen wie ein Suppenhuhn."

„Das beantwortet nicht meine Frage. Weißt du, wie man ihn erreichen kann?"

„Nicht wirklich", druckste Wohlrabe herum. „Ich muss erst noch einmal recherchieren. Es gibt ein paar konkrete Hinweise. Ob sie stimmen, muss ich erst klären."

„Du sagst mir offensichtlich nicht alles. Also bekommst du von mir auch nur einen Brocken hingeworfen. Toni ist in einer Klinik. So vermute ich. Ich weiß das nur aus Andeutungen am Telefon. Es kann sein, dass er Opfer eines Anschlags war, überlebt hat und zur Behandlung dort ist. Mehr kann ich dazu nicht sagen. Jetzt nicht. Es heißt, dass er Angst hat. In den nächsten Tagen werde ich zu ihm gehen. Vorher will ich herausfinden, was an der ganzen Geschichte stimmt. Du siehst, dass ich Gleiches mit Gleichem vergelte. Für deine Info-Bruchstücke hast du von mir ein ähnliches Puzzle erhalten."

Als es zum dritten Mal läutete, drehte Tandler ab. „Ich gehe jetzt wieder in den Konzertsaal. Eine wirklich fantastische Präsentation." Mit hämischem Grinsen winkte er Wohlrabe zu. „Du kannst ja jetzt verschwinden. Alle haben gesehen, dass du da warst. Das genügt dir sicherlich."

Wohlrabe errötete und spuckte auf den Fußboden, bevor er sich mit geballten Fäusten entfernte.

11

Mit eingeschaltetem Blaulicht und heulenden Signalhörnern raste der knallrote Rettungswagen aus Osten kommend die Berliner Straße herunter. Er passierte die Kreuzung mit der Neuen Kräme und bog scharf links auf den Paulsplatz, um dort mit kreischenden Bremsen abrupt stehenzubleiben.

Der Platz war auf der linken Seite vor dem *Stern-Café* und der Eisdiele *La Perla* mit Tischen und Stühlen vollgestellt, dazwischen huschten hektisch die Kellner hin und her und jonglierten ihre Tabletts auf Kopfhöhe. Alle Sitzmöglichkeiten waren von sommerlich gekleideten Gästen belegt, die zu einem guten Teil ihre Gesichter zum Sitz der Stadtregierung, dem Römer, ausgerichtet hatten, wo um diese mittägliche Zeit die Sonne stand. Heute war ein besonders freundlicher Maitag, an dem der Sonnenschein pausenlos dazu einlud, sich mit Plaudereien oder dem Beobachten zahlloser japanischer und chinesischer Busgruppen die Zeit zu vertreiben. Unter einigen Lästereien registrierten die Kaffeetanten die ständigen Selfies der Touristen, die anschließend in die steuerbegünstigten Einkaufsläden für gehobene Bekleidung oder Edelstahlprodukte strömten. Es hatte nicht den Anschein, dass die beeindruckende Historie der Paulskirche, in welcher Mitte des neunzehnten Jahrhunderts die Nationalversammlung getagt hatte, in den Gesprächen der Kaffeehausgäste eine Rolle spielte.

Als die Rettungssanitäter aus dem geparkten Rettungswagen heraussprangen und Richtung Straßenbahnhaltestelle losrannten, an deren Unterstellplätzen sich ein kleiner Menschenpulk gesammelt hatte, folgten ihnen die Blicke der herumsitzenden Gäste. Sie waren noch nicht ganz dort angekommen, als aus westlicher Richtung der Braubachstraße ein Streifenwagen der Polizei mit Blaulicht und Sirene direkt vor die Haltestelle fuhr und dort abbremste. Nahezu gleichzeitig drängten Polizei und Rettungssanitäter die im Weg stehenden Gaffer zurück und verschafften sich Zugang zu den Sitzgelegenheiten, vor denen ein Mann mit ausgestrecktem Arm auf der Seite lag.

Während sich die Sanitäter um den kollabierten Patienten kümmerten, trat einer der Polizisten an die herumstehende Menschengruppe heran. Die beiden Silbersterne auf der Schulter wiesen ihn als Polizeioberkommissar aus. Trotz seines jungenhaften Aussehens zeigte er ein souveränes Auftreten. Mit ausgestrecktem Arm wies er in die Richtung der Freifläche vor der Paulskirche. „Sie treten bitte alle erst einmal ein paar Schritte zurück, damit die Kollegen vom Rettungsdienst ihre Arbeit machen können." Er ging voraus und machte deutlich, welchen Abstand er für notwendig erachtete. Nach ein paar Metern blieb er stehen und drehte sich zu den nachrückenden Menschen um, deren Zahl schon abgenommen hatte. Offenbar hatten es einige Leute bevorzugt, sich zu entfernen. „Jetzt bitte ich zuerst diejenige Person zu mir, die dem Verletzten geholfen und ihn auf die Seite gelegt hat."

Ein blutjunger Mann mit gelockten Haaren und einem abgewetzten Jeansanzug trat auf den Uniformierten zu. „Das war ich."

„Dafür danke ich Ihnen zunächst einmal. Das sah sehr professionell aus."

„Ich mache gerade die Führerscheinprüfung. Da gehört das dazu", lächelte der junge Mann zaghaft.

„Wie sind Sie auf den Mann aufmerksam geworden? Hat er Sie zur Hilfe gerufen? Oder fiel er plötzlich neben Ihnen um? Hatten Sie ihn vielleicht vorher schon beobachtet? Erzählen Sie mir das bitte einmal im Zusammenhang."

Der Teenager sah sich leicht verlegen um. Offenbar war er es nicht gewohnt, vor einer größeren Menschenansammlung zu sprechen. Er rieb seine Hände kräftig ineinander und nahm einen tiefen Atemzug. „Ich war auf dem Weg zur Straßenbahnhaltestelle. Von da hinten kam ich, aus der Braubachstraße. Irgendwie war der Mann plötzlich vor mir. Ich habe ihn nicht kommen sehen. Wie aus dem Nichts starrte er mich mit weit aufgerissenen Augen an. In seinem Blick lag etwas Hilfesuchendes. Er war schweißgebadet."

„Wie ging es weiter? Hat er etwas zu Ihnen gesagt?"

„Nein. Aber er wollte andauernd reden. Ich sah, wie es in seinem Gesicht arbeitete. Es war, als würde er würgen. Dann sackte er plötzlich zusammen. Im Knien hielt er sich noch an der Sitzfläche fest. Dann verließen ihn die Kräfte und er rutschte auf den Boden. Darauf habe ich ihn dann so hingelegt, wie Sie ihn eben gefunden haben." Er zögerte, hielt den Kopf schief, dachte offenbar angespannt über das Gesagte nach. „Stopp! Bevor ich ihn in die Seitenlage gebracht habe, habe ich natürlich geprüft, ob er lebte. Er atmete. Etwas verwaschen oder unregelmäßig, irgendwie flach. Aber er lebte noch. Das stand für mich fest." Wieder ein verlegener Blick in die Runde. „Sonst hätte ich mir doch die Arbeit nicht gemacht. Es war nicht leicht, ihn in die richtige Lage zu bringen."

Der Oberkommissar nickte. „Nochmals konkret: Sie haben ihn nicht gesehen, bevor er Ihnen gegenüber an der Haltestelle stand?“

„Nein! Das habe ich doch schon gesagt.“

„Hat jemand von Ihnen den Mann vor seinem Zusammenbruch beobachtet“, fragte er in die Menschengruppe, die nach und nach einen Halbkreis um ihn gebildet hatte. „Bitte treten Sie zu mir vor, falls Sie weiterhelfen können.“

Schulterzucken, betretene Blicke. Offenbar bestand die Ansammlung nur aus Neugierigen, die nach dem Vorfall hinzugekommen waren. Dann löste sich aber eine kleine alte Dame aus der zweiten Reihe. Resolut rückte sie ihr geblümtes Hütchen zurecht, das sich schützend über die frisch ondulierten fliederfarbenen Dauerwellen breitete. Ihre stahlblauen Augen leuchteten und die speckigen Wangen vibrierten, als sie zum Sprechen ansetzte. Aufmunternd lächelte ihr der Beamte zu.

„Nur Mut, meine Dame. Wir müssen wissen, was genau passiert ist. Gab es etwas Auffälliges? Haben Sie irgendetwas beobachtet, was vielleicht für die Rettungssanitäter wichtig sein könnte? Wie hat der Mann sich verhalten, bevor er zur Haltestelle kam? Oder haben Sie ihn vielleicht schon vorher in einem der Cafés gesehen?“

Die Dame rückte das Oberteil ihres dunkelgrauen Kostüms zurecht und holte Luft. „Er muss aus einem der beiden Cafés gekommen sein. Von dort drüben.“ Sie zeigte mit dem Stockschirm, den sie wohl als Sonnenschutz dabei hatte, zu dem Kaffeehaus und der Eisdiele hinüber. „Ich kam vom anderen Ende der Braubachstraße und wollte zum Römerberg. Da wurde ich auf den Mann aufmerksam, weil er fast in meine Richtung kam und sich ständig abwechselnd an den Hals und die Brust fasste. Erst dachte ich, er hätte zu viel getrunken.“ Sie sah den Polizisten mit rechthaberischer Empörung an. „Aber doch nicht um diese Uhrzeit. Da trinkt man doch noch nichts Scharfes."

Der Oberkommissar registrierte, dass die Dame ohne eine Bestätigung von ihm nicht weiterreden würde. Er nickte mehrfach. „Nein. Ganz sicher nicht. Er sah ja wohl auch nicht wie ein Alkoholiker aus, oder?"

„Natürlich nicht. Ein gepflegter, gut gekleideter Herr! Jedenfalls schleppte er sich bis zur Haltestelle. Dort klammerte er sich an einer Stange des Unterstands fest." Sie schien kurz zu überlegen. „Ja, und den Rest kennen Sie. Der junge Mann vor mir hat dazu alles gesagt."

„Trotzdem habe ich noch eine Frage. War der Verletzte während der gesamten Zeit, in der Sie ihn beobachteten, alleine? Oder haben Sie ihn vorher vielleicht in Begleitung gesehen?"

Selbstbewusst stützte sich die Dame auf ihren Stockschirm. „Warum fragen Sie das? Sie machen es ja spannend. Glauben Sie denn, dass ihn jemand in diesem Zustand alleingelassen hätte?"

Der Beamte wich aus. „Nein. Ich war ja nicht dabei. Deshalb muss ich Sie und die Anderen hier, die etwas gesehen haben könnten, zu allem ganz genau befragen. Die Polizei muss ihre Fragen in alle Richtungen stellen. Hinterher ist es dafür oft zu spät."

Die Dame war beruhigt und nickte. „Das habe ich verstanden. Ich sehe es auch ein. Also, da war niemand." Wieder zögerte sie kurz, bevor sie fortfuhr. „Besser gesagt, ich habe niemanden gesehen, der zu dem Mann zu gehören schien." Noch eine kleine Pause. Dann zeigte sie auf die Menschenmengen in den Kaffeehäusern und auf dem Paulsplatz. „Aber da drüben sind ja auch so viele Leute. Wie soll man da wissen, wer zu wem gehört?"

Der Polizist ließ sich von der alten Dame und dem Teenager die Personalien geben, bedankte sich und ging hinüber zur Haltestelle. Dort hatte die Rettungsmannschaft gerade die Behandlung des kollabierten Mannes eingestellt. Der zweite Polizeibeamte, der die ärztlichen Bemühungen verfolgt hatte, lief seinem Kollegen ein paar Schritte entgegen. „Es hat keinen Zweck mehr. Er ist gerade eben unter den Händen des Notarztes verstorben. Ich konnte den Doc noch nicht einmal nach den Einzelheiten fragen." Der Oberkommissar wies fragend auf einen jüngeren blonden Lockenkopf in weißer Hose und rotem T-Shirt, der bei der Rettungsmannschaft stand. Als sein Kollege nickte, ging er zu dem Mediziner und stellte sich vor. „Ich falle mal mit der Tür ins Haus und stelle Ihnen die Gretchenfrage: Können wir von einer natürlichen Todesursache ausgehen oder gibt es Anhaltspunkte für ein Fremdverschulden?"

Der Blonde wiegte den Kopf hin und her. „Zuerst eine Gegenfrage: Sie haben, wie ich aus den Augenwinkeln gesehen habe, eben schon ein paar Passanten vernommen. Konnten Sie etwas über das Verhalten des Toten in Erfahrung bringen, bevor er hierher zur Haltestelle kam?"

Der Oberkommissar teilte ihm in Kürze das Ergebnis seiner Befragungen mit. Der Lockenkopf nickte mehrfach und machte ein Gesicht, als habe er auf eine besonders saure Zitrone gebissen. „Ihre Frage ist äußerst schwer zu beantworten. Ich kann ihn hier nicht gründlich untersuchen. Von den Symptomen her gibt es mehrere Möglichkeiten, die ich jetzt nicht alle detailliert darstellen will. Äußere Verletzungen hat er keine. Ich kann aber beispielsweise nicht ausschließen, dass ihm etwas beigebracht worden ist." Als der Arzt die fragenden Gesichter der beiden Polizisten sah, erläuterte er noch ein bisschen weiter. „Der Zustand, in welchem Ihre beiden Zeugen den Mann beobachtet haben, und die Anzeichen, die ich bei seiner Behandlung angetroffen habe, können dafür sprechen, dass er etwas zu sich genommen hat, was seinen Tod herbeiführte. Das muss aber nicht so gewesen sein. Mit verlässlicher Sicherheit kann ich deshalb noch weniger sagen, ob ihm für diesen Fall die tödliche Substanz von einem Dritten verabreicht worden ist, oder ob er sie freiwillig zu sich genommen hat. Das bedeutet im Ergebnis, dass wir auf jeden Fall obduzieren müssen."

Der Oberkommissar wirkte nachdenklich. Er wippte mit den Fußspitzen und rieb sich die Schläfen. „Ihre Erklärungen machen mich stutzig. Da war doch neulich schon mal so etwas." Er kratzte sich am Hinterkopf. „Jetzt habe ich es. Vor nicht allzu langer Zeit hatten wir in der Allerheiligenstraße einen ähnlichen Vorfall. Damals ergab die Obduktion einen Tötungsverdacht. Die Einzelheiten sind mir natürlich nicht mehr in Erinnerung. Ich bin mir nur sicher gelesen zu haben, dass die damals sehr rasch durchgeführte Obduktion ein Glücksfall war, weil man sonst die Substanz nicht mehr hätte nachweisen können."

Der Arzt unterbrach ihn. „Wir können Sie dabei unterstützen, dass der Mann noch heute obduziert wird."

Das Nicken des Oberkommissars machte zwar den Eindruck, als habe er zugehört, sein grüblerischer Gesichtsausdruck ließ allerdings darauf schließen, dass er konzentriert nachdachte. Auf einmal schnippte er mit dem Finger. „Jetzt fällt es mir wieder ein. Das Zeug hieß Liquid Ecstasy."

„Volkstümlich K.-o.-Tropfen genannt", fiel ihm der Notarzt wieder ins Wort, „Eigentlich werden sie eher von verklemmten, fehlgepolten Männern zur Erleichterung sexueller Übergriffe an Frauen verabreicht, um ihren Widerstand zu brechen."

„Ja, das kennen wir auf der Polizeischiene. Aber das ist gerade der Punkt, warum mir der Vorfall in Erinnerung geblieben ist.

Weil er untypisch war." Er wandte sich an seinen Kollegen. „Kläre du noch mit dem Doktor die üblichen Kleinigkeiten. Ich muss sofort bei K 11 anrufen, herausfinden, wer für den anderen Fall zuständig ist und dem Kollegen Bescheid sagen." Im Weggehen drehte sich der Oberkommissar noch einmal um und ging erneut zu dem Notarzt hin. „Eines möchte ich noch wissen, bevor ich die Kollegen informiere: Haben Sie oder Ihre Leute hier irgendwelche Papiere bei dem Toten gefunden? Wissen wir schon, wer er ist und wie er heißt?"

„Ich glaube schon. Er trug einen Ausweis auf den Namen Werner Hoffmann bei sich. Das Lichtbild im Pass stimmt mit seinem Äußeren überein."

Die Augen des Polizisten leuchteten auf. „Werner Hoffmann, zweifellos ein Allerweltsname. Aber irgendwie ist er mir schon untergekommen. Ich meine, im Zusammenhang mit Betrug. Oder Heiratsschwindel." Er winkte ab. „Na, das ist ja erst einmal egal."

12

Dennis Hauschild verließ am frühen Morgen die Klartext-Redaktion und nahm am Grüneburgweg die U-Bahn in nördliche Richtung. Er fuhr bis zur Haltestelle Weißer Stein im Stadtteil Eschersheim. Von dort ging er die wenigen Schritte zur Josephskirchstraße, wo er nach etwa zweihundert Metern die Ziehenschule erreichte. Der zur Straße hin gelegene vordere Schulhof war menschenleer. Nichts vom vertrauten Pausengeschrei. Offenbar lief die Schulstunde.

Hauschild nahm den linken Treppenaufgang in schnellem Lauf, immer zwei Stufen auf einmal. Er meldete sich im Vorzimmer des Rektors an und musste ein paar Minuten warten, bis er vorgelassen wurde.

Oberstudiendirektor Milf Olsen verkörperte den Typ Lehrer aus grauer Vorzeit: streng gescheiteltes hochrasiertes Haar, ein angedeuteter Oberlippenbart, randlose rechteckige Brille, steifer weißer Hemdkragen, der Rest der Bekleidung grau in grau. Er reichte Hauschild seine Hand mit einer Mimik, die vom Gegenüber totale Unterwerfung erwartete. Hauschild schoss durch den Kopf, dass die Optik dieses Paukers verständlich machte, warum so viele Generationen von Schülern den Gang in die Schule hassten.

Mit den Gesetzen der Höflichkeit schien Olsen nicht auf vertrautem Fuß zu stehen. Er bot Hauschild keinen Platz in seinem

Zimmer an, sondern führte das Gespräch im Stehen auf der Türschwelle. „Sie sind Journalist?" Seine leicht angewiderte Miene machte deutlich, dass Olsen diesen Termin für verlorene Zeit hielt. „Und Sie wollen einen Artikel über Jubiläen an unserer Schule schreiben? Ist das richtig? Habe ich das so korrekt aus dem Telefonat mit Ihnen in Erinnerung?"

„Ja, das stimmt. Ich danke Ihnen für die Gelegenheit, mich hier umhören und umsehen zu dürfen."

„Nur in Begleitung natürlich. Aber immerhin. Ich habe eine unserer kompetentesten Kolleginnen auf Ihren Besuch vorbereitet. Frau Studiendirektorin Theresa Dingeldey unterrichtet bei uns seit Jahren Mathematik und Physik. Eine sehr fähige und beliebte Kollegin, jedenfalls unter den Lehrkräften. Und das ist die Hauptsache." Olsen schnaufte leicht asthmatisch, wobei sein kräftiger Bauchansatz unter der knappen Anzugsjacke in leichte Wallung geriet. „Außerdem ist sie Leiterin unserer Bücherei und deshalb auch in einer herausgehobenen Besoldungsstufe."

„Vielen Dank für die Vermittlung. Und wo finde ich die Dame?"

Olsens melancholischer Blick schwamm zwischen Herablassung und Überwindung. „Ich begleite Sie die wenigen Schritte. Frau Dingeldey muss schließlich aus meinem Munde hören, dass gerade Sie der angemeldete Besucher sind. Die Bücherei liegt gegenüber vom Schulhof. Der Einfachheit halber gehe ich voran." Er wandte sich kurz an die unauffällige Vorzimmerdame. „Ich bin sofort wieder zurück."

Olsen überquerte den Schulhof mit ausgreifendem Schritt. Weder vergewisserte er sich, ob Hauschild folgte, noch richtete er währenddessen das Wort an ihn.

Über einen Seiteneingang am östlichen Ende des Schulgebäudes betraten sie die Bücherei. Hauschild verschlug es den Atem, als er Frau Dingeldey vorgestellt wurde. Die ältere Dame mit dem offenbar selbst geschnittenen grauen Bubikopf war das zum Schulleiter passende Klischee einer weiblichen Lehrkraft: gertenschlank, eingefallenes faltiges Gesicht mit hervorstechender spitzer Nase, hellblaue Kulleraugen hinter einer kreisrunden Nickelbrille, Lodenkostüm, aus dem die herausschauenden gebogenen Beine den fortgeschrittenen Zustand einer Osteoporose bezeugten, darüber Strickstrümpfe. Hauschild ertappte sich bei dem Gedanken, dass er Frau Dingeldey zu seiner Schulzeit den Spitznamen Klingelfee gegeben hätte.

Frau Dingeldey bot Hauschild einen Stuhl vor einem raumfüllenden Bücherregal an, das bis zur Decke reichte. Sie selbst setzte sich auf einen spärlich gepolsterten Drehstuhl hinter ihrem hellbraunen Schreibtisch. Hauschild war schon dabei, sich innerlich dafür zu verfluchen, dass er hier seine Zeit vergeudete, als Frau Dingeldey mit angenehm warmer Stimme zu reden anfing.

„Ich freue mich sehr, dass sich jemand wie Sie für unsere Arbeit interessiert. Schließlich haben wir mit vielen Problemen zu kämpfen, worüber die Öffentlichkeit nur unzureichend unterrichtet ist. Nehmen Sie nur einmal diese unsäglichen sogenannten Pavillons, die in zahlreichen Schulen zur Behebung der Raumnot aufgestellt werden. Im Sommer zu heiß und schlecht belüftet, im Winter hat man nach einer Schulstunde eiskalte Füße. Dieser Zustand wird von der Politik immer weiter aufrechterhalten. Da sagt man, unsere Jugend sei das wichtigste Kapital, das wir haben. Aber es darf nichts kosten, weil das vorhandene Geld in marode Banken gesteckt wird."

Unwirsch registrierte Hauschild, dass er sich hier auf einen politischen Rundumschlag der Unzufriedenheit einlassen musste. Es gelang ihm aber zu früher Stunde noch nicht, mit schlagfertigen Reaktionen die Steuerung des Gesprächs in die Hand zu nehmen. So entschied er sich, Frau Dingeldey die Führung der Unterhaltung zu überlassen und ergab sich widerstandslos seinem Schicksal. Verstohlen sah er auf seine Armbanduhr.

Frau Dingeldey musste ihm angemerkt haben, dass er dabei war, geistig abzuschalten. Übergangslos kam sie zum Thema seines Besuchs. Dabei schaute sie etwas genierlich auf die Tischplatte. „Ich habe da eine kleine Leidenschaft. Sie dominiert nicht nur wesentliche Teile meiner spärlichen Freizeit, sondern ergreift mich auch zu bestimmten Anlässen in der Schule. Der Schulbetrieb ist, müssen Sie wissen, mein wichtigster Lebensinhalt. Eigentlich habe ich gar kein wirkliches Privatleben. Auch zu Hause arbeite ich gerne an Schulaufgaben. Dies tue ich regelmäßig und täglich über viele Stunden hinweg." Sie musterte ihn kritisch. „Nicht unaufmerksam werden und nicht zu ungeduldig sein, Herr Hauschild. Das sage ich meinen Schülerinnen und Schülern auch immer wieder." Sie setzte sich aufrecht hin. „Hören Sie jetzt bitte gut zu! Ich fotografiere jeden Jahrgang zweimal. Zum ersten Mal, wenn die Kleinen auf die Schule kommen und ihren ersten Tag haben. Und das zweite und letzte Mal, wenn sie uns als Erwachsene, wohlerzogen und gebildet, mit dem Abitur in der Tasche wieder verlassen."

Jetzt war Hauschild hellwach. „Diese Fotos, von denen Sie sprechen. Heben Sie die alle auf?"

„Selbstverständlich! Ich sammele seit Jahren alle Klassenfotos, katalogisiere sie in Alben, beschrifte sie und habe verfügt, dass sie nach meinem Tod in der Schule verbleiben dürfen. Als Vermächtnis sozusagen."

Aufgeregt trommelte Hauschild mit seinen Fingerspitzen auf die Oberschenkel. „Sie sagen, dass Sie die Alben beschriften. Notieren Sie tatsächlich sämtliche Namen der Schüler unter den Bildern?"

Das milde Lächeln seines Gegenübers ließ erkennen, dass sie dem Fragesteller die Unsinnigkeit der Frage verzieh. „Natürlich nicht. Wo denken Sie hin? Das würde einen Zeitaufwand bedeuten, den ich bei meinen übrigen Aufgaben nicht leisten kann." Ihre Miene wurde noch versöhnlicher. „Sie müssen wissen, dass ich selbst in der Oberstufe unterrichte. Daher verabschiede ich auch häufiger Abiturjahrgänge. Ich mag zwar nicht mehr die Jüngste sein, aber die Namen der von mir betreuten Schülerinnen und Schüler behalte ich sämtlich. Über die Jahre hinweg bis zum heutigen Tage. Anhand meiner Fotos kann ich Ihnen lückenlos erläutern, wen genau ich unterrichtet habe."

Ein glücklicher und erwartungsvoller Gesichtsausdruck glättete Hauschilds Miene. „Wollen wir uns nun einmal dem Jubiläumsjahrgang widmen? Können Sie mir die Bilder zeigen und mir etwas zu den abgebildeten Personen sagen?"

Frau Dingeldey erhob sich und ging zu einem unter dem Fenster aufgestellten halbhohen Bücherregal. Dort waren reihenweise Fotoalben gleicher Farbe und Größe abgestellt. Sie studierte mit kundigem Blick die auf den Rücken der Ordner aufgeklebten Jahreszahlen und zog dann einen Band hervor. „Wenn Sie so freundlich wären und mit Ihrem Stuhl neben meine Schreibtischauflage rücken würden. Dann könnten wir gemeinsam die Bilder betrachten."

Als Hauschild neben Frau Dingeldey saß, schlug sie das Album auf und begann wortlos zu blättern. Endlich hatte sie gefunden, was sie suchte. „Hier fängt es an. Das sind die Jahrgänge, die jetzt ihr Silberjubiläum feiern. Es waren damals fünf Klassen, die das Abitur machten. Zwei aus dem sprachlichen und drei aus dem mathematischen Zweig."

Hauschild bewegte seinen Stuhl mit den Füßen noch näher an die Lehrerin heran, zog das Einladungsschreiben hervor, dass er in Assmanns Wohnung hatte mitgehen lassen und las. „In welcher Klasse waren denn die Herren Wohlrabe, Landau und Assmann? Und Frau Stella Engholm? Der Einladung zum Klassentreffen nach, die ich hier habe, sollen sie alle in derselben Klasse gewesen sein."

Frau Dingeldey tippte sich mit dem Zeigefinger auf die Lippen. „Ich will Sie nicht fragen, warum Sie sich gerade für diese Abgänger interessieren. Aber da kann ich Ihnen nur begrenzt weiterhelfen. Diese Schülerinnen und Schüler wurden von mir nicht unterrichtet, höchstens einmal vertretungsweise."

Ein Hauch von Enttäuschung zeigte sich auf Hauschilds Gesicht. Dann fiel ihm wieder ein, weshalb er den heutigen Besuch unternommen hatte. „Haben Sie eine Klasse dieses Jahrgangs unterrichtet?"

Sie zeigte auf ein Foto. „Ja, diese hier. Ich war sogar die Klassenlehrerin. Die jungen Damen und Herren hier machten bei mir das Abitur in Mathematik und Physik. Das war die Klasse 13m1."

„Und deren Namen kennen Sie noch alle?"

„Ich denke schon. Aber nicht nur das. Von vielen Ehemaligen weiß ich, wie es in ihrem Leben weiterging. Sie halten Kontakt zu mir und ihrer Schule." Ihr Zeigefinger schnellte auf ein strahlendes Teenagergesicht. „Der hier ist gerade Polizeipräsident geworden. Wo genau, weiß ich nicht. So etwas macht mich stolz. Immerhin habe ich dazu einen kleinen Beitrag geleistet."

Hauschild gab sich Mühe, Verständnis zu zeigen. „Alle Achtung. Es muss Sie mit tiefer Befriedigung erfüllen zu sehen, wie Sie all diesen Menschen die Wege ins Leben geöffnet haben."

Frau Dingeldeys Blick ließ Zweifel offen. Sie studierte intensiv das Foto der 13m1 und schaute dabei mehrfach zu Hauschild hin. Dann tippte sie auf ein weiteres Männergesicht. „Warten Sie mal, sind Sie das nicht? Ist das nicht Ihr Bild? Heißen Sie überhaupt Hauschild? Und nicht vielmehr Claußen?" Sie fixierte Hauschild mit forschendem Blick. „Was wollen Sie eigentlich wirklich hier?"

Unbehagen befiel Hauschild. Diese Gesprächsentwicklung konnte er für seine geplanten nächsten Schritte nicht gebrauchen. Kurz entschlossen zog er seinen Personalausweis und legte ihn mit dem Presseausweis auf den Tisch. „Bitte, schauen Sie sich das an. Sie müssen sich irren. Ich will Sie keineswegs über meine Person und den Zweck meines Besuchs täuschen."

Nach genauem Studium der Ausweise nickte Frau Dingeldey versöhnlich. „Entschuldigen Sie! Aber diese Ähnlichkeit mit Claußen. Ich hätte Ihnen ja nichts Böses unterstellt. In diesem Fall kommt hinzu, dass Claußen kurz nach dem Abitur eine Arbeit im Ausland angenommen haben und nicht mehr hierher zurückgekehrt sein soll. Ich habe nie wieder von ihm gehört. Deshalb hatte ich den Verdacht, Sie wollten mich vielleicht verspotten."

„Und die Namen, die ich Ihnen vorhin nannte, sagen Ihnen tatsächlich gar nichts?"

„Ich habe die ganze Zeit überlegt." Sie nahm ein weiteres Foto genauer in Augenschein. „Engholm? Da war irgendetwas, das im Lehrerzimmer die Runde machte. Ich glaube, die wollte immer berühmt werden und angebetet. Sie gab sich als irgendeine Berühmtheit aus. Ich erkenne sie auf dem Foto jetzt deshalb, weil sie für die damalige Zeit so altmodisch aussah. Frau Engholm war in der 13s2." Sie lächelte Hauschild freundlich an. „Mehr kann ich Ihnen leider nicht bieten."

Hauschild gab nicht auf. Er griff in die Innentasche seiner Jacke und zog das Foto hervor, das er in Assmanns Wohnung eingesteckt hatte. Er deckte den Teil ab, der Assmann als Dragqueen zeigte und hielt es Frau Dingeldey hin. „Kennen Sie vielleicht diesen Herrn? Sein Name muss mit dem Buchstaben B beginnen. Auf der Einladungsliste habe ich mit diesem Vornamen nur einen Bernie gefunden."

Frau Dingeldey wiegte den Kopf hin und her. Sie besah sich die Fotos in ihrem Album eine Weile sehr genau. „Schauen Sie. Der hat sich ja kaum verändert." Sie zeigte auf ein Gesicht. „Das ist er doch. Aber wie er hieß, das habe ich nicht mehr in Erinnerung."

„Sehr schade! Und mit dem Namen Bernie können Sie nichts anfangen?"

Hauschilds enttäuschtes Gesicht schien die letzten Reserven an Ehrgeiz in Frau Dingeldey aktiviert zu haben. Entschlossen stand sie auf. „Den Menschen auf dem Foto neben diesem Bernie wollen Sie mir offensichtlich nicht zeigen? Er könnte mir eventuell auf die Sprünge helfen."

Hauschild zeigte ihr das gesamte Foto. Sie schlug die Hände vor den Mund. „Nein, was ist denn das? So einen kenne ich gar nicht." Unschlüssig stand sie einen Moment da. Dann schien ihr der Anlass ihres Aufstehens wieder eingefallen zu sein. Wieder ging sie zum Bücherregal und entnahm ihm ein in erdfarbenes Leinen eingebundenes Buch. „Daran hatte ich zunächst nicht gedacht. Wir haben vor einiger Zeit eine Festschrift herausgegeben, weil unsere Schule einen runden Geburtstag hatte. In diesem Band sind nach Jahrgängen geordnet die Klassenfotos abgebildet worden. Meiner Erinnerung nach finden sich dort auch die Namen der Schülerinnen und Schüler."

Sie setzte sich wieder zu Hauschild und blätterte. Als sie die von Hauschild genannte Klasse gefunden hatte, ging sie mit dem Zeigefinger akribisch die Gesichter der Abgebildeten durch. Plötzlich hielt sie inne und tippte auf einen der jungen Männer. „Da haben wir ihn. Jetzt müssen wir uns nur noch den Text dazu anschauen. Der dritte von links in der oberen Reihe heißt Bernie Tandler." Sie schaute triumphierend zu Hauschild auf. „Genügt Ihnen das?"

Hauschild neigte den Kopf und sah Frau Dingeldey flehentlich an. „Vielleicht doch noch eine kleine weitere Bitte. Könnte ich Abzüge oder Fotokopien der Bilder des Jubiläumsjahrgangs haben? Oder die Festschrift? Am besten beides. Das würde sich sehr schön neben dem Artikel machen, den ich darüber schreiben will."

Frau Dingeldey gab sich unwillig. „Wie soll das gehen? Eine Kopie nützt Ihnen wenig zur Veröffentlichung. Das würde zu unscharf werden. Und ehrlich gesagt, die Fotos überlassen? Das möchte ich auch nicht. Weiß ich denn, wie zuverlässig Sie sind? Ja, wenn Sie Claußen wären. Dem könnte ich trauen. Aber so?"

Hauschild war kurz unschlüssig, wie er seine Überzeugungsarbeit fortsetzen sollte. Dann erinnerte er sich, dass er seine Digitalkamera in der Tasche hatte. Er zog sie hervor und kniete sich vor Frau Dingeldey auf den Boden. „Darf ich erst einmal von Ihnen ein Foto machen? Das muss auf jeden Fall mit dem Artikel abgedruckt werden." Als er sah, dass Frau Dingeldey sich die Frisur zurechttupfte, eine aus ihrer Sicht würdige Haltung einnahm und geziert die Lippen spitzte, fuhr er siegessicher fort. „Wir veröffentlichen Sie groß im Lokalteil." Dann tat er, als falle ihm etwas Bedeutendes ein. „Wenn wir allerdings keine Fotos der Jubiläumsklassen präsentieren, tragen wir nicht dazu bei, dass sich die unerreichbaren Leute eventuell auf den Artikel hin melden."

„Handelt es sich um eine größere Personenzahl?"

„Immerhin fünf alleine in der 13s2."

Die Reaktion kam prompt. „So viele? Vielleicht sind sie alle tot."

Hauschild fuhr zusammen. „Sie scherzen! Fünf Personen? Nach nur fünfundzwanzig Jahren? Das meinen Sie nicht im Ernst?"

Frau Dingeldey behielt ihren eigentümlich undurchdringlichen Gesichtsausdruck bei, nahm sich jedoch zurück. „War nur so ein Gedanke. Keine Sorge. Ich leihe Ihnen die Fotos und die Festschrift. Aber ausgeschlossen ist meine Überlegung nicht." Sie sah Hauschild prüfend an. „Bedenken Sie, was der Schriftsteller Tolkien seinem kleinen Hobbit in den Mund gelegt hat."

Hauschild musste nicht lange nachdenken. „Was weiß man, sagte der kleine Hobbit. Aber diese Unwissenheit muss so nicht bleiben. Seien Sie sicher, dass ich alles herauskriege. Das ist mein Job."

13

Als Kriminalhauptkommissar Schreiner mit seinem betagten Zivilfahrzeug der Frankfurter Polizei das gelb-schwarze Ortsschild der Stadt Essen passierte, war es schon früher Nachmittag. Er folgte den Angaben der seelenlosen weiblichen Stimme aus dem wackeligen Navigationsgerät, das er mit einem Klebeband am Armaturenbrett befestigt hatte. Nach einigen Straßenzügen traf er auf einen schnurgeraden Waldweg und nahm erleichtert die Ansage zur Kenntnis, dass er nach vierhundert Metern sein Ziel auf der linken Seite erreicht haben würde. Mit Vollgas bog er in den ausgewiesenen Parkplatz ein und stellte das Auto ab. Durch die stark verschmutzte Windschutzscheibe sah er in einiger Entfernung undeutlich einen langgestreckten mehrstöckigen Flachbau vor sich. Er nahm sich vor, demnächst den Wasserbehälter für die Scheibenwaschanlage aufzufüllen. Oder sich bei seinem nächsten Einsatz, falls vorhanden, ein anderes Fahrzeug zu nehmen.

Während der gesamten Fahrt hatte er nicht gemerkt, dass die Straßenlage des Autos anscheinend defizitär war, aber jetzt fiel ihm auf, wie es sich in einer auffälligen Schräglage zur Beifahrerseite befand. Schreiner führte diesen Umstand aber ausschließlich darauf zurück, dass er die Fahrt nicht alleine angetreten hatte. Neben ihm saß sein schwergewichtiger Kollege Dieter Sennelaub, der im K 11 als Mann für das Grobe galt.

Seine öligen Haare und vielen Pickel im verschwitzten Gesicht ließen ihn ein wenig unappetitlich wirken. Auch seine Bekleidung genügte keinen durchschnittlichen Anforderungen, die Haltung zweier Schäferhunde machte sich auf den abgetragenen Klamotten bemerkbar. Doch Sennelaub hatte durchaus bemerkenswerte Qualitäten. Nachdem er den Kommissariatsleiter von K 11 bei dessen Geburtstagsfeier mitsamt Stuhl, auf dem er saß, an einem einzigen Stuhlbein bis zur Brusthöhe hochgehoben hatte, war ihm die Ehrfurcht der Kollegen auf alle Zeiten gesichert. Wer aber geglaubt hätte, Sennelaub sei nur ein hirnloser Kleiderschrank, sah sich im Umgang mit ihm rasch getäuscht. Seine Schlitzohrigkeit und unermüdliche Hartnäckigkeit hatten ihn auch die intellektuell anspruchsvollsten Fälle lösen lassen, sodass er für den Aufstieg in den höheren Polizeidienst vorgesehen wurde. Doch Sennelaub hatte mit der Bemerkung verzichtet, er wolle kein Sesselfurzer werden. Damit hatte ihn Schreiner ein für alle Mal ins Herz geschlossen.

Schreiner und Sennelaub stiegen aus dem Wagen und folgten dem geschotterten Fußweg, der in einen ansehnlichen Park mündete. Am Zugang wies eine dezent gerahmte Tafel darauf hin, dass hier die *Er-zur-Sie-Klinik* residiere. Schreiner atmete erst einmal tief durch. Er fühlte sich müde. Am gestrigen Nachmittag war es turbulent geworden. Gerade als er die Zeit gefunden hatte, in ein langweiliges Bäckerbrötchen zu beißen, das er sich mit großem Hunger schon am Morgen auf dem Weg ins Präsidium gekauft hatte, war sein unmittelbarer Chef, der Kommissariatsleiter, in sein Büro gestürmt und hatte ihm die Mitteilung über Werner Hoffmanns Tod überbracht. Ein Oberkommissar der Schutzpolizei hatte, oh Wunder, mal aufgepasst und vom Paulsplatz aus das K 11 informiert. Das musste ein kluger uniformierter Kollege gewesen sein. Nach Schreiners

Erinnerung oder zumindest Überzeugung war es das erste Mal, dass ein Mitglied der Trachtengruppe mitgedacht und die Kripo angerufen hatte. Schreiner hatte im Anschluss an der Obduktion teilgenommen. Danach wollte er Schultz vom Ergebnis unterrichten. Der war aber weder zu Hause noch im Büro erreichbar gewesen.

„Jetzt hast du mir die ganze Fahrt über von diesen Toten vor der *Stoltze Bar* und auf dem Paulsplatz erzählt", unterbrach Sennelaub seine Gedanken. „Du hast irgendwas von einem Einladungsschreiben zu einem Klassentreffen gefaselt. Dann hast du eine Ewigkeit vor dich hin geredet und geflucht. Aber weshalb wir ausgerechnet nach Essen gefahren sind, hast du mir bisher nicht wirklich verständlich erklärt."

Schreiner versuchte seinen Arm um Sennelaubs Schultern zu legen, scheiterte aber an dessen überdimensional großem Kreuz. Er beschränkte sich also darauf, ihm einen Boxhieb auf den Oberarm zu geben. „Ich habe dir gesagt, dass ich dich brauche. Das muss fürs Erste genügen."

„Deshalb bin ich ja auch ohne weiter zu fragen mitgekommen." Sennelaub machte einen Schmollmund, was ihm das Aussehen eines Riesenbabys verlieh. „Allem Anschein nach soll aber unsere Mission jetzt losgehen. Deshalb könntest du ein bisschen Butter bei die Fische geben."

Seit Jahren verband Schreiner eine tiefe kollegiale Zuneigung mit Sennelaub. Sie hatten die Polizeiausbildung zusammen durchlaufen, ein Auftakt, der bei ihnen wie bei den meisten Beamten einen lebenslangen intensiven Zusammenhalt bewirkte. In ihrem Fall war es aber noch mehr. Schreiner hatte mehrfach unmittelbar mit Sennelaub zusammengearbeitet. Dessen professionelle und zugleich drollige Auftritte waren so ganz nach seinem Geschmack gewesen. Sie waren mehr und mehr dicke Freunde geworden und konnten sich blind aufeinander verlassen.

„Also, lass die Sau raus“, forderte Sennelaub.

„Na schön, wenn es um des lieben Friedens Willen jetzt gleich sein muss. Ich habe heute Morgen angefangen, meinen Ermittlungsplan abzuarbeiten und im Stundentakt drei Vernehmungen durchgeführt. Dabei habe ich mich am Einladungsschreiben von Alex Wohlrabe zum fünfundzwanzigjährigen Klassentreffen der Abiturienten der *Ziehen-Schule* orientiert. Dabei habe ich bei den Ehemaligen im Alphabet hinten angefangen, weil als letzter Abiturient mit bekannter Anschrift Alex Wohlrabe selbst aufgeführt war. Es war meiner Meinung nach sinnvoll, den Initiator des Klassentreffens zuerst zu vernehmen. Im Zweifel hat Wohlrabe über die Jahre hinweg den meisten Kontakt zu seinen früheren Mitstreitern gehalten.“

„Und was hat dieser Wohlrabe an neuen Erkenntnissen gehustet? Sind wir deshalb hier?“

„Nein. Die Anhörungen von Wohlrabe und einer in dem Einladungsschreiben vor ihm aufgelisteten Mitschülerin Vera Volkmann waren belanglos.“

„Und was ist das dann hier? Ein Betriebsausflug?“, motzte Sennelaub.

Schreiner grinste verschmitzt. „Schade, dass heute nicht Ostersonntag ist. Das würde passen.“

Völlig entgeistert starrte Sennelaub ihn an. „Wie bitte? Jetzt kapiere ich, warum du in Rente gehen willst. Wahrscheinlich ist es nicht dein freier Wille. Von wegen kaputter Finger.“ Er tippte sich an die Stirn. „Du hast sie nicht mehr alle. Das ist es!“

Schreiner blieb ungerührt. „Du wirst heute das weltweit einmalige Ereignis einer Wiederauferstehung erleben. Und das verdanken wir der Vernehmung eines gewissen Bernie Tandler. Der war heute Morgen als dritter Zeuge an der Reihe. Ich habe ihn nach allen Regeln der Kunst ausgequetscht. Selbstverständlich hat der Rechtsstaat dabei nicht gequietscht. Dieser Tandler muss irgendwo Dreck am Stecken haben. Als erfahrener Kripomann habe ich das gespürt. Was mit dem genau los ist, kriege ich noch heraus. Jedenfalls hat er vorerst ausgespuckt, dass Assmann gar nicht tot ist, sondern sich hier in Essen in der *Er-zur-Sie-Klinik* befindet. Assmann habe ihn in schwerer seelischer Verfassung angerufen, weil er jemand zum Quatschen gebraucht habe, dem er vertraue. Assmann habe in der Klinik medizinische Hilfe auf seinem Weg zur Geschlechtsumwandlung gesucht. Sobald ich die Überzeugung gewonnen hatte, dass Tandler wirklich nicht noch mehr wusste, als er nach hartem Drängen offenbart hatte, habe ich die Vernehmung Tandlers für unterbrochen, nicht für beendet erklärt. Ich habe ihn eindringlich belehrt und ihm aufgegeben, bis zur Fortsetzung seiner Vernehmung das Maul zu halten. Zu seiner eigenen Sicherheit. Dann habe ich hier in Essen angerufen und unseren Besuch angekündigt." Er bleckte die Zähne. „Jetzt werden wir Assmann gleich gegenüberstehen und ihn fragen, wie es zur fotografischen Inszenierung seiner Erschießung gekommen ist."

Sennelaub gab sich weiter missgestimmt. „Viele Worte, aber wenig Lichtvolles. Mag ja sein, dass ich zu blöde für unseren Job bin. Aber ich weiß immer noch nicht genau, was wir hier wollen."

Schreiner tätschelte ihm mit einem süffisanten Grinsen die Wange. „Also jetzt für dich zum Mitschreiben: Wir nehmen hier einen Typen mit Namen Assmann auseinander. Falls wir seinem Gedächtnis ein bisschen nachhelfen müssen, bist du die richtige Figur, die ich dazu als Assistent brauche." Plötzlich wurde er ernst. „Ich kann nicht ausschließen, dass unser Freund hier ein Drecksack ist. Deshalb sind wir zu zweit. Endlich kapiert?"

Die beiden Beamten erreichten nach kurzem Fußmarsch die Rezeption der Klinik, hinter der sich gerade eine unscheinbare Brünette im weißen Kittel die Fingernägel feilte. Auf dem Tresen stand ein frischer Blumenstrauß, dessen Duft vom Geruch eines Desinfektionsmittels überlagert wurde. Sie wiesen sich aus und Schreiner nahm Bezug auf das am Vormittag mit der Chefin der Klinik geführte Telefonat. Nach einem kurzen Anruf erklärte ihnen die junge Frau den Weg zur Klinikleitung.

Die burschikos auftretende Chefin mittleren Alters, Frau Professor Doktor Marie Junge, empfing sie in einem funktional möblierten Besprechungszimmer, das neben ihrem Büro lag. Zu ihrem markanten Auftreten passte der strenge Herrenschnitt. Bekleidet war sie mit einer schwarzen Tuchhose und einem weißen Kittel, aus dessen Kragen eine knallrote Bluse hervorschaute. Ihre tiefe Stimme rundete das Bild ab. Nach Vorstellung und Begrüßung richtete sie das Wort an Schreiner. „Sie möchten eine unserer Patientinnen sprechen?"

„Ja, Herrn Toni Assmann."

Frau Junge schüttelte mit strenger Miene den Kopf und unterbrach ihn mit höherer Stimme. „Frau, bitte! Frau Antonie Assmann. Es gibt keinen Herrn Assmann mehr. Sie ist erfolgreich geschlechtsangleichend behandelt worden. Ich habe ihr bereits angekündigt, dass Sie kommen und sie ist bereit, mit Ihnen zu sprechen. Allerdings muss ich Sie um rücksichtsvollen Umgang und Einhaltung einer angemessenen Gesprächsdauer bitten. Frau Assmann kämpft noch mit den Folgen des Eingriffs. Außerdem leidet sie psychisch noch unter den Erlebnissen aus der Zeit zuvor. Sind wir uns da einig?"

Schreiner schaute sie verständnisvoll an und nickte. „Keine Sorge. Wir sind von Berufs wegen gewohnt, Menschen in allen Lebenslagen anzutreffen."

Marie Junge erhob sich. „Sie können den Raum hier für Ihr Gespräch benutzen. Ich lasse Frau Assmann rufen." Sie schaute auf ihre Armbanduhr. „Bestenfalls eine dreiviertel Stunde. Dann muss Schluss sein. Sonst komme ich wieder und werde Sie ganz unhöflich hinauskomplimentieren. Sind wir uns auch in diesem Punkt einig?"

Schreiner und Sennelaub reagierten unisono. „Kein Problem!"

Kaum hatte Frau Junge das Zimmer verlassen, wandte sich Sennelaub schmunzelnd an seinen Kollegen. „Die hat aber Haare auf den Zähnen. Und das Auftreten eines vierschrötigen Kerls. Ob die auch mal umgebaut worden ist?"

Schreiner grinste gequält, dass sein vernarbtes Gesicht wie ein Flickenteppich aussah. „Wir lassen jetzt bis zur Heimfahrt alle diese Probleme ungelöst im Raum stehen." Er zeigte zur Zimmerdecke. „Wer weiß schon, ob die Bude nicht verwanzt ist?"

Zu weiteren hochgeistigen Betrachtungen blieb den beiden Beamten keine Zeit mehr. Es klopfte und ohne eine Aufforderung abzuwarten, öffnete sich die Tür. Assmanns dürre Gestalt, eingehüllt in einen bunt geblümten Bademantel, schob sich in das Zimmer. Das Gesicht war durch eine dunkelrote Langhaarperücke nahezu vollständig verdeckt. Die hohe Stimme wackelte instabil. „Ich bin Antonie Assmann. Sie wollten mich sprechen?" Sie schaute sich kurz um und nahm dann vorsichtig auf dem gepolsterten Sessel der Chefin ihnen gegenüber Platz. Dabei achtete sie behutsam darauf, dass ihr Unterkörper nur die Kante der Sitzfläche berührte. Selbstbewusst erläuterte sie ihre Sitzprobleme. „Ich muss noch etwas aufpassen. Manche Körperteile sind nach wie vor druckempfindlich und schmerzen. Es wäre schön, wenn Sie, was die Dauer unserer Unterhaltung anbelangt, darauf Rücksicht nehmen könnten."

Schreiner übernahm die Gesprächsführung. „Keine Frage. Sie kennen ja unseren Beruf und wissen in groben Zügen, weshalb wir hier sind. Wir beschränken uns heute auf das Wesentliche. Falls nötig, setzen wir die Unterhaltung zu einem anderen Zeitpunkt fort." Er warf Sennelaub einen kurzen Blick zu und richtete dann sein Augenmerk ausschließlich auf Frau Assmann. „Zu Ihrer Information: Da Ihre Wohnung in Frankfurt Einbruchsspuren aufwies, sind wir dorthin gerufen worden und haben uns umschauen müssen. Entsetzen hatte vor allem ein Foto hervorgerufen, auf dem Sie so abgebildet waren, als seien Sie erschossen worden. Damit korrespondierte eine Todesanzeige mit Ihrem Namen, die auf Ihrem Wohnungstisch lag und offensichtlich zur Veröffentlichung in einer Frankfurter Tageszeitung vorgesehen war. Schließlich haben wir in der Wohnung noch eine Schusswaffe gefunden. Deshalb hat man die Mordkommission verständigt. Können Sie uns bitte sagen, was es damit auf sich hat?"

Assmann errötete, fasste beidseitig die Spitzen der Langhaarperücke und zog sie vor das Gesicht. Ihre Sprache klang dadurch leicht verwaschen. „Ach das? Das hat alles seine Richtigkeit. Ich kann es erklären. Wer bei mir eingebrochen ist, weiß ich natürlich nicht. Und auch nicht, warum. Aber das Foto ist gestellt. Ebenso die Traueranzeige. Das sollte der symbolische Abschied meiner Existenz als Mann sein. Danach sollte es nur noch Antonie Assmann geben. Endlich meine körperliche Anpassung an meine Gefühle und mein Selbstverständnis. So habe ich mich gesehen, seit ich denken kann. Was für ein dornenreicher Weg. Sie werden ihn kaum nachvollziehen können." Sie legte eine kurze Pause ein und kicherte. „Ja, und die Pistole … Die hat mir ein Freund besorgt, zu meiner Sicherheit. Im Bahnhofsviertel, wie er sagte. Sie wissen sicher selbst, dass man dort alles haben kann. Aber den Namen des Freundes verrate ich Ihnen nicht. Sonst tun Sie ihm noch etwas. Das möchte ich nicht."

Sennelaub massierte seine Pranken, als wolle er sich im nächsten Moment auf sein Gegenüber stürzen. Schreiner zwinkerte ihm verstohlen zu, gab ihm aber sichtbar ein Zeichen zur Zurückhaltung und wandte sich dann wieder der Frau Assmann zu, die das alles nervös verfolgt hatte. „Der Brief auf Ihrem Tisch mit der Einladung zu einer Tour. Was hat es damit auf sich?"

Frau Assmann gluckste. „Ach ja, die arme Clara. Oder Stella. Wie Sie wollen. Clara ist ein Goldschatz, eine Süße. Sie glauben gar nicht, wie viel ich ihr verdanke. Sie hat immer zu mir gestanden. Während meiner übelsten Depressionen." Antonie machte eine wegwerfende Bewegung. „Der Brief ist ein Spaß gewesen. Clara kennt viele solcher kleinen Identitätsstifter. Damit meine ich, dass Stella manchmal bemüht war, der echten Clara Schumann bis aufs Detail ähnlich zu sein. Solche Briefe mit Originaltexten von Clara Schumann fand Stella in Auktionskatalogen im Internet. Dann schrieb sie das ab. Meist mit dem Füllfederhalter, weil sie das authentischer fand. Und sie schickte mir diese Schreiben, die oft nichts zu bedeuten hatten. Vielleicht hat sie mich mit diesem konkreten Brief auch zu irgendetwas eingeladen. Das weiß ich aber nicht mehr genau. Jedenfalls ist dieses Stück Papier völlig unverfänglich."

Sennelaub trommelte mit den Fingernägeln auf der Stuhllehne und schnaubte: „Unverfänglich, unverfänglich. Alles ist bei Ihnen unverfänglich. Da wird eingebrochen, da finden sich die dubiosesten Dinge. Und nach Ihrer Schilderung soll das alles normal und unbedeutend sein. Jetzt geben Sie mal ein bisschen Milch. Wir können auch anders als freundlich, wenn man uns verarschen will."

Antonie Assmann zuckte verängstigt zusammen und schaute Schreiner hilfesuchend an. Der spielte wieder seine Rolle als Freund und Helfer und gab Sennelaub ein mäßigendes Zeichen. „Lieber Dieter. Halte die Füße still. Warum soll es nicht so sein, wie Frau Assmann uns erzählt. Am Schluss unserer Unterhaltung bewerten wir ihre Aussage. Ungemütlich werden wir nur dann, wenn es Grund dafür gibt.“ Er nickte Frau Assmann beruhigend zu. „Wir kommen zum nächsten Punkt, dem Einladungsschreiben von ihrem Klassenkameraden Alex Wohlrabe. Hinter zwei der dort aufgeführten Namen befindet sich ein handschriftliches Ausrufungszeichen. Es handelt sich um die Namen Uli Landau und Bernie Tandler. Haben Sie die Markierungen angebracht? Und wenn ja, warum?“

Antonie stützte den Kopf in ihre Hände und dachte nach. Dann schaute sie auf und erzählte. „Das Einladungsschreiben ist schon um die Weihnachtszeit oder zu Jahresanfang bei mir eingetroffen. Ich weiß nicht, warum Alex es so früh abgeschickt hat. Wahrscheinlich, um den bekannten Adressaten Gelegenheit zu geben, die unbekannten Adressen herauszufinden. Die beiden Ausrufungszeichen habe ich irgendwann gemacht, weil sie mich an etwas erinnern sollten. Bernie musste ich dringend anrufen, war aber aus verschiedenen Gründen nicht dazu gekommen. Er hatte mir bei der Suche nach einer vertrauenswürdigen Klinik geholfen und wollte mir wichtige Tipps geben.“

„Und was ist mit dem Ausrufungszeichen hinter Landau?“

„Das habe ich meiner Erinnerung nach viel später gemacht. Nach diesem Vorfall mit Oliver in der *Stoltze Bar*.“

Schreiner horchte elektrisiert auf. „Was hatte Landau mit dem Geschehen in der Bar zu tun?“

„Ich meinte, Uli mit Oliver in der Bar gesehen zu haben. Ganz kurz. Ich meine, er war da. Ob er mich bemerkt hat und deshalb verschwand, weiß ich nicht."

„Moment! Wann glauben Sie, diese Feststellung getroffen zu haben? War das an dem Tag, als Radermacher starb? Also an Fastnacht?"

„Ja genau."

„Wie sicher sind Sie sich Ihrer Beobachtung? Waren nicht nahezu alle Leute maskiert? Trug der Mann, den Sie für Landau hielten, nicht vielleicht auch eine Maske? Haben Sie sich eventuell nur an ein paar Bewegungen dieses Mannes orientiert, die Sie an Landau erinnerten? Und war es nicht so, dass Sie später selbst mit einer Maske davonliefen, um nicht über Ihre Rolle beim Ableben von Radermacher befragt zu werden? Immerhin fiel diese Maskerade besonders auf, weil sie vom Stil her eher in den süddeutschen Raum gehörte."

Frau Assmann rutschte bei den vielen Fragen unruhig auf ihrem Sessel weiter nach vorn und betrachtete nervös ihre Hände. „Das sind so viele Fragen. Sie machen mich ganz verrückt. Bitte der Reihe nach. Ich fühle mich dem allem noch nicht wieder gewachsen. Schließlich bin ich gerade erst operiert worden und noch sehr angegriffen, um nicht zu sagen erschöpft. Geben Sie sich doch bitte damit zufrieden, dass ich Ihnen heute nur ein paar wesentliche Hilfen geben kann."

„Dann bleiben wir fürs Erste bei Landau", riss sich Schneider zusammen.

„Gut. Landau ist ein Schwein. Ein widerlicher Drecksack, der über Leichen geht. So habe ich ihn schon in der Schule erlebt." Sie zog aus der Tasche ihres Bademantels ein Taschentuch und tupfte sich über die Augen, wodurch eine der angeklebten falschen Wimpern von ihr unbemerkt verrutschte. Das verschaffte Antonie Assmann eine fast traurige Optik, etwas von einem Pierrot. „Er hat meine Musiker-Karriere auf dem Gewissen. Vermutlich ist Ihnen nicht bekannt, dass ich auf dem Weg zum Weltstar gewesen bin. Klassische Musik, Klavier. Ich hatte bereits bedeutende Wettbewerbe gewonnen."

„Weshalb soll Landau dafür verantwortlich sein?"

„Es gab vor vielen Jahren eine Schlägerei in einer Bar. Ich hatte mich dabei unter einen Tisch zurückgezogen. Landau ärgerte sich wohl darüber und trat mir auf die Hand. Mehrmals, mit voller Wucht. Völlig grundlos." Sie konnte ein Schluchzen nicht unterdrücken. „Lassen wir das jetzt. Ein anderes Mal mehr. Vielleicht will ich ihn noch in den Knast bringen. Aber er war damals Stellas Freund. Sie hätte mir nicht geglaubt, wenn ich es ihr erzählt hätte. Dafür war sie damals zu verliebt in ihn. Und ich wiederum brauchte Stella. Sie nahm mich ernst, behandelte mich trotz meiner Persönlichkeitsprobleme vollwertig. Ich hätte sie mit dieser Geschichte tief verletzt."

„Sie wollten uns noch eine Erklärung für die süddeutschen Masken geben."

„Nein, das wollte ich nicht. Jedenfalls heute nicht. Aber Sie interpretieren da zu viel hinein. Es verhält sich ganz einfach damit. Nur greift mich das Thema jetzt zu sehr an."

Schreiner und Sennelaub tauschten einen misstrauischen Blick, bevor Schreiner mit seinen Fragen fortfuhr. „Wir stellen das vorerst zurück. Vielleicht kommen wir auf andere Weise wieder darauf. Mich interessiert vor allem, wie Sie zu Oliver Radermacher standen. Kannten Sie ihn? Woher? Was wissen Sie über ihn und seine persönlichen Verhältnisse?"

Antonie Assmann errötete, atmete tief aus und ließ ihren Oberkörper nach vorn sacken. „Sie fragen immer so viel auf einmal. Das kann ich gar nicht alles behalten. Jedenfalls nicht in meinem jetzigen Zustand." Sie schaute nach unten und strich über ihre langen Fingernägel. „Herrn Radermacher kannte ich kaum. Nur vom Bedienen her. Er war Musiker. Anscheinend ein erfolgreicher Mann, denn er spielte im Frankfurter Museumsorchester. Wenn in der Bar nicht viel los war, haben wir gelegentlich über Musik geplaudert. Ich habe ihm mein Schicksal erzählt, aber es bedeutete ihm nichts. Er hatte keine Empathie. Vielleicht baute er nur eine Mauer auf, weil er Angst hatte, mit seinen Beziehungen etwas für mich tun zu müssen. Mehr weiß ich nicht von ihm." Sie hielt inne. „Doch. Noch etwas. Er wohnte in Frankfurt, lebte von seiner japanischen Frau getrennt oder war geschieden. Und er hatte mit ihr eine Tochter, die im vorgerückten Teenageralter sein müsste. Genügt Ihnen das?"

Schreiner lehnte sich zurück, schwieg für eine Weile und lächelte eigentümlich. Seine nächsten Worte zog er ungewöhnlich in die Länge, als lege er jedes einzelne davon auf die Goldwaage. „Ja, damit war ich vor nicht allzu langer Zeit schon einmal befasst." Er zögerte einen Moment, ob er seine Bemerkung konkretisieren sollte. Schließlich entschied er sich aber zu einem Themenwechsel. „Sagt Ihnen der Name Werner Hoffmann etwas?"

Sie wischte sich mit einer fahrigen Bewegung über die Stirn. Ihre Wangen nahmen erneut ein leuchtendes Rot an. „Entschuldigung. Ich bin nicht mehr ganz konzentriert und werde etwas müde. Wen soll ich kennen? Werner Hoffmann, sagen Sie? Nie gehört. Warum?"

„Der Mann ist tot, Frau Assmann. Jemand hat ihn vor Kurzem umgebracht. Die Umstände weisen starke Parallelen zu Radermachers Tod auf. Überlegen Sie bitte ganz genau, ob Sie nicht doch mit dem Namen etwas anfangen können."

Frau Assmann fuhr auf und kreischte hysterisch. „Das kann ich doch gar nicht gewesen sein. Ich bin schon seit einigen

Tagen hier. Lassen Sie mich jetzt bitte in Frieden und kümmern Sie sich lieber um Uli Landau."

„Woher wollen Sie wissen, dass Herr Hoffmann nicht hier in Essen ermordet wurde?"

Es klopfte, die Verbindungstür zum Nebenraum ging auf und Frau Professor Junge trat ein. Sie schaute zunächst Frau Assmann und anschließend strafend die Polizeibeamten an. „So! Jetzt muss Schluss sein. Ich habe schon ein paar Minuten zugegeben. Aber nun braucht Frau Assmann wieder Ruhe. Viel Ruhe. Ihre restlichen Fragen müssen Sie bis zu ihrer Entlassung zurückstellen. Das wird in wenigen Tagen der Fall sein. Der postoperative Verlauf ist schließlich höchst zufriedenstellend."

Schreiner erhob sich und winkelte sein Arme an, wodurch er einem Pfarrer glich, der gerade zum Vaterunser auffordert. „Selbstverständlich nehmen wir darauf Rücksicht." Er richtete seinen Blick auf Frau Assmann. „Nur noch eine abschließende Frage für heute: Wissen Sie, wo Uli Landau sich aufhalten könnte? Oder wo wir nach ihm suchen könnten?"

Frau Assmann erhob sich gekrümmt und stemmte die Hände in Hüfthöhe gegen ihre Rückenpartie. Als sie den Kopf hob, war sie noch einmal tief errötet. „Seine Mutter soll irgendwo im Umkreis von Frankfurt leben. Vielleicht versuchen Sie es dort einmal." In ihre Stimme mischte sich verletzte Bitterkeit. „Sie dürfte der einzige Mensch auf der Welt sein, den er noch nicht beschissen hat."

Schreiner nickte nachdenklich. „Danke! Und Sie? Werden Sie nach Ihrer Entlassung wieder in Ihre alte Wohnung einziehen? Die Tür dürfte ja inzwischen wieder repariert sein."

Frau Professorin Marie Junge nahm Antonie Assmann am Arm, hakte sich bei ihr unter und antwortete für sie. „Das wird sie. Und jetzt ist es gut. Auf Wiedersehen!"

Die beiden Polizisten bedankten und verabschiedeten sich. Wortlos verließen sie die Klinik und schauten sich auf dem Weg zum Parkplatz noch mehrfach um, als rechneten sie noch mit irgendeinem unerwarteten Ereignis. Bevor sie ihr Fahrzeug bestiegen, ergriff Schreiner Sennelaubs Arm. „Hast du gesehen, dass Frau Assmann bei der einen oder anderen Frage unheimlich verlegen und rot geworden ist? Früher habe ich einmal gelernt, dass dies bei den Ermittlungen weiterhelfen kann. Und zwar, weil es ein deutliches Anzeichen dafür ist, dass jemand gerade das Blaue vom Himmel herunterlügt."

Sennelaub zuckte mit seinen breiten Schultern. „Kann sein, muss aber nicht. Frau Assmann ist rekonvaleszent. Es können Nachwirkungen der geschlechtsanpassenden Operation sein."

„Alleine schon, um das herauszufinden, werde ich sie nochmal richtig in die Mangel nehmen. Ich habe das unbestimmte Gefühl, dass bei ihr noch ein paar Leichen im Keller liegen."

„Das meinst du hoffentlich nicht wörtlich, oder?"

14

Die Myliusstraße, Nobeladresse im Frankfurter Westend mit herrschaftlichen Altbauten, lag an diesem Nachmittag im goldenen Sonnenlicht. Das ideale Wetter für romantische Fotoaufnahmen tauchte die Straße in eine träumerische Stille. Keine Fahrzeuge, die lärmten und stanken, nur das leise Rauschen der Blätter in den Kronen der stolz aufragenden Bäume in den Vorgärten und an den Straßenrändern bestimmte die akustische Kulisse.

Aus den gekippten Fenstern im ersten Stock eines stattlich renovierten Hauses drang indessen furioses Klavierspiel. Eine Passantin, die eben von der Bockenheimer Landstraße Richtung Myliusstraße ging, hob irritiert den Kopf und versuchte auszumachen, woher die anschwellende unbekannte Melodie kam. Als sie fündig geworden war, schüttelte sich lächelnd den Kopf. Sie ging noch ein paar Schritte weiter, schaute zu den Fenstern des Prachtbaus hinauf und hörte kurz dem Klavierspiel zu. Dann betrat sie durch eine schmiedeeiserne Pforte den Vorgarten, ging die paar Schritte zu der von einem zierlichen Glasvordach geschützten massiven Haustür und klingelte lange und andauernd. Endlich hörte das Klavierspiel auf. Kurz darauf war der Summer der Türe zu vernehmen. Sie trat ein und huschte über die gut erhaltenen bunten Fliesen des Flurs nach oben. Im ersten Stock wartete Stella Engholm am Ende der schweren Holztreppe vor ihrer Wohnungstür auf den Besuch. Sie trug die Haare offen und war mit einer weißen Spitzenbluse und einer Hose aus dunkelbraunem Samt bekleidet. Stürmisch fiel sie ihrer Besucherin um den Hals, küsste sie mehrfach auf die Wangen und drückte sie immer wieder fest an sich. Ein kräftiger Schwall von Hermes rouge folgte ihren Bewegungen wie ein Schatten. „Nelly, meine Liebe, wie schön, dass du endlich da bist. Komm rein. Sofort. Du findest mich in bester Verfassung."

Nelly Perabo war eine wunderschöne Frau. Sie hatte ihre langen blonden Naturlocken mit einer Goldspange kunstvoll aufgebunden und war im sportlich-britischen Stil gekleidet. Sie machte sich von Stella frei, betrachtete intensiv deren überspanntes Gesicht und setzte einen skeptischen Blick auf. „Na, mein Schatz, wenn ich dich so sehe, kommen mir gelinde Zweifel am Wahrheitsgehalt deiner Selbsteinschätzung. So wie du heute wieder aussiehst, nimmt man dir die entspannte oder gar glückliche Künstlerin nicht ab. Und deine Musik, die ich schon von Weitem gehört habe, klang eher nach Verzweiflung. Nach deinem gestrigen Anruf, der sich fast wie ein Hilfeschrei anhörte, wollte ich sofort los. Aber es ging nicht. Wie du weißt, kann ich nicht einfach von meinem Arbeitsplatz verschwinden. Heute habe ich mir frei genommen. Am Telefon war mir das Thema zu delikat."

Stella zog sie in die Wohnung und schloss die Tür. „Komm erst einmal herein und lass uns keine psychologischen Forschungsergebnisse sammeln. Was du gehört hast ist Teil einer Komposition, an der ich seit Langem arbeite." Sie lachte schrill auf. „Ich nenne sie die Wahnsinns-Sinfonie."

Nelly schien nicht zugehört zu haben. Zielstrebig ging sie durch den langgezogenen Flur auf eine der abzweigenden weißlackierten Türen zu. Sie warf Stella einen fragenden Blick zu, öffnete dann jedoch, ohne eine Reaktion abzuwarten, und betrat das herrschaftliche Zimmer. Ein überdimensionaler orientalischer Seidenteppich, der das Dielenparkett nur noch an den Rändern zum Vorschein kommen ließ, längsgestreifte weißgelbe Seidentapeten und massive Biedermeiermöbel vermittelten dem Raum eine überkommene Pracht. Ein Hauch von Lavendelduft lag in der Luft. In einem Erker auf der Fensterseite standen zwei gemütliche Sessel vor einem kreisrunden Tisch mit zwei Champagnergläsern und einem Sektkühler, aus dem eine Flasche Champagner ragte. Selbstverständlich von Stellas Lieblingsmarke Veuve Clicquot. Nelly nahm Platz. „Deine Wohnung begeistert mich seit Jahren immer wieder. Wohl dem, dessen Eltern so reichlich zu vererben hatten."

Stella stemmte ihre Hände in die Hüften und spitzte den Mund. Ihre leicht beleidigte Miene war erkennbar nur Schauspiel. „Meine lieben Eltern wollten ihr Töchterchen eben versorgt wissen. Bis zu ihrem Tod habe ich es ihnen durch ehrliche Zuwendung gedankt. Außerdem wussten sie, dass ich nicht von dem bisschen Unterricht leben kann, den ich gebe. Zum Glück wirft das Musikgeschäft im Oederweg nach wie vor etwas Geld ab." Sie zeigte in eine der Ecken. „Übrigens musst du dich nur umsehen. Einiges liegt im Argen. So müssten etwa die Dielen geschliffen und versiegelt werden. Das kostet alles viel Geld, das ich nicht habe." Sie stellte sich vor Nelly auf und faltete die Hände. „Was kann ich dir anbieten? Kaffee habe ich fertig. Champagner steht, wie üblich, hier. Und ein wenig Gebäck habe ich auch da. Geht das in Ordnung?"

„Keine Umstände bitte. Ich nehme alles, was schnell geht. Aber zu der Uhrzeit noch keinen Alkohol."

Stella zog sich kurz zurück, kam mit einem Tablett wieder und servierte Kaffee. Nelly nippte an der Tasse. „Lass uns zuerst über das wichtigste Thema des Lebens sprechen, die Liebe. Hängst du immer noch an allen Sonderlingen der Welt?"

Ein verschämtes Lächeln glitt über Stellas Gesicht. „Wir wissen beide, dass ich nicht für alle gequälten Seelen da sein kann."

Nelly schien die Stellas Verlegenheit weiter strapazieren zu wollen. Ihr Blick richtete sich auf deren Oberbekleidung. „Dein BH sitzt schlecht. Es sieht ausgeleiert aus."

Stella gewann rasch ihre Selbstsicherheit zurück und grinste spitzbübisch. „Das, was drin ist, auch."

„Das war Spaß", ruderte Nelly versöhnlich zurück. „Es steht doch alles wie eine Eins."

„Wie zwei, meinst du!"

„Zurück zu meiner Frage. Was macht die Liebe? Letztes Mal hast du mir ausführlich von deinem neuen Freund erzählt. Ich meine mich zu erinnern, dass du ihn Werner nanntest."

„Werner Hoffmann! Ich denke, es geht ihm gut. In den letzten Tagen habe ich allerdings nichts mehr von ihm gehört."

„Du scheinst mit deinen Verhältnissen nach wie vor nicht viel Glück zu haben. Hattest du nicht irgendeine Partnersuche im Internet laufen?"

Stella antwortete gekränkt. „Auch zum Internet habe ich kein ausbaufähiges Verhältnis, um bei deiner Wortwahl zu bleiben. An jeder Veränderung scheitere ich und brauche fremde Hilfe. Sobald meine Tochter mit ihrem Latein am Ende ist, muss mein größter Fan Toni Assmann einspringen. Er ist ein technisches Ass, aber ich muss es auch teuer bezahlen. Nicht mit Geld. Weder habe ich genug, noch will er das. Toni will meine Zeit und mein Gehör, um sich ausweinen zu können. Das kann sehr anstrengend sein. Aber ich tue es gerne, weil der arme Kerl seit Jahren viel Verständnis und Zuwendung braucht." Stella wirkte bedrückt. „Manchmal sitzt er vor mir, psychisch völlig am Ende. Und dann heult dieses arme Wesen unaufhörlich. Wie ein kleines Kind. Mit erstickter Stimme flüstert er mir dann zu, dass doch alle Menschen Gottes Kinder seien, gleich, wie die Natur sie gestrickt habe. Er wird nie mit seiner Rolle im Leben fertig."

Nellys lockeres Auftreten war plötzlich wie verwandelt. Ihre Stimme klang brüchig. „Wem sagst du das? Ich habe dir doch bestimmt schon hundert Mal die Geschichte erzählt, wie Toni und ich vor Jahren nach einem Konzertbesuch bei mir im Bett gelandet sind. Toni hatte ein paar getrunken und wagte nicht mehr, nach Hause zu fahren. Ich hatte ihm angeboten, bei mir zu übernachten. Bis heute kann ich nicht begreifen, dass ich damals mit ihm eine Beziehung eingehen wollte. Dafür war er mir eigentlich zu wenig männlich. Aber er war charmant und sah gut aus. Und ich war jung und hatte keinen Blick dafür, was mit ihm los war. Dass er auf der Suche nach seinem eigenen Ich, seinen Neigungen und Bestimmungen war. Und er vielmehr das Gespräch von Frau zu Frau und nicht etwa Sex mit mir wollte. Ich habe dir das Ende dieses Abenteuers in leuchtenden Farben schon mehrmals geschildert. Das alles endete im Desaster. Er war total frustriert und aufgelöst, weil ihn meine Nacktheit und Nähe nicht erregte. Und ich hab mich mit Selbstvorwürfen und Zweifeln überschüttet, weil ich glaubte, alles läge an meiner mangelnden Ausstrahlung und meiner fehlenden Wirkung auf Männer. Ich habe eine Ewigkeit gebraucht, bis ich wieder Vertrauen in meine weiblichen Qualitäten aufbaute. Wenn du es so willst, war ich ein temporäres Opfer von Toni."

Stella lächelte versonnen. „Ich glaube, das bin ich immer noch."

„Das verstehe ich nicht. Was meinst du damit?"

„Als seine ständige und wohl einzige Ansprechpartnerin war ich die Sparringpartnerin für seine permanenten Stimmungsschwankungen. Nach jahrelangen Depressionen und einem ewigen Hin und Her hat er sich jetzt in eine Klinik zur Geschlechtsanpassung begeben. Du kannst dir nicht vorstellen, wie oft er bei mir gewesen ist und seine inneren Kämpfe und psychischen Niederlagen mit mir diskutiert hat. Von Frau zu Frau, betonte er immer."

„Und warum erst jetzt?"

„Seine familiären Auseinandersetzungen haben ihm vorher nicht die Kraft dazu gegeben. Seine Mutter wusste in etwa, dass er sich als Frau fühlte. Aber er traute sich über Jahre nicht, seinem Vater reinen Wein einzuschenken. Du musst wissen, dass der Vater General bei der Bundeswehr war. Er war stolz, einen Sohn zu haben. Das bedeutete für ihn, sich irgendwann auf Enkel freuen zu können. Der Vater war in letzter Zeit altersbedingt ruhiger und sachlicher geworden. Dadurch fasste Toni vor einigen Monaten den Mut, sich zu offenbaren."

Nelly Perabo schenkte sich Kaffee nach und sprach dem Gebäck zu. „Depressionen. Überall nur noch Depressionen. Ist denn die kleine Melanie über den Schock der Vorweihnachtszeit endlich hinweg?"

„Ach ja, mein überaus sensibles Töchterchen. Ich habe noch Zweifel. Sie redet aber nicht mehr über den Vorfall."

„Glaubst du ihr denn, dass alles so war, wie sie es geschildert hat?"

Stella zuckte müde mit den Schultern. „Jedenfalls glaube ich meiner Tochter mehr als Alex Wohlrabe. Als ich ihn zur Rede stellte, hat er mir gesagt, er habe lediglich die Einladung zum Klassentreffen vorbeigebracht und dabei Melanie die Wange getätschelt. Der Rest sei pubertäres Geschwafel und Wichtigtuerei. Aber Melanie ist über zwanzig Jahre alt. Da ist man nicht mehr in der Pubertät. Und so, wie ich Alex kenne, macht er sich an alle schönen Frauen heran, weil er sich für unwiderstehlich hält. Fakt ist, dass Melanie ein schönes Mädchen ist. Offen und ehrlich ist sie auch. Wenn sie sagt, dass er versucht hat, sie an sich zu ziehen, ihr an die Brust zu fassen und sie zu küssen, dann stimmt das."

„Wie auch immer. Hauptsache, sie hat es verkraftet."

„Unabhängig davon bin ich fest entschlossen, zu diesem Klassentreffen zu gehen. Macht ihr von der *Wöhlerschule* aus auch so eine Jubiläumsfeier? Du hast doch im selben Jahr Abitur gemacht. Das ist ebenfalls fünfundzwanzig Jahre her."

„Nein. Es hat sich offenbar niemand gefunden, um das Ganze zu organisieren."

„Ich bin so gespannt. Die meisten aus der Klasse habe ich seit dem Abitur nicht mehr gesehen. Hoffentlich erkenne ich noch alle wieder. Mich interessiert, was aus ihnen geworden ist."

„Das ginge mir ähnlich. Außer mit dir habe ich mit niemandem mehr Kontakt gehabt." Nelly nahm einen tiefen Schluck aus der Kaffeetasse und betrachtete eine Weile die Stuckrose an der Decke, bevor sie sich wieder Stella zuwandte. „Und deine alte Liebe, der Uli, ist wohl ins Nirwana eingetaucht, oder hat irgendwer inzwischen seine Adresse herausgefunden? Vielleicht lebt er gar nicht mehr."

Stella zeigte keinerlei Regung. „Deine letzte Vermutung trifft zu. Er ist tot. Für mich jedenfalls." Sie lachte schrill auf. „Ich habe ihn umgebracht. In meinem Kopf und meinem Herz." Sie machte eine Pause, schaukelte mit ihrem Oberkörper hin und her und flüsterte. „Ich habe ihn damals in den Keller geschickt und zugesperrt. Nach Jahren habe ich sein Skelett herausgeholt und in die Gartenkiste im Pavillon verfrachtet. Dort ruht er immer noch von seinen Sünden aus."

Nelly blieb besonnen. „Nun spinnst du wieder. Das kenne ich ja schon. Wenn es dir nur hilft, das Geschehene abzuhaken, ist dir schon geholfen."

Von der Straße war ein Martinshorn zu hören. Stella sprang auf und jubelte laut. „Die Polizei kann so oft hier vorbeifahren, wie sie will. Sie wird ihn nicht finden." Mit einem listigen Grinsen beugte sie sich zu Nelly hinunter. „Du wirst es nicht glauben. In der Gartenkiste ist tatsächlich ein Skelett." Sie legte eine Kunstpause ein. „Aber es ist nicht von Uli. Melanie hat es einmal für das Medizinstudium gebraucht und dort abgelegt. Es wird aus Kunststoff sein. Davon gehe ich jedenfalls aus." Sie schwieg einen Augenblick, bevor sie in spitzem Ton fortfuhr. „Eigentlich könnte ich dich genauso gut nach Uli fragen. Schließlich hast du ihn ja auch einmal erhört."

Nelly reagierte empört. „Guter Gott, wie nachtragend kann denn ein Mensch sein? Jedes Mal wärmst du diese uralte Geschichte auf. Als Uli nachts auf der Klassenfahrt in den Schlafraum der Mädchen geschlichen ist, war ich fünfzehn oder gerade sechzehn Jahre alt. Wir haben ein bisschen rumgemacht, das war alles. Wie oft soll ich dir das noch beteuern. Uli hat immerhin mehr gebüßt als ich, weil man ihn von der *Wöhlerschule* geschmissen hat. Sonst wäre er nie auf die *Ziehenschule* gekommen. Und du hättest ihn nicht so lange in deiner Nähe gehabt." Auf Nellys Gesicht zeigte sich ein Hauch Unbehagen. „Komm, spiel mir lieber was vor. Diese alten Geschichten bringen uns nicht weiter."

Sofort schien Stellas gute Laune zurückgekehrt. Sie strahlte Nelly an. „Die Liebe ist doch ein herrliches Thema. Das einzige, über das sich zu reden lohnt. Du hast mich vorhin nach meinen

Liebesverhältnissen gefragt. Jetzt gebe ich dir die Frage zurück. Immer noch die alte Beziehung?"

„Ja. Ich muss deine Erwartungen enttäuschen. Seit über zehn Jahren immer noch derselbe Kerl."

„Steht denn endlich einmal eine Heirat ins Haus? Oder soll das Lotterleben, das du führst, immer so weitergehen?"

„Heirat? Nicht daran zu denken. Ich habe in dieser Firma in Hanau einen tollen Job, auch wenn ich bis zu sechzehn Stunden am Tag arbeiten muss. Manchmal sogar an den Wochenenden."

Stella schüttelte sich. „Ein widerliches Metier."

„Mit der ekelhaften Produktion von Pflanzenvernichtungsmitteln habe ich ja zum Glück nichts zu tun. Ich vermarkte nur. Habe Karriere gemacht, tolle Auslandsreisen und eine glänzende Bezahlung. Bei meinem Stundenplan wäre das dauernde Zusammenleben in einer Partnerschaft nur hinderlich, vielleicht sogar schädlich."

„Ist es nicht traurig für dich, dass du ihn dadurch so selten siehst?"

„Das reicht dicke. Er ist immer wieder zwei bis drei Tage bei mir. Das erfahre ich jeweils ein paar Tage vorher. Dann nehme ich kurzfristig Urlaub. Manchmal treffe ich ihn auch unterwegs, auf meinen Firmenreisen. Das Schöne dabei ist, dass er geschäftlich genauso gebunden ist wie ich. Dadurch kommt keiner dem anderen ins Gehege."

„Vielleicht beschwindelt er dich und hat zu Hause Frau und Kinder."

Nelly lachte auf. „Das ist mir gleichgültig. Vielleicht ist er auch nicht einmal schön oder vorzeigbar. Aber wenn wir zusammen sind, ist er amüsant und unterhaltsam. Das ist mir lieber, als ein gelangweilter mürrischer Kerl, der mich täglich herumkommandieren will."

Mit einem Schlag verfiel Stella wieder in Melancholie. „Ich beneide dich um dein kleines Glück. Mir ist nicht einmal so etwas gegeben."

Nelly Perabo trommelte nervös mit den Fingern auf ihrem Oberschenkel. „Lassen wir diese alten Kamellen. Das führt uns nicht weiter. Spiel mir endlich etwas vor. Eine deiner neuen Kompositionen. Oder einfach ein Stück, das dir gefällt."

Stella setzte sich an das Klavier. Sie glich jetzt einer Figur aus einer fremden Welt. Melancholisch schaute sie vor sich hin, verträumt setzte sie ihre Finger auf die Tasten. Hingebungsvoll stimmte sie eine Sonate von Weber an. Während des Spiels drehte sie sich zu Nelly hin. „Das Stück erinnert mich an die Zeit des Studiums und an die Zeit der Liebe. Eine wundervolle Zeit." Plötzlich sprang sie auf, schlug vor Wut den Deckel des Instruments zu, dass das Dröhnen der Saiten noch lange nachhallte und lachte hysterisch auf. „Das ist vorbei, für immer vorbei, darüber bin ich längst hinweg. Lassen wir den Quatsch."

Nelly stand schnell auf, ging zu ihr hin und nahm sie in den Arm. „Was ist mit dir los? Du warst gestern am Telefon schon so aufgeregt und hast gewollt, dass ich sofort zu dir kommen soll. Es tut mir leid, dass ich dir den Gefallen nicht tun konnte. Ich hatte wirklich einen unaufschiebbaren Termin in meiner Firma. Du weißt, dass ich einen Fulltime-Job habe. So richtig hatte ich allerdings nicht kapiert, weshalb du es so eilig machtest. Du warst etwas verwirrt. Aber nun bin ich ja hier. Was bedrückt dich denn so sehr?"

Stella wirkte versteinert. Mit einem Mal sah sie um Jahre gealtert aus. „Was ich dir jetzt sage, musst du mir einfach glauben. Jemand schleicht in meiner Wohnung herum, wenn ich nicht zu Hause bin. Heimlich, offenbar mit einem Nachschlüssel. Ich habe es getestet. Meine Noten werden entwendet. Es sind die Sachen, die ich selbst komponiere. Ich habe Angst in meinen eigenen vier Wänden."

„Du wirst sie verlegt haben. Oder vielleicht war Melanie in deiner Abwesenheit hier und hat deine Notenblätter woanders hingeräumt."

Stella stampfte mit dem Fuß auf. „Nein. Das ist auch vorgekommen, als Melanie zwei Wochen im Urlaub war. Ich bin doch nicht verrückt. Und Alzheimer habe ich auch noch nicht."

„Liebes, warum sollte dir jemand deine Noten wegnehmen? Du wirst sie bestimmt irgendwo wiederfinden. Mir passieren solche Dinge auch ständig."

„Du fragst nach dem Warum? Ganz einfach: wegen Geld. Ich komponiere an Stücken von großen Meistern weiter, die nur fragmentarisch erhalten geblieben sind. Oder ich instrumentalisiere sie neu. Jedenfalls stehe ich vor Welterfolgen, weil ich in der Lage bin, die Handschriften fortzuführen. Du musst verstehen, dass man eine Komposition einem Künstler deshalb genau zuschreiben kann, weil jeder Musiker eine bestimmte Handschrift in der Komposition aufweist. Genau wie bei Schriftstellern. Wenn die versterben, gibt es Leute, die in ihrem Stil weiterschreiben können. Und ich habe die Gabe, mich komplett in die Handschriften von Komponisten hineinfühlen zu können und sie fortzuführen."

Nelly reagierte mit ungläubigem Staunen. „Bist du dir sicher?"

„Selbstverständlich bin ich mir sicher, dass jemand eingebrochen ist. Ich hatte sogar die Polizei hier. Angeblich gab es keine Spuren für einen Einbruch. Aber das wundert mich nicht. Die stecken alle unter einer Decke. Sie wollen mir nicht helfen. Es kommt ja noch hinzu, dass ich in letzter Zeit mehrmals unterwegs von Unbekannten verfolgt wurde. Als ich den Beamten davon erzählte, grinsten sie nur und fragten nach Beweisen. Ansonsten könnten sie nichts machen. Logisch, dass die Verfolger mir keine Visitenkarten hinterlassen haben. Ich habe sie gesehen. Aber die Polizei glaubt mir nicht. Oder sie will mir nicht glauben."

Nellys Lächeln drückte Hilflosigkeit aus. „Wenn ich nur wüsste, wie ich dir helfen kann."

Plötzlich ging die Tür auf und eine junge weibliche Person stürzte johlend ins Zimmer. Ihr zierlicher Körper bewegte sich tänzerisch. Sie trug Jeans und ein weißes T-Shirt mit züngelndem Flammenaufdruck, offensichtlich Designer-Produkte. Vor dem Gesicht trug sie eine rot-schwarze Teufelsmaske, aus deren grinsendem Maul zwei spitze weiße Zähne herausragten. Mit verstellter dunkler Stimme sprach sie Nelly an. „Hallo schöne Frau. Ich bin gekommen, Sie zu enttarnen und zu entführen. Folgen Sie mir auf der Stelle."

Nelly stutzte einen Moment, dann prustete sie vor Lachen. „Melanie, lass den Blödsinn. Du bist schon enttarnt. Zieh dieses schreckliche Ding aus, setz dich zu uns und erzähle mir, auf welchem Flohmarkt du dieses Monstrum gekauft hast."

Melanie setzte die Maske ab. Ihr feines Gesicht war leicht gerötet und verschwitzt, was aber ihrer natürlichen Vornehmheit keinen Abbruch tat. Das verhaltene Make-up war unversehrt geblieben und unterstrich dezent die Perfektion der Erscheinung. Melanie gab Nelly ein Küsschen, nahm bei den zwei Frauen Platz und legte die Maske in ihren Schoß. „Frag Mama. Sie weiß immer alles."

Stella zog die Augenbrauen hoch. Sie wirkte genervt. „Trag dieses scheußliche Ding weg." Und zu Nelly gewandt: „Sie gehört Toni Assmann. Er hat es früher für irgendwelche Zwecke gebraucht, die mit seiner Identitätsfindung zusammenhingen.

Die Einzelheiten habe ich vergessen. Sie sind auch nicht wichtig."

„Du hast Tante Nelly die Hälfte der Geschichte verschwiegen", begehrte Melanie auf und sah Nelly an. „Mamas Jugendfreund hat sie immer *mein Teufelchen* genannt. Weil sie die Maske daran erinnerte, hat sie sich das Prachtstück von Toni Assmann geben lassen. Nicht wahr, Mama? So hast du es mir doch erzählt."

„Du übertreibst. Nein, es ist falsch, was du sagst. Er nannte mich natürlich Clara."

Nelly schien den familiären Reibereien ein Ende setzen zu wollen und wandte sich an Melanie. „Sei lieb und bring das Stück Holz auf dein Zimmer."

Melanie hatte offensichtlich Spaß daran gefunden, ihre Mutter zu provozieren. Sie hob die Hand, um Nelly zu signalisieren, dass sie noch etwas zur Unterhaltung beitragen wolle. „Ich habe euch vorhin ein bisschen belauscht, selbstverständlich unfreiwillig, weil ich im Nebenzimmer zu tun hatte. Du hast gerade nach Mamas neuem Freund gefragt. Und sie hat nur geantwortet, dass sie lange nichts von ihm gehört habe." Sie lehnte sich zurück und streckte den Oberkörper. „Werner ist tot. Es stand in der Zeitung. Mama weiß das auch. Ich habe ihr die Todesanzeige gezeigt. Aber sie verschließt sich einfach der Realität. Egal, ob es sich um alte oder neue Nachrichten handelt. Sie lebt in ihrer Parallelwelt, in der alle schlechten Erfahrungen und Entwicklungen keinen Platz haben. Und das macht mich manchmal aggressiv."

Stella warf die Augen zur Decke. „Unfug! Worin soll der Sinn liegen, schlechte Botschaften und Ereignisse immer und immer wieder zu diskutieren? Davon wird die Welt nicht besser und

Geschehenes nicht ungeschehen. Einmal besprochen genügt. Dann ist alles gesagt."

Melanie winkte ab, stand auf und ging zur Tür. Im Türrahmen blieb sie kurz stehen und sah ihre Mutter an. „Mama, hör doch auf mit deinen überholten Erziehungsmethoden. Du bist nicht mit der Zeit gegangen. Ich bin fast Mitte zwanzig. Du hast mir nichts zu verbieten."

Stella schaute nicht einmal auf. Ihre Stimme klang ungewöhnlich scharf. „Geh!"

Nachdem Melanie den Raum verlassen hatte, wandte sich Stella zum Fenster. Ihr Gesicht war aschfahl geworden, ihre Augen hatten allen Glanz verloren. Die Fassade der selbstsicheren Frau und Mutter war mit einem Schlag zusammengebrochen. Auf dem Stuhl saß eine andere Frau, ein zitterndes, hilfloses Bündel. Die grauenvollen Stimmen der Vergangenheit hatten Stella eingeholt und jagten ihr durch den Kopf. Als sie mit einem gequälten Stöhnen vom Stuhl zu rutschen drohte, konnte Nelly sie gerade noch auffangen und stützen.

„Du musst nach all den Jahren endlich die Kurve kriegen. Sonst läufst du Gefahr, nicht nur dich, sondern auch Melanie zu zerstören."

15

Schreiner saß in seinem kleinen funktional eingerichteten Büro im Polizeipräsidium. Er war übelgelaunt. Kurz zuvor hatte ihm der Polizeiarzt eröffnet, dass seinem Antrag auf Frühpensionierung nicht stattgegeben werde. Der Doktor hatte kein Blatt vor den Mund genommen. Der Anlass sei lächerlich, wenn er mit dem rechten Ringfinger oder wo auch immer Probleme habe, solle er mit links schießen. Auf diese billige Art könne er sich nicht auf Kosten der Steuerzahler davonschleichen.

Ihm gegenüber saß Hauschild. Seine Haltung verriet, dass er angespannt war und etwas loswerden wollte. Doch Schreiner nahm ihn zunächst ins Gebet. „In einer Stunde kommt der Kerl. Ich habe ihn auf Ihre dringende Vorsprache hin geladen. Das war nicht einfach zu erklären, weil ich ihn schon einmal vernommen habe. Jetzt will ich Fakten hören. Am Telefon haben Sie geflötet, dass es mit dem Foto zu tun habe, das Sie mir nach Ihrem illegalen Treiben in Assmanns Wohnung gezeigt haben. Dass es sich bei dem anderen Typen, der neben der Dragqueen zu sehen ist, um Bernie Tandler handelt, wissen wir bereits. Die Verdienste Ihres Besuchs in der *Ziehen-Schule* haben Sie ausreichend gefeiert. Wo ist also Ihre Botschaft? Und warum wollen Sie auf keinen Fall dabei sein, wenn Tandler nachher kommt? Ich habe nicht kapiert, warum Sie ihm aus dem Weg gehen müssen. Schießen Sie endlich los."

„Ich habe bevorzugt Sie angesprochen, weil Sie mir, nun ja, etwas flexibler oder pragmatischer als Herr Schultz erscheinen."

„Lassen Sie diese Ausgrenzungen. Für solche Komplimente bin ich nicht empfänglich. Ich bin zuständig, weil ich in dem Fall als Kriminalbeamter ermittele, Basta! Machen Sie weiter."

„Na schön. Wie Sie wollen. Glauben Sie, dass Tandler nachher kommt?"

„Selbstverständlich. Warum sollte er nicht?"

„Haben Sie ihm von dem Foto erzählt?"

Schreiner brauste auf. „Jetzt hören Sie mir gut zu! Das ist hier kein Quiz mit Frage- und Antwort-Spielen und auch keine Märchenstunde. Falls Sie mich hier auf den Arm nehmen und mir meine Zeit stehlen wollen, werfe ich Sie hochkant hinaus und leite ein Verfahren gegen Sie ein. Einen Grund dafür werde ich schon finden. Entweder Sie bieten jetzt etwas, oder ich singe Ihnen die Messe."

„Haben Sie Bernie Tandler mal gerastert? Sie führen doch diese zahllosen Dateien, um uns alle jederzeit durchleuchten zu können."

„Es reicht mir langsam mit Ihnen! Nicht nur, dass Sie mir schon wieder eine blödsinnige Frage stellen. Sie unterstellen der Polizei jetzt offenbar auch illegale Praktiken. Nehmen Sie zur Kenntnis, dass wir es mit dem Datenschutz genau nehmen." Ein boshaftes Lächeln ließ Schreiners Falten zu einem horizontalen Patchwork werden. „Jedenfalls meistens."

„Auch wenn Sie mir an die Gurgel springen, muss ich Sie noch einmal fragen: Haben Sie etwas gegen Tandler in der Hand?"

„Nein! Jetzt raus mit der Sprache."

Hauschild lehnte sich bequem zurück und strahlte Schreiner an. „Sobald Sie meine Recherchen kennen, werden Sie mir das

Du anbieten. Hören Sie zu. Tandler hat Jura studiert und beide Examina abgelegt. Danach hat er es weit gebracht. Ob mit oder ohne Beziehungen, weiß ich nicht. Ist auch egal. Jedenfalls hat er sich bis zum Chefsyndikus einer Großbank in der Innenstadt hochgearbeitet."

Schreiner reckte neugierig den Kopf nach vorn. Etwas Lauerndes lag in seinem Blick. „Woher wissen Sie das?"

Mit stolz erhobenem Kopf grinste Hauschild ihn an. „Wir haben Dateien und Archive wie Sie auch. Nur haben wir nicht Ihre Probleme mit den Löschungsverpflichtungen. Bei uns redet niemand über Aufbewahrungsfristen. Das bedeutet, dass wir alles finden, sofern es im Leben eines Menschen irgendeine wichtige Nachricht gegeben hat."

„Jetzt warten Sie auf meinen Applaus, der aber nicht kommt. Lassen Sie sich nicht die Würmer aus der Nase ziehen und legen Sie los." Schreiner schaute auf seine Armbanduhr. „In Kürze rauscht Tandler ins Gebäude."

„Ich habe ein paar nette Infos zum Vorleben von Tandler gefunden. Vor mehr als einem Vierteljahrhundert gab es im Westend ein Spekulationsobjekt, das von einem der Immobilienhaie gehalten wurde. Die Hausbesetzerszene hatte sich darin eine Weile breitgemacht, bis es auf Betreiben des Eigentümers zur Räumung durch die Polizei kam."

„Tandler war garantiert kein Hausbesetzer. Dafür sah er damals schon den Fotos nach viel zu geschniegelt aus."

„Stimmt. Die Geschichte ist viel komplexer und zeigt, wie das Leben manchmal so spielt, wenn einen der Schutzengel verlässt. Es war gegen halb vier in der Frühe, als sich aus dem Nachbarhaus ein Mann davonschleichen wollte. Wie sich bei der anschließenden Überprüfung herausstellte, handelte es sich um den Innenminister eines anderen Bundeslandes. Da er Personenschutz durch zwei zivile Polizeibeamte hatte, ist er aufgeflogen. Die zwei Polizisten waren mit ihren an der Räumung beteiligten Kollegen ins Gespräch gekommen und hatten wohl den Innenminister verpfiffen. Der hatte nämlich seine Neigung für schöne käufliche Männer die Nacht über im Nachbarhaus ausgelebt. Den Personenschützern ging das schwer gegen den Strich, dass Sie sich während dieser Eskapaden die Nächte um die Ohren hauen mussten."

Schreiner stützte die Ellbogen auf den Tisch, legte sein Kinn in die Handflächen und starrte Hauschild irritiert an. „Helfen Sie mir auf die Sprünge. Was hat das mit Tandler zu tun? Tandler war jedenfalls nie Innenminister. Das hätte ich sonst mitbekommen."

„Richtig. Aber Bernie Tandler war der schöne käufliche Mann, mit dem sich der Innenminister vergnügt hatte. Klar, dass nach dieser Indiskretion die ganze Geschichte tagelang durch alle Medien ging. Da die Hintergründe akribisch aufgeklärt wurden, war auch Tandler in die Mangel genommen worden. Obwohl der Minister über kurz oder lang zurücktreten musste, dauerte es lange, bis Gras über die Sache gewachsen war."

Schreiner pfiff durch die Zähne. Mit einem Schlag begann er zu begreifen, welches Bonbon ihm Hauschild zugeworfen hatte. „Das ist ein Klops. Jetzt kapiere ich, worauf Sie hinauswollen."

Hauschild nickte. „Wenn Tandler gleich kommt, können Sie ihn mit der Geschichte konfrontieren. Fragen Sie ihn, ob er sich vorstellen kann, wie sein Arbeitgeber, die Großbank, wohl reagieren wird, wenn sie von seinem Vorleben erfährt. Wenn er dann richtig kleine Brötchen bäckt, können Sie ihn bitten, Ihnen eine kleine Gefälligkeit zu erweisen. Er könnte an der einen oder anderen Stelle quasi als eine Art Hilfsbeamter tätig werden, ohne Sie als Auftraggeber zu verraten."

„Das klingt gar nicht so übel. Lassen wir mal offen, ob das so ganz zulässig ist." Schreiner grinste breit. „Alle Achtung. Sie sind ja gar nicht nur so eine nervige Schmeißfliege, die ständig andere aushorchen will. Anscheinend sind Sie auch in der Lage etwas zu stemmen. Das mit dem Duzen ist ganz in die Nähe gerückt. Vorher müssen Sie mir aber noch verraten, an welche konkrete Unterstützung durch Tandler Sie gedacht haben."

16

Antonie Assmann hatte ihre alte Wohnung auf der Zeil beibehalten. Der Vermieter hatte keine Einwände mehr, nachdem sie versprochen hatte, die Kosten für die Beseitigung der Folgen des Einbruchs zu übernehmen. Jetzt erstrahlten die Räume in neuem Glanz. Viel war nicht übrig geblieben, was noch an Toni Assmann erinnerte. Antonie hatte den größten Teil der neuen Möbel in einem Szene-Laden in der Großen Friedberger Straße erworben, schwülstig und geblümt. Einen optischen Gegensatz dazu bildeten einige schlichte aber hochwertige Stücke, die sie bei Ligne Roset in der Nähe des Hotels Frankfurter Hof am Kaiserplatz gekauft hatte. Auf dem massiven Holztisch stand eine weit ausladende Vase, gefüllt mit einem riesigen bunten Rosenstrauß. Die früheren Bilder und Fotos waren neuem Wandschmuck gewichen. Franz Marc und August Macke dominierten und gaben dem Gesamtkunstwerk „Neue Wohnung" einen schreienden Ausdruck.

Passend zur Wohnung hatte Antonie die heutige Garderobe gewählt. Seit ihrer Operation vertrat sie die Auffassung, dass Alltag und Umgebung so bunt sein müssten wie die menschliche Vielfalt. Eine Disharmonie konnte es in Wirklichkeit nicht geben, weil alles Existente miteinander auskommen musste. Ein tief dekolletiertes langes Kleid mit gelb-schwarz-grauem Blumenmuster unterstrich das neu gewonnene Selbstvertrauen.

Ungeachtet ihrer ohnehin beachtlichen Körpergröße trug sie hohe Pumps. So lange die eigenen Haare noch nicht die erwünschte Länge erreicht hatten, verlegte sie sich weiterhin auf Perücken. Heute hatte sie sich für ein gelocktes rotes Modell entschieden.

Antonie ging in der Wohnung auf und ab. Die Aufregung ließ sie nicht zur Ruhe kommen. Eben wollte sie ein weiteres Mal auf ihre Damenarmbanduhr schauen – wie so Vieles an ihr und um sie herum ein Neuerwerb –, als es läutete. Dreimal kurz hintereinander. Das telefonisch verabredete Zeichen. Sie stöckelte zur Wohnungstür und öffnete. Der überaus gepflegte und modisch gekleidete Bernie Tandler streckte ihr drei gebundene weiße Lilien entgegen und deutete einen Handkuss an. Bernie roch meilenweit nach irgendeinem schweren Markenparfum, sodass Antonie bei verträumt fallenden Augenliedern die Luft einsog. „*Hermes*!"

Bernie nickte. „Passt doch! Hier kommt der Götterbote."

Sie gingen in die Wohnung und setzten sich in die Polster. „Ich biete dir eine Zitronentorte und japanischen Tee aus Uji. Ist das okay für dich?"

Er nickte, nestelte an den Bügelfalten seiner dunkelblauen Anzugsjacke und verstrich sich Reste einer Augencreme. „Die Konkurrenz ist groß. Da muss man sehen, wo man bleibt", lachte er gestelzt.

Antonie hörte auf dem Weg in die Küche nur halb zu. Sie war nach wenigen Sekunden mit einem Tablett zurück und deckte Bernie mit ihrem versprochenen Angebot ein. „Bist du immer noch in deinem alten Geschäft tätig? Hast du das denn nötig?"

Bernie verzog keine Miene. Jahrelange Erfahrung hatte ihm klar gemacht, dass sein klassisches Gesicht mit der natürlichen

Bräune am meisten Aufmerksamkeit erregte, wenn er es unbewegt präsentierte. „Ich bin doch nicht zu dir gekommen, um über mich zu sprechen. Der liebe Bernie wollte in alter Anhänglichkeit und Neugier sehen, wie deine Neugeburt verlaufen ist. Hast du alles gut überstanden? Geht es dir gut? Bist du jetzt die, die du immer sein wolltest? Und bist du endlich die Depressionen losgeworden?"

Antonie machte eine affektierte Geste und stieß einen Seufzer aus. „So viel Theater um mich. Das muss nicht sein. Und so viele Fragen. Was soll ich dazu sagen? Erst einmal bin ich zufrieden. Was mit den Depressionen wird, muss sich zeigen. Dafür ist es noch zu früh. Was mich noch immer packt, sind die Erinnerungen. In meinen Entspannungsphasen beschleichen mich oft die alten Geschichten. Wie eine unbezahlte Hypothek. Nur geht es hier nicht um Geld, sondern um das Grauen, das in mir bohrt und mich manchmal umzubringen droht."

Tandler zeigte auf Assmanns rechte Hand. „Dieser verdammte Tritt von damals hat dein Leben verändert. Du musst aber vor allem das Gute darin sehen. Wer weiß, ob du sonst den Mut und die Kraft gefunden hättest, dich zu der Person zu entwickeln, die du heute bist. Vermutlich wärst du in den alten Strukturen hängengeblieben und noch heute gegen deinen Willen ein unechter Mann."

Assmann sah verzweifelt aus. „Da magst du recht haben. Ich habe dir nie so genau erzählt, was sich damals alles abgespielt hat. In diesen elitären Musikerkreisen regierten Drogen, Alkohol, Medikamentenmissbrauch und Promiskuität. Stell dir vor, jede schlief mit jedem. Das war Ausdruck des Buhlens um Bewunderung und Zuneigung. Mich selbst begleiteten vom sechsten Lebensjahr an Eitelkeit und Durchsetzungszwang, aber vor allem auch Versagensängste. War man bei den ständigen Wettbewerben einmal durchgefallen, war alles vorbei. Nach einem Fehlschlag wurde man nur noch gemieden. Keine Umarmungen mehr, nur noch flüchtige Händedrücke. Alles ging nur darum, geliebt zu werden. Und wenn dann der Vorhang fiel, sollte es immer so weitergehen. Bis ins Bett. Das war mit meinem schwierigen Nervenkostüm nicht durchzuhalten."

Tandler gab sich verständnisvoll. „Das haben wir ja gemeinsam abgehakt. Und dafür solltest du mir dankbar sein. Von mir kam schließlich die Idee mit dem vorgetäuschten Selbstmord, mit dem Foto und der Zeitungsanzeige dazu. Außerdem habe ich dir bei der Suche nach einer geeigneten Klinik geholfen. Ich bin dein einziger wirklicher Freund gewesen. Alle anderen haben dich hängen gelassen."

Larmoyant fiel ihm Assmann ins Wort. „Das darfst du so nicht sagen. Zumal es auch nicht ganz zutrifft. Stella beispielsweise war ebenfalls immer für mich da. Aber ansonsten magst du Recht haben. Ein echter Drecksack war Oli Radermacher. Nach außen gab er sich als lieber Kerl aus. Ansonsten ging er über Leichen. Erst gab er vor, mir einen tollen Job zu vermitteln. Dabei wollte er mich für seine Zwecke ausnutzen."

„Was meinst du damit?"

„Weibergeschichten. Er glaubte, ich hätte Zugang zu allen Perversitäten. Nur, weil ich eine Transe war. Oli war eine richtige Sau."

„Du hast aber einmal erzählt, dass er seine Tochter sehr liebevoll behandelt hat."

„Das war doch nur vorgeschützt. Ich bin fest davon überzeugt, dass er sich damit vorsorglich ein Alibi aufbauen wollte. Für alle Fälle. Es gab da Unstimmigkeiten mit seinen Unterhaltszahlungen. Er soll auch seine Frau früher verprügelt haben, teilweise sogar im Beisein des Kindes." Assmann lachte auf. „Er hat ihr als Zeichen, dass er nie etwas zu verbergen habe, seinen Schlüssel überlassen. Aber immer, wenn er zu Hause seine Sauereien durchziehen wollte, nahm er ihr vorher den Schlüssel heimlich weg. Als Rückversicherung sozusagen. Das habe ich alles auch Stella erzählt. Ihr kann ich vertrauen. Sie steht zu mir. Stella habe ich erst neulich wiedergesehen und ihr meine Masken geschenkt. Du weißt, dass ich sie früher zur Gruppentherapie mitgenommen habe, um vor einer Entdeckung durch andere sicher zu sein. Am Anfang saßen wir alle in der Gruppe zusammen und trugen Masken. So feige gingen wir mit unserer Veranlagung um. Das brauche ich heute nicht mehr." Er legte eine Pause ein und dachte nach. „Stella ist in meinen Augen eine Art Leidensgefährtin. Ihre Emotionen fressen sie auf. Und sie wird die Erinnerung an Uli nicht los, obwohl ich ihr tausendmal gesagt habe, was er für ein Miststück ist. Dieses Schwein hat meine Hand zertreten und damit meine Karriere vernichtet."

„War er auch wirklich an dem Tag in der Bar, als Oliver umgebracht wurde? So hast du es anklingen lassen. Hast du vielleicht sogar gesehen, dass er Oliver etwas in sein Getränk geschüttet hat? Ich denke, dass du es nicht frei heraus sagst, weil du Angst vor Uli hast und davor, als Zeuge gegen ihn aussagen zu müssen."

Assmann fingerte nervös an seiner Bekleidung. „Nein! Du irrst dich. Das war alles anders. Ich habe das sogar bei der Polizei behauptet, um sie davon abzuhalten, ihre Ermittlungen immer nur auf mich zu konzentrieren. Das hätte ich nervlich nicht durchgehalten. In Wahrheit war Uli weder am Fastnachtssonntag noch sonst irgendwann in der Bar. Aber er war es, der meine Hand zertreten hat. Ich habe ihn damals an der Stimme erkannt, weil er mich dabei als schwule Sau bezeichnet hat."

Tandler stand auf. Sein Gesichtsausdruck zeigte unerbittliche Härte. „Jetzt habe ich die Nase voll von deinen Geschichten. Jedes Mal servierst du mir eine andere Version. Einmal war Alex der Übeltäter, der deine Hand ruiniert hat, heute soll es Uli gewesen sein. Einmal war Uli am Todestag von Oliver in der Bar, dann wiederum nicht. Schluss damit. Du kannst dir von heute an einen anderen Beichtvater suchen, ich gehe."

Antonie erhob sich ebenfalls und flehte Tandler an. „Du kannst mich doch jetzt nicht im Stich lassen." Durch ihr Make-up zogen sich Rinnsale von Tränen, als werde ein Clown demaskiert. „In meiner Situation bin ich aufs Äußerste verletzlich. Du warst doch immer mein Freund. Ich brauche dich wie die Luft zum Atmen. Du bist meine einzige Stütze. Dir sage ich nahezu alles, was du willst. Auch wenn ich mich damit in höchste Gefahr begebe."

„Du musst das verstehen. Ich kann und will nicht der Freund eines potenziellen Mörders sein. Das kann ich mir vor allem beruflich nicht leisten."

Assmann schritt verzweifelt auf und ab, schluchzte, weinte und druckste herum. „Ich habe die Person, die für den Tod von Oliver verantwortlich ist, nur ein klein wenig unterstützt. Nur mental, sozusagen. Was diese Person genau vorhatte, wusste ich nicht. Das Zeug, das für Olivers Tod ursächlich gewesen sein soll, habe ich ihm besorgt. Das gebe ich unumwunden zu. Aber ich habe nicht aus eigenem Antrieb gehandelt. Vielmehr hatte ich einen Auftraggeber." Sie schlug sich mehrmals mit der Faust an die Stirn. „Von wem ich den Auftrag hatte, kann ich dir beim besten Willen nicht sagen. Das wäre mein sicherer Tod. Den kannst du doch auch nicht wollen und verantworten."

Tandler blieb distanziert. „Oliver ist unmittelbar nach einem Besuch an deinem Arbeitsplatz in der *Stoltze Bar* verstorben.

Also musst du deine Finger stärker im Spiel haben, als du behauptest."

„Das war alles anders. Ich sollte ihm unauffällig ein paar Tropfen einer Flüssigkeit in sein Getränk geben. Das sollte ein Medikament sein, das er angeblich dringend brauchte. Wie man mir gesagt hat, lehnte er immer ab, es einzunehmen, obwohl es lebenswichtig für ihn war. Deshalb sollte ich ihm das Zeug heimlich in sein Glas füllen. Ich wusste gar nicht, was ich ihm gebe. Dass etwas nicht stimmt, habe ich aber schon geahnt. Ich bin da reingezogen worden. Als ich später angekündigt habe, alles an die große Glocke zu hängen, hat man mich ausgelacht. Mir als Transe glaubt sowieso niemand. Gleichzeitig hat man mir gedroht, der Polizei anonym einen Tipp zu geben. Dann würde ich lebenslang in den Knast wandern. Außerdem solle ich mich nicht so anstellen. Schließlich sei Oliver Radermacher eine fiese Ratte gewesen."

„Dann raus mit der Sprache. Wenn das alles stimmt, wie du es darstellst, hast du nichts zu befürchten. Mach jetzt reinen Tisch und sage mir endlich, wer dich dazu angestiftet hat."

Antonie rannte zur Wand und trommelte mit ihren Fäusten dagegen. „Ich kann nicht. Das darf ich dir nicht sagen. Sonst werde ich fertiggemacht."

Bernie Tandler drehte sich zur Tür. „Dann tschüss!"

Sie rannte hinter ihm her und packte ihn am Arm. „Nein! Warte! Warum quälst du mich so?" Ihr Atem ging stoßweise. „Um unsere Freundschaft nicht aufs Spiel zu setzen, gebe ich dir einen Tipp, ohne dabei zwingend zum verlorenen Verräter zu werden. Beschäftige dich mit dem engeren Umfeld von Oliver. Finde heraus, wer dazu gehört hat. Den Einstieg kannst du über seine Tochter Yumiko nehmen."

17

Das Restaurant *Grandmas Steakhouse* lag oberhalb von Sao Paulo am Rande der Favelas. Der Ruf der Gaststätte war legendär, ihre Steaks an Größe, Geschmack und Zartheit unerreicht. In ihren Genuss kam allerdings nur, wer die Überlebensregeln für Gäste und Besucher kannte. Die Ausstattung des Restaurants folgte dem Baustil des Hauses und war äußerst gemütlich. Protzige Leuchter, dunkelbraune Möbel, schwere Teppiche, vergilbte Ölgemälde. An der Decke drehten sich müde ein paar in die Jahre gekommene Ventilatoren, ohne die schwüle Luft nennenswert verbessern zu können. Die Tische waren mit Damast eingedeckt, Bestecke, Vorlegetabletts und Kerzenhalter aus Silber, das Porzellan zeigte Jagdszenen. Aus der Küche war verhaltenes Brutzeln zu hören. Der Duft nach gegrilltem Fleisch beherrschte aber bereits den gesamten Raum.

Der übergewichtige weiße Mann mit schütterem weißblonden Haar übte Vorsicht. Er ließ den Fahrer seiner Luxuslimousine so vor den Zugang zum Restaurant fahren, dass die Beifahrertür beim Aufschwingen unmittelbar in den Eingangsbereich ragte. Dann sprang er aus dem Auto und verschwand umgehend in dem gepflegten Kolonialgebäude. Wer dabei sein aufgeblähtes blauweißes Hemd, das er über der Kaki-Hose trug, genau ins Visier genommen hätte, wäre über die Ausbuchtung unter der linken Achsel stutzig geworden. Dort war das Schulterhalfter für seine neun Millimeter Beretta. Auf Brusthöhe hatte er zwei Knöpfe offen, um einen schnellen Zugriff auf seine Waffe zu haben. Er nannte dies seine Durchreiche. Als er durch den Gastraum schlenderte, knarrten die gewachsten Holzdielen. Von einem Tisch an der gegenüberliegenden Fensterseite winkten ihm zwei Männer zu, augenscheinlich Latinos. Beide trugen frisch gebügelte weiße Hemden und lockere helle Baumwollhosen. Ihre Lederschuhe waren handgenäht.

Die Männer begrüßten sich herzlich auf Portugiesisch und mit angedeuteten Umarmungen. Ungeachtet des freundschaftlichen Umgangs war den beiden Südamerikanern eine gewisse misstrauische Zurückhaltung anzumerken. Dem Alter nach hätte es sich um Vater und Sohn handeln können. Ihr Umgang miteinander ließ jedoch eher vermuten, dass der Ältere der Prinzipal war und seinen Begleiter als künftige Stütze und Vertrauensperson in seine Geschäfte einführte.

Als sie Platz genommen hatten, schnipste der Prinzipal nach der Bedienung. Er gab der älteren, schwarz gekleideten Dame mit gestärkter weißer Schürze die Bestellung auf, ohne seine beiden Tischpartner nach deren Wünschen gefragt zu haben. Dann wandte er sich an den Dicken und sprach ihn mit einem Ton an, der keinen Widerspruch duldete.

„Du bist mein Gast, Uli. Da es hier nichts Vernünftiges außer Steaks zu essen gibt, habe ich für uns alle drei das Gleiche bestellt. Der passende Rotwein dazu wird euch schmecken."

„Schon recht." Uli Landau zog ein Taschentuch aus der Hose und wischte sich den Schweiß von der Stirn. „Warum ist es nur immer so heiß bei euch? Ein bisschen Wärme würde ich ja noch ertragen. Aber mit der hohen Luftfeuchtigkeit komme ich nicht gut zurecht. Man kann kaum atmen und nachts nicht schlafen. Das ist das Allerschlimmste."

Die Brasilianer täuschten Verständnis vor. Ihr tadelloses Erscheinungsbild verriet deutlich, dass sie mit den klimatischen Verhältnissen seit Kindheit vertraut waren und damit keine Probleme hatten.

„Diese Affenhitze“, nörgelte Landau weiter. „Kein Wunder, dass es hier so viele Kleinbauern gibt, die am Hungertuch nagen. So viel Wasser gibt es nicht einmal im Amazonas, um dieser Dürre Herr zu werden.“ Er lachte kalt. „Fast könnte man die Mädels im Auto bedauern.“

„Auf die jungen Damen kommen wir später, nach dem Essen. Erzähl uns bis dahin ein wenig von deiner Tour in den Amazonas hinein.“

Uli Landau winkte heftig ab und machte ein angewidertes Gesicht. „Landschaftlich war das klasse. Wir haben an der Mündung von Amazonas und Salimões einen Indianer gebucht, der uns mit seinem Boot zwei Tagesreisen lang in den Dschungel hinein transportiert hat. Dort gab es eine kleine bescheidene Lodge ohne ungebetene Zuhörer. Dafür haben mir am Abend, als wir auf dem hölzernen Freisitz am Wasser unsere Geschäftchen besprachen, diese verdammten Moskitos den Aufenthalt zur Hölle gemacht. Als ich in der Nacht in meine Holzhütte wankte, weil wir gut gesoffen hatten, zählte ich zweiundvierzig Stiche auf meinem Hintern. Das brannte wie Feuer. Und es gibt nichts, was wirklich dagegen hilft. Drei Tage hat der Spuk gedauert.“

„Wahrlich unangenehm. Sind denn deine Leiden durch gute Geschäfte gemildert worden?“ Das gespielte Mitgefühl des Prinzipals passte nicht zu seiner gleichgültigen Miene.

„Klar. Die Jungs kriegen von mir die Waffen, ich habe schon die entsprechende Anzahlung. Was will ich mehr?“

Als die Bedienung den Wein servierte, warf der Prinzipal ihr einen empörten Blick zu. „Wo ist die Flasche Wasser, die ich dazu bestellt habe? Du musst dich besser konzentrieren, du Schlampe! Wenn das nicht klappt, schließe ich den Laden. Dann steht ihr alle auf der Straße und habt nichts zu fressen. Haben wir uns verstanden?“

Die Frau nickte nur andeutungsweise und verschwand. Nach wenigen Sekunden kehrte sie mit dem gewünschten Mineralwasser zurück. „Entschuldigung.“

Der Prinzipal ignorierte sie und richtete das Wort wieder an Landau. „Wir haben viele Schwierigkeiten hier. Nicht nur, dass die Leute dumm und faul sind. Die Indianer machen uns zunehmend Probleme, weil es ein paar Sozialträumer gibt, die sie bei ihren überzogenen Ansprüchen auf das Land unterstützen. Außerdem haben wir noch diese penetranten Umweltidioten, die uns mit ihrem Beschützerinstinkt für den letzten Mistkäfer das lukrative Abholzen versauen wollen. Dabei schaffen wir doch damit ordentlich Platz für neues Ackerland, das die kleinen Bauern ernährt und ein bisschen unabhängig macht.“

„Die Welt spielt verrückt. Jeder versiffte Dreckskerl hat inzwischen eine Lobby. Und wir, die wir mit unserer ganzen Kraft die Wirtschaft ankurbeln, damit es möglichst allen gut geht, müssen mit den unglaublichsten Gesetzen und Verboten kämpfen.“ Man sah Landau nicht an, ob er es mit seiner Antwort ernst meinte.

Erstmals mischte sich der junge Mann hintergründig lächelnd in das Gespräch ein. „Wir müssen uns ja nicht daran halten.“

Der Blick des Prinzipals enthielt eine Rüge. „Das war nicht ganz richtig formuliert, mein Lieber. Wir korrigieren dort die Vorgaben, wo die politischen Kräfte den Überblick verloren haben.“ Dann sah er Landau an und hob sein Glas. „Lasst uns auf unsere Freundschaft und unsere guten Geschäftsbeziehungen trinken.“

Kaum hatten die drei Männer die Gläser abgesetzt, brachte die Bedienung das Essen. Die riesigen Portionen hätten jeden durchschnittlich hungrigen Menschen abgeschreckt, doch das Trio machte sich wortlos darüber her und schwieg eine Weile. Der Prinzipal legte als erster sein Besteck und die Serviette auf den nicht ganz geleerten Teller. Er prostete Landau erneut zu, nahm einen tiefen Schluck und musste husten. Dabei prustete er einige Spritzer Rotwein über die Tischdecke und auf Landaus Hemd. Verärgert zitierte er die Bedienung herbei und forderte sie zum Saubermachen auf. Sie legte eine weiße Serviette über die beschmutzten Tischdeckenteile und starrte einen Moment ratlos auf Landaus Hemd. Als sie sich anschickte, mit einem Tuch die Flecken abzutupfen, hielt Landau rasch seine Hand vor die in der Achsel versteckte Waffe und schrie sie an. „Lassen Sie ihre dreckigen Finger weg. Das erledige ich selber."

Der Prinzipal schmunzelte. „Das war keine Absicht von mir. Ich wollte dein bestes Stück nicht nass machen."

Landau grinste ihn etwas dümmlich an und spöttelte. „Mein bestes Stück ist einen halben Meter tiefer. So weit hast du nicht spucken können. Deinetwegen habe ich das Ding nicht unterm Arm. Die Knarre habe ich immer dabei. Das ist hier meine Lebensversicherung. Und gib es nur zu: Du hast doch auch irgendwo unter deinem Hemd oder in der Hosentasche so einen kleinen Lebensretter."

Als die Kerze auf dem Tisch abgebrannt war, pfiff der Prinzipal die Bedienung herbei und forderte sie zum Austausch auf. Danach lehnte er sich zu seinem Gegenüber vor und sah ihm prüfend in die Augen. „Du hast die Ware dabei?"

Landau legte mit aller Gemütsruhe sein Besteck auf den Teller und wischte sich den Mund ab. „Das war gut. Ein prima Fleisch."

Er machte eine Pause, als denke er nach und sah den Prinzipal an. „Was hattest du eben gefragt? Ich habe nicht genau zugehört."

Die Miene des Prinzipals versteinerte. Der junge Mann wechselte einen kurzen Blick mit seinem Begleiter und griff langsam unter dem Tisch in seine Hosentasche. „Amigo, wir sind nicht hierhergekommen, um Spielchen zu spielen. Hoffentlich muss ich dich nicht an dein Versprechen erinnern. Und vor allem nicht daran, dass wir dir schon eine satte Anzahlung geleistet haben."

Landau lachte laut auf. „So schnell stellt ihr unsere als unverbrüchlich beschworene Freundschaft in Frage? Das nenne ich aber fragil. Beruhigt euch, Freunde, und geht kontrollieren. Da draußen muss inzwischen ein weißer Kleinlaster vorgefahren sein. Im Fahrerabteil sitzen drei gute Kumpels von mir." Er grinste abschätzig und lehnte sich entspannt zurück. „Sie sind übrigens bestens bewaffnet. Nur zum Schutz der Ware natürlich. Ach, und in dem Auto, mit dem ich gekommen bin, sitzen auf dem Rücksitz zwei weitere mir sehr ergebene Freunde. Auf dem Schoß halten sie jeder eine kleine MP. Vorsorglich natürlich, nicht euretwegen. Und bevor einer von euch jetzt nach draußen geht und prüft, ob die vierzehn von mir und meinen Leuten gut eingearbeiteten jungen Damen in dem Kleinlaster eingesperrt sind und auf ihre nächsten Freier vorbereitet werden können, schiebt ihr zwei Helden jetzt die kleine rote Tasche zu mir rüber, damit ich zählen kann, ob unsere Abmachung von euch eingehalten wurde. Wir wollen doch alle nicht, dass der liebe Uli böse werden muss."

Der Prinzipal zögerte. Lauernd betrachtete er Landau. Im Zeitlupentempo rutschte seine Hand in die Hosentasche. „Und während ich Dummkopf nach draußen gehe, legst du meinen Mitarbeiter hier um und haust mit dem Geld ab. Außerdem hast du nach deinen eigenen Angaben vor der Tür eine ganze Armada stationiert. Das ist alles gegen unsere Abmachungen."

Landau hob beide Hände, als imitiere er den Christus auf dem Corcovado oberhalb von Rio de Janeiro. „Stopp, Freunde. Das ist doch nicht unser erstes Geschäft miteinander. Und wir alle drei wollen noch viele weitere lukrative Abschlüsse tätigen. Wartet hier drinnen mit mir. Ich rufe den Fahrer des Kleinlasters über Handy herein. Dann werdet ihr zufriedengestellt."

Die beiden Südamerikaner tauschten Blicke aus und verständigten sich. Sie rückten neben Landau und der Prinzipal signalisierte ihm Zustimmung. Landau holte sein Handy heraus und telefonierte auf Englisch. Dabei beobachtete er, ob seine beiden Geschäftspartner mithörten. An ihren Gesichtern konnte er die Antwort jedoch nicht ablesen. Deshalb gab er seine Kommandos in schwer verständlichem Zusammenhang.

Es dauerte kaum eine Minute, dann betrat ein Mann den Raum, der jedes Klischee eines Abenteurers erfüllte: etwas klebrige schulterlange Haare, kantiges gebräuntes Gesicht, offenstehendes, ehemals weißes Hemd, abgewetzte Lederhose. Um seinen Hals trug er eine dicke Goldkette, im Arm zog er ein blutjunges verängstigtes Mädchen mit sich. Herausfordernd sah er den Prinzipal an. „Ich nehme an, dass Sie auch Portugiesisch sprechen, wenn Sie hier im Land leben." Dann zeigte er auf das Mädchen und redete in der Landessprache. „Von der Sorte sitzen noch dreizehn im Wagen." Er stieß das Mädchen mit seinem Ellbogen an. „Stimmt es, was ich gesagt habe?"

Die Kleine rollte ihre großen Augen und nickte. Wieder wandte sich ihr Begleiter an den Prinzipal. „Soll ich die übrigen dreizehn Schönheiten jetzt der Reihe nach hier vorführen, oder übernehmen Sie endlich den Laster? Zu Ihrer Beruhigung kann ich meine Kumpels auch noch reinrufen. Aber so einen Zirkus habe ich noch nie erlebt. Schließlich sind unsere Geschäfte absolute Vertrauenssache."

Landau nickte ihm anerkennend zu. Der Prinzipal reichte ihm die Geldtasche. „Dein Kumpel hat Recht. Wir vertrauen uns doch. Ich hatte nur vor ein paar Tagen in einer anderen Sache schlechte Erfahrungen gemacht und bin gerade noch mit dem Leben davongekommen."

Der Jüngling setzte ein schmieriges Lächeln auf. „Wir waren einfach schneller. Ich glaube nicht, dass der verantwortliche Partner in dieser Sache noch einmal in unserem Gewerbe tätig werden kann."

Inzwischen hatte Landau das Geld gezählt und dem Abenteurer zugezwinkert. Der Prinzipal nahm den Autoschlüssel für den Kleinlaster in Empfang und verabschiedete sich von seinem Gegenüber. „Nichts für ungut. Ich habe dich nur ein bisschen provoziert und mal wieder getestet. Natürlich sind in dem Wagen, mit dem wir gekommen sind, ebenfalls zwei bestens ausgerüstete Kollegen. Für den Notfall sozusagen. Die Zeiten sind unsicher, wie du weißt." Er legte eine Pause ein, lächelte tückisch und zeigte auf das Mädchen. „Wir können noch viele gute Geschäfte machen. Wenn dich die Väter dieser Süßen nicht vorher steinigen."

Landau kniff dem Mädchen in den Po und streichelte ihr über die Brust. „Das werden sie schön sein lassen. Schließlich sind sie gut und teuer für ihren Verlust abgefunden worden. Und sie wissen genau, dass die Konkurrenz groß ist. Es gibt viele Väter mit überzähligen Töchtern für die Frischfleischabteilungen. Alle wollen etwas von dem Kuchen haben."

Der Prinzipal und Landau umarmten sich und verabschiedeten sich unisono. „Bis zum nächsten Mal, Amigo."

18

Als die in die Jahre gekommene dunkelblaue Mercedes-Limousine etwas ruckartig in die Hofeinfahrt des gediegenen Zweifamilienhauses auf dem Lerchesberg in Frankfurt-Sachsenhausen fuhr und auf die Garage zuschoss, sprang ein schwarzgelockter Mann breit lachend mit einem übertriebenen Satz zur Beifahrerseite. Kaum war der Wagen zum Stehen gekommen, riss er die Tür auf und verbeugte sich formvollendet vor der strahlenden Insassin. „Guten Tag, gnädige Frau. Willkommen zurück im Land der Dichter und Denker. Sie sehen wie immer blendend aus."

Traudel Schultz begrüßte Schreiner mit spitzbübischem Grinsen und kräftigem Händedruck. „Sie sind ein alter Charmeur. Ich glaube kein Wort Ihrer Komplimente. Trotzdem danke ich Ihnen für den freundlichen Empfang."

„Es schmerzt mich sehr, dass Sie meine Worte in Zweifel ziehen. Niemals in meinem ganzen Leben war ich aufrichtiger als gerade eben."

Hanspeter Schultz trat hinzu und gab Schreiner die Hand. „Jetzt haben Sie genug Süßholz geraspelt. Kommen Sie mit rein. Ich wollte, dass Sie die Nachrichten, die meine Frau von ihrem Südamerika-Aufenthalt mitgebracht hat, unmittelbar mithören können. Manchmal haben auch Leute Ihres Schlages eine gute Idee."

„Schön, dass Sie sich endlich eingestehen, wie unverzichtbar ich für den Ermittlungserfolg bin."

Sie gingen nach drinnen, legten ab und nahmen in dem großbürgerlich eingerichteten Wohnzimmer Platz. Den von Traudel angebotenen Kaffee lehnte Schreiner ab. „Sie haben einen langen Flug hinter sich, ich dafür ein Frühstück. Erholen Sie sich erst einmal von den Strapazen. Außerdem sind wir äußerst neugierig auf das, was Sie uns mitgebracht haben."

Traudel nickte und zog aus ihrer Tasche einen Umschlag hervor, den sie ihrem Mann in die Hand drückte. „Das soll ich dir von Herrn Lachmann aushändigen." Sie schaute unsicher zu Schreiner. „Oder eher Ihnen?"

Schultz reichte das Kuvert an Schreiner weiter. „Lachmann ist der Verbindungsbeamte des Bundeskriminalamts in Bogota. Ich will keine Scherereien mit dem Ministerium über die Frage, ob wir seine Erkenntnisse aus Südamerika förmlich auf der diplomatischen Schiene hätten einholen müssen."

„Aber dieser offizielle Weg hätte viele Monate gedauert", grinste der Kommissar feist. „Und ob eine Antwort je gekommen wäre, steht in den Sternen. Deshalb muss man der Diplomatie manchmal ein klein wenig unter die Arme greifen."

Schultz tat, als habe er Schreiner nicht gehört und wandte sich an seine Frau. „Wir sind ganz Ohr."

Traudels große Augen glänzten. Stolz über die ihr zugewiesene Rolle lag in den Gesichtszügen, als sie mit sonorer Stimme zu erzählen begann. „Auf meinem Rückflug von Quito in Ecuador nach Deutschland hatte ich einen Zwischenstopp von mehreren Stunden in Kolumbien. Mit Herrn Lachmann hatte ich vorher telefonisch vereinbart, dass er mich auf dem Flughafen in Bogotá in Empfang nehmen sollte. Sie, Herr Schreiner, hatten mir zum Glück vor meiner Abreise seine Telefonnummer aufgeschrieben. Kurzum, ich traf ihn dort und wir machten einen kleinen Stadtbummel. Anschließend zeigte er mir sein Zuhause. Mit einigen weiteren Funktionsträgern wohnt er in einem von hohen Mauern und Nato-Stacheldraht abgesperrten Bereich. An allen vier Ecken stehen Wachtürme. Die dort aufgestellten Posten sind sämtlich mit Maschinenpistolen ausgerüstet." Sie bekräftigte ihre Worte durch mehrmaliges Kopfnicken. „Wir haben Kaffee getrunken. Dann begann Lachmann mir zu erzählen, was er an Informationen zusammengetragen hatte. Er hat zunächst festgestellt, dass es nur zu einer der Personen, die Sie ihm am Telefon genannt hatten, polizeiliche Erkenntnisse gibt, nämlich zu Uli Landau."

Schultz nickte seiner Frau aufmunternd zu, als sie kurz stockte, und sie fuhr fort. „Die wohl wichtigste Botschaft ist, dass sich dieser Uli Landau in Südamerika aufhält, wo er auch sein Unwesen treibt. Lachmann sagte mir, dass Landau mit allem handelt, was der liebe Gott verboten hat. Hauptsächlich mit Frauen, Waffen und Drogen. Das Bundeskriminalamt weiß genau, was er treibt und inzwischen auch, wo er sich aufhält. Sie haben seine Spur in der Nähe von Bela Horizonte aufgenommen, als er an einem Wettbewerb der dicken Bäuche teilnahm. In einer Badeanstalt haben sich um die zwanzig Männer getroffen, deren nackte Bäuche mit dem Zentimetermaß abgemessen wurden. Landau hat gewonnen. Sie haben herausgefunden, dass er in der Nähe dieser Stadt seine Familie untergebracht hat. Er hat wohl eine Frau aus der Gegend geheiratet und ein paar Kinder mit ihr."

Schreiner staunte. „Dann muss er seit der Schulzeit sehr zugenommen haben. Hauschild hat mir einige Fotos von damals gezeigt. Wenn er aber dort so ein bunter Hund ist, warum nimmt ihn die Polizei vor Ort dann nicht hops?"

„Wie Lachmann mir sagte, ist er nicht zu fassen, weil die zuständige Polizei total korrupt ist, und Landau kräftig Bestechungsgelder bezahlt. Dadurch leben alle Beteiligten auf der Sonnenseite und halten zu ihm. Den Rest könnt ihr sicher in Lachmanns Schreiben lesen." Sie hielt einen Moment inne. „Eines halte ich noch für wichtig, dann habe ich meinen Auftrag erledigt. Ich habe Lachmann die Namen der Toten genannt, Oliver Radermacher und Werner Hoffmann. Er hat keine Erkenntnisse über eine Beteiligung Landaus an diesen Taten. Landau scheint zu beiden Männern keinen Kontakt gehabt zu haben." Traudel schaute Schreiner und ihren Mann nacheinander an. „Wenn ihr keine Fragen mehr an mich habt, packe ich jetzt meine Sachen aus und lege mich ein Stündchen aufs Ohr. Im Flieger konnte ich nicht so gut schlafen und bin nun ein bisschen müde."

Schultz nickte ihr zu, und als Traudel den Raum verlassen hatte, ließ er seinen Blick auf Schreiner ruhen. „Das Schreiben von Lachmann können wir später lesen. Viel mehr, als uns meine Frau erzählt hat, wird vermutlich nicht drin stehen. Was gibt es sonst Neues?"

„Die wichtigsten Neuigkeiten habe ich Ihnen schon am Telefon erzählt. Inzwischen liegt das Ergebnis der Obduktion von Werner Hoffmann schriftlich vor. Todesursache war eine Überdosis von Liquid Ecstasy, genau wie bei Oliver Radermacher. Auf Hoffmanns Beerdigung, an der ich im Verborgenen teilgenommen habe, konnte ich keine neuen Erkenntnisse gewinnen. Ich erinnere daran, dass die Auswertung des Computers von Werner Hoffmann die ebenso nostalgische wie rätselhafte Partnersuche der angeblichen Clara Schumann nach einer Wiedergeburt von Johannes Brahms ergeben hat. Dabei könnte es sich um einen merkwürdigen Rückfall von Stella Engholm in die Schulzeit handeln."

„Stopp! Das hatten Sie mir noch nicht mitgeteilt. Zumindest erinnere ich mich nicht daran. Lassen wir das mal offen. Auf jeden Fall werden Sie wohl diese Stella Engholm vernommen haben. Was hat ihr denn dieser Werner Hoffmann vor seinem Tod alles erzählt? Darüber haben Sie mir auf keinen Fall etwas gesagt. Da bin ich mir sicher. Hat Stella Engholm eventuell etwas über offene Rechnungen mit Werner Hoffmann erfahren? Hatte er Feinde oder gab es mit irgendwem heftige Auseinandersetzungen?"

Schreiner wurde außergewöhnlich kleinlaut. Er druckste herum und schien lange an seiner Antwort zu basteln. Endlich schaute er auf und schenkte Schultz einen entwaffnenden Blick. „Sie haben mich erwischt. Dazu bin ich noch nicht gekommen. Ehrlich gesagt, hatte ich zwar daran gedacht, es aber dann wieder vergessen. Das mag alles zu komplex gewesen sein. Ich bin als Einzelkämpfer momentan etwas überlastet. Wir holen das aber umgehend nach."

Schultz sah ihn väterlich an. „Manchmal ist das so, wenn einem der Partner zum regelmäßigen Austausch fehlt. Ihre Behörde hätte längst für einen Ersatz sorgen müssen, als Ihr ehemaliger Mitstreiter Köhler ins Innenministerium abgezogen wurde. Aber so sind die obersten Dienstherren. Denken nur an sich, lassen die anderen im Dreck sitzen und verlangen dann noch fehlerfreie Arbeit." Er kratzte sich nachdenklich am Bart und witzelte. „Es kann natürlich auch sein, dass Sie zurzeit zu stark mit Ihrem Privatleben beschäftigt sind. Sie sollten zusehen, dass Sie Ihren letzten Fall vor der Pensionierung noch ordentlich lösen."

Schreiner gewann wieder Oberwasser. „Von wegen letzter Fall. Das versteifte Fingerglied hat nicht gereicht, um in Rente zu gehen. Ich sage es Ihnen ohne Wehmut, nachdem ich die

Botschaft des Vertrauensarztes überschlafen habe. Unser Kampf geht weiter."

Ein breit grinsender Schultz rieb sich die Hände und frotzelte. „Ich hätte mir gut vorstellen können, dass Ihr Chef gerne die Möglichkeit genutzt hätte, Sie endgültig los zu werden. Aber, ehrlich gesagt, freue ich mich. Ich hatte schon erwogen, ebenfalls aufzuhören."

„Mir kommen fast die Tränen. Aber zurück zu unserem Fall. Ich halte nach den bisherigen Ermittlungen an meiner Theorie fest, dass die Lösung des Falles in der alten Klassengemeinschaft zu finden ist. Wir müssen nur mit diesen Leuten die Rollen in dem Historiendrama um Clara Schumann besetzen. Unsere Clara heißt Stella Engholm. Sie muss ich noch vernehmen. Die meisten anderen aus der Klasse habe ich schon angehört. Ehrlich wie ich bin, habe ich Ihnen ja bereits von meiner Unterhaltung mit Dennis Hauschild und der anschließenden Vernehmung von Bernie Tandler erzählt. Ich habe ihn ein bisschen funktionalisiert. Die Einzelheiten dazu müssen Sie nicht unbedingt wissen."

Schultz musterte Schreiner mit sorgenvoller Miene. „Ihre Theorie überzeugt mich immer noch nicht. Hoffentlich muss ich mir nicht zusätzlich Gedanken darüber machen, ob Sie die Spielregeln der Strafprozessordnung eingehalten haben. Oder doch?"

„Bewahre! Sie kennen mich doch lange genug." Ein breites Grinsen sollte alle Zweifel bei Schultz beseitigen.

„Eben deshalb. Also stellen wir das erst einmal zurück. Trotzdem möchte ich wissen, was bei der Vernehmung Tandlers denn unterm Strich herausgekommen ist."

„Tandler war, nachdem ich ihn wegen seiner Vergangenheit ins Gebet genommen habe, bei Antonie Assmann. Freimütig gesagt, in meinem Auftrag. Er hat anschließend viel gefaselt. Assmann habe sich blumig ausgedrückt und ihm heulend ans Herz gelegt, sich im engsten Umfeld von Oliver Radermacher umzusehen. Allgemeiner Kram. Das hilft nicht wirklich weiter."

Schultz grübelte. „Wieso eigentlich nicht? Der Hinweis ist doch gar nicht so falsch. Haben wir denn Radermacher komplett durchleuchtet? Hand aufs Herz."

„Ich denke schon. Wo soll die Lücke sein?"

„Das Töchterchen von Radermacher hat Ihnen doch so gut gefallen. Und sie hatte einen fast ungehinderten Zugang zu ihrem Vater."

Schreiner beobachtete Schultz unsicher, weil ihn dessen spöttischer, fast boshafter Unterton irritierte. „Das habe ich Ihnen alles bereits geschildert."

„Haben Sie Yumiko Ute auch danach gefragt, ob ihr Vater mit einem PC umgehen konnte?"

Schreiner war blitzartig klar, worauf zunächst Assmann und nun auch Schultz hinauswollten. Voller Wut auf sich selbst schlug er sich an die Stirn und verabschiedete sich eilig.

19

Das Restaurant Drosselbart im Stadtteil Eschersheim lag am Ende der Zehnmorgenstraße. Das Innere war vor nicht allzu langer Zeit renoviert worden, was ein bisschen auf Kosten des alten Flairs gegangen ist, auch wenn die freigelegten roten Ziegelwände ein gewisses Maß an Gemütlichkeit ausstrahlten und zu der bürgerlichen Speisekarte passten. Die Krönung des Restaurants war der Biergarten. Die Tische und Stühle aus hellem Holz und lackiertem Metall standen sämtlich unter einer Batterie von mächtigen Kastanienbäumen, deren Kronen den Gartenbereich wunderbar überschatteten.

Ebendort hatten Dennis Hauschild und Schreiner problemlos in dem bestenfalls halb gefüllten Garten einen Tisch gefunden. Er lag am Rande der Bestuhlung und erlaubte daher eine ungestörte Unterhaltung. Sie hatten sich hier verabredet, weil es nur wenige Schritte von der *Ziehen-Schule* entfernt war und Schreiner gefühlsgetrieben auf eine Eingebung wartete. Mit visionärem Blick schaute er in die Runde.

„Hier werden vermutlich Tausende von Ziehen-Schülern in den Pausen und nach Schulschluss ihre Schoppen getrunken haben. Wahrscheinlich haben sie bei jedem Schluck davor gezittert, dass einer der Lehrer aufkreuzen und sie mit Alkohol im Glas und Kippe in der Hand erwischen würde."

Hauschild schüttelte den Kopf. „Ich kenne mich hier ganz gut aus. Die Mädels und Jungens von der *Ziehen* sind in der Regel in eine näher zur Schule gelegene Kneipe gepilgert. Sie hieß *Scherer* und war in der Parallelstraße zur Josephskirchstraße. Im Spätsommer standen dort im Vorhof zum Gastraum stapelweise Holzsteigen, die mit Äpfeln für das Frankfurter Nationalgetränk gefüllt waren. Soweit ich mich erinnere, kelterte der Inhaber seinen Apfelwein selbst. Ob es das Lokal heute noch gibt, weiß ich nicht. Das Ergebnis war aber dasselbe. Man konnte ordentlich einen trinken."

Eine hübsche Kellnerin kam an den Tisch und fragte nach den Wünschen. Schreiner zwinkerte ihr verfänglich zu. „Für mich bitte ein Schnitzel von der Größe eines Klosettdeckels und ein großes Bier. Schutzmänner brauchen Erwachsenenportionen."

Hauschilds Miene zeigte, dass ihm die Formulierung Schreiners peinlich war. Er bestellte in betont sachlichem Ton. „Grillrippchen und ebenfalls ein Helles."

Die junge Frau nahm die Speisekarten vom Tisch an sich. „Das Essen kann ein bisschen dauern. Es wird frisch gemacht. Bier kommt gleich."

Als sie sich zurückgezogen hatte, ließ sich Schreiner noch einmal in allen Einzelheiten Hauschilds Besuch in der *Ziehen-Schule* berichten. Dann begann er mit unterdrückter Lautstärke zu schimpfen. „Dieser verdammte Datenschutz. Was könnte unsere Polizei alles leisten, wenn wir nicht unsere Aufzeichnungen nach kurzer Zeit löschen müssten. Manchmal dürfen wir erst gar keine Dateien anlegen. Da seid ihr Zeitungsfritzen wesentlich besser dran. Ihr habt Archive, die Jahre zurückgehen und verwaltet sie so lange, wie ihr wollt. Den Erfolg haben wir ja schon gesehen. Die wirklich brauchbare Mitteilung über

Tandlers anrüchige Vergangenheit hat uns immerhin ein Stückchen weitergeholfen."

Die Kellnerin brachte das Bier. Schreiner griff sofort danach und hielt Hauschild sein Glas entgegen. „Jetzt kommt, was ich schon das letzte Mal angedroht hatte. Wir duzen uns. Okay? Ich bin der Bernd. Bitte nicht mit Bernie zu verwechseln."

Hauschild prostete ihm zu. „Prima. Meinen Vornamen kennst du schon." Dennis Hauschild nahm einen tiefen Schluck und warf Schreiner einen triumphierenden Blick zu. „Jetzt hör gut zu, bevor das Essen kommt, und wir in Ruhe reinhauen wollen. Ich war weiter fleißig. Der Fall lässt mir keine Ruhe. Nur muss ich ständig aufpassen, dass ich euch nicht ins Handwerk pfusche. Andererseits habe ich so meine Kanäle, die ihr nicht habt. Den guten Schultz können wir beruhigen. Es ist alles legal, jedenfalls so halbwegs. Ich habe anhand der Einladungsliste zum Klassentreffen inzwischen sämtliche Namen durchgecheckt. Dabei habe ich unsere Archive durchwühlt und die älteren Kollegen mit draufschauen lassen." Er grinste verschmitzt. „Und was man eben sonst noch so tun kann. Außer Bernie Tandler ist in meinen Quellen noch keiner aufgefallen." Hauschild wartete Schreiners enttäuschtes Gesicht ab, bevor er fortfuhr. „Zu Uli Landau hatte ich mir einiges erhofft. Aber da gibt es zu wenig Handfestes. In solchen Fällen sind wir bei der Presse meistens zurückhaltend, weil wir das Echo aushalten müssen. Solche Typen klagen sofort und bekommen Recht, wenn wir nichts entgegenzusetzen haben. Was also Landau angeht, weißt du mehr als ich."

Schreiner stellte sein leeres Glas ab. „Dafür hältst du so eine lange Vorrede? Du nimmst mich auf den Roller. Also, spuck es aus. Du hast doch noch einen Joker im Ärmel, stimmt's?"

Hauschild sog genüsslich die Luft ein. „Treffer! Der Kandidat hat hundert Punkte. Es gab ein Verfahren gegen Landau.

Das ist ewig her. Das polizeiliche Ermittlungsergebnis ist an die Staatsanwaltschaft abgegeben worden, aber dort sind die Akten inzwischen vernichtet. Die Aufbewahrungsfrist war abgelaufen."

„Weiter, mein Bester. Spann den alten Bernd nicht so lange auf die Folter und lass dir die Würmer nicht aus der Nase ziehen."

„Ich habe unseren Chefredakteur ausgequetscht. Er ist schon lange dabei und gilt bei uns als wandelndes Lexikon der Presse. Seiner Erinnerung nach ging es um den unteren Teil der Gürtellinie. Genaueres hatte er aber nicht mehr drauf. Klar, nach so vielen Jahren. Er versprach aber, der Sache nachzugehen." Hauschild trank aus und gab bei der vorbeilaufenden Kellnerin mit zwei gespreizten Fingern eine neue Bestellung auf. „Auf seinen Tipp hin habe ich meine Kontakte im Rotlichtviertel aufgesucht."

Schreiner unterbrach ihn in unwilligem Ton. „Auf jetzt. Zur Sache. Wenn ich meinem Chef derart lange Opern vorsingen würde, dürfte ich nur noch Schwarzfahrten oder ähnlich lächerliche Kisten ermitteln. Ich will Ergebnisse hören."

„Na gut. Mein Kontaktmann wusste selbst nichts mehr. Bis auf eine Kleinigkeit. Uli Landau sei im Rotlichtviertel gut bekannt gewesen und habe sich bei allen Konflikten von einem Anwalt vertreten lassen, dem man in einschlägigen Kreisen den Spitznamen ‚Nutten-Ede' gegeben habe."

„Um Himmels willen!", fiel im Schreiner entsetzt ins Wort. „Den hast du doch hoffentlich nicht aufgesucht. Der würde doch sofort seinen ehemaligen Mandanten informieren. Ich habe absolut zuverlässige Hinweise, dass Uli Landau zum Klassentreffen kommen wird. Zwar bin ich mir noch nicht ganz schlüssig, welche Rolle er in den Tötungsgeschichten spielt. Auf jeden Fall taucht sein Name immer wieder auf, und wenn es nur im Hintergrund ist. Deshalb will ich ihn, sobald er hier ist, in die Zange nehmen. Wenn er vorher misstrauisch wird, kommt er niemals nach Deutschland."

Die Bedienung brachte die zweite Runde Bier. Hauschild hob sein Glas und sah Schreiner mitleidig an. „Trink einen Schluck. Das beruhigt. Für wie blöd hältst du mich eigentlich? Ich habe weder den Anwalt noch das Staatsarchiv in Wiesbaden, wo erledigte Akten eine Weile aufgehoben werden, noch die Pressesprecherin der Staatsanwaltschaft oder meine Kollegen Gerichtsreporter befragt. Selbstverständlich habe ich auch nicht Landaus Mutter ins Gebet genommen. Mir war klar, dass dies alles zu Indiskretionen führen könnte. Es war aber auch nicht erforderlich."

„Hast du die Sache auf sich beruhen lassen?"

„Keineswegs. Du kennst den alten Spruch: Bleibe im Lande und nähre dich redlich. Meine Zurückhaltung wurde belohnt. Als ich in die Redaktion kam, begrüßte mich mein alter Chefredakteur mit einer Neuigkeit. Seine Suche habe Erfolg gehabt. Wir hatten doch vor Jahrzehnten über die Sache berichtet. Ein nichtssagender kleiner Artikel. Der Name Uli Landau wurde darin nicht erwähnt. Mein Chefredakteur ist allerdings sicher, dass es um ihn ging. In dem angesprochenen Verfahren war es um sexuelle Übergriffe gegangen und es lag eine Strafanzeige vor. Sie soll, das wird in dem Artikel vorsichtig angedeutet, nicht aus dem Rotlichtmilieu, sondern aus feineren Kreisen gekommen sein. Der Angezeigte, wahrscheinlich unser Landau, soll zu der Zeit, vielleicht auch deswegen, ins Ausland abgehauen sein."

„Weißt du auch, wie die Geschichte zu Ende gegangen ist? Hat man ihn mit Haftbefehl gesucht? Musste er sich irgendwann vor Gericht verantworten? Wie ist das Verfahren ausgegangen?"

„Das ist das Seltsame. Der kleine Artikel ist offenbar einige Zeit nach alledem verfasst worden und baut auf einem Vorgänger auf, der nicht mehr vorliegt. Die Anzeige wurde zurückgenommen. Angeblich war in der Erinnerung der Anzeige-Erstatterin einiges durcheinander gekommen oder verwechselt worden. Es wurde wohl so relativiert und formuliert, dass die Dame nicht mit einer Gegenanzeige wegen falscher Anschuldigung rechnen musste."

„Das ist hochinteressant und hilft in unserem Puzzle ein ganzes Stück weiter. Aber jetzt hältst du bis zum Klassentreffen die Füße still mit deinen Recherchen. Das versprichst du mir", drohte Schreiner seinem Gegenüber mit dem Zeigefinger. „Stell dir vor, was passiert, wenn Schultz davon Wind bekommt. Er wird dich gnadenlos zurückpfeifen, weil er dein ganzes Vorgehen für unzulässig hält."

„Ich verspreche dir alles, wenn du mir zusagst, dass ich dann meinen großen Auftritt auf dem Klassentreffen haben darf. Ich habe dir alles erzählt, was ich bisher herausgefunden habe. Daraus bietet sich für mich der Supercoup an."

Die Kellnerin brachte das Essen. Als sie den Teller vor Schreiner abstellte, strahlte er über das ganze Gesicht. „Das ist eine Portion, um anschließend in den Kampf zu ziehen." Er wartete, bis die Bedienung verschwunden war, bevor er fortfuhr. „So, mein lieber Dennis. Bevor ich mein Einverständnis zu deinem Vorhaben erkläre, musst du mir haarklein erzählen, was genau du vorhast." Er schob sich ein Riesenstück Schnitzel in den Mund und verdrehte genießerisch die Augen. Dann grinste er Hauschild feixend an. „Aber bitte sofort und keinesfalls mit vollem Mund. Wenn wir schon alle sonstigen Regeln sehr freizügig interpretieren, wollen wir uns wenigstens an die Tischmanieren halten."

20

Stella hatte um die Mittagszeit die Jalousien in ihrer Wohnung in der Myliusstraße heruntergelassen, um die heiße Juni-Sonne auszusperren, die Beleuchtung gedimmt und sich ans Klavier gesetzt. Ihre Tochter war kurz weggegangen und Stella war depressiv. Die Bemühungen, die romantischen Zeiten der Vergangenheit zurückzuholen, waren bisher nicht von Erfolg gekrönt. Mit dumpfen Augen stierte sie auf die beiden Fotografien links und rechts auf dem Klavier. Aus dem einen Rahmen schaute die weltbekannte Daguerreotypie von Clara Schumann im Halbprofil. Das Foto gegenüber war ein Meisterwerk der Imitation: gleiche Frisur, gleicher Gesichtsausdruck, gleiche Kleidung. Stella hatte einem Frankfurter Fotografen vor einigen Jahren stundenlang Modell gesessen, bis die Aufnahme täuschend ähnlich geglückt war. Ein oberflächlicher Betrachter hätte geglaubt, es handele sich in beiden Silberrahmen um dieselbe Frau. Und sie glaubte es selbst. Jedenfalls manchmal. Erst am Morgen war sie nach dem Einkauf wieder einmal ohne nachzudenken zum Haus mit der Nummer 32, dem früheren Wohnhaus von Clara Schumann, gegangen. Intuitiv war sie ihrer Überzeugung gefolgt, dort zu Hause zu sein. In ihren Gedanken sah sie den Hausflur und die Wohnung in allen Einzelheiten vor sich. Sie hatte keinen Zweifel, wie es dort genau aussehen musste. Als sie ungeschickt die Tür zum Vorgarten öffnen wollte, war gerade eine Frau herausgekommen und hatte Stella irritiert gefragt, zu wem sie wolle. Da erst war ihr bewusst geworden, dass sie noch einige Häuser weitergehen musste, um tatsächlich vor ihrem Wohnhaus zu stehen. Trotz nervöser Verlegenheit war es ihr mühsam gelungen, sich bei der jungen Frau zu entschuldigen.

In der eigenen Wohnung angekommen, wollte sie nach einem spärlichen Imbiss und zwei Gläsern Champagner mehrere Klavierstücke intonieren, hatte jedoch nach wenigen Sekunden wütend mit der flachen Hand auf die Tasten geschlagen und war aufbrausend vom Klavierschemel aufgesprungen, um für eine Weile im Zimmer auf und ab zu gehen. Sie hatte keine innere Ruhe gefunden. Zu viel war ihr durch den Kopf gegangen. Ihr gesamtes Umfeld war in Unordnung geraten. Und wieder einmal trugen die Männer in ihrem Leben die Schuld daran. Schließlich hatte sie mit einem lauten Schlag die Abdeckung der Tastatur zufallen lassen und sich auf der Couch eine Mittagsruhe verordnet.

Nachdem sich noch immer eine Weile die Gedanken in ihrem Kopf gejagt hatten, waren ihr die Augen zugefallen. Zum wiederholten Mal holte sie ein zermürbender Traum ein, vor dem sie immer Angst hatte. Sie sah sich als junges Mädchen ausgelassen auf einer Party tanzen. Natürlich mit Uli Landau. Wie schön er doch war! Die langen blonden Haare, die athletische Figur. Er drehte sie im Kreis, bis ihr schwindlig wurde und sie in seine Arme fiel. Sie schloss die Augen und er küsste sie leidenschaftlich, bis sie nahezu das Bewusstsein verlor. Dann zog er sie langsam in einen abgelegenen Raum und entkleidete sie Stück für Stück, mit zarten, gefühlvollen Händen. Er trug sie zu einem Doppelbett und legte sie vorsichtig ab. Hingebungsvoll und mit versunkenem Blick wollte sie ihn anschauen. Doch er war nicht mehr in ihrem Blickfeld. Erschrocken setzte sie sich auf. Da sah sie ihn. Er war zur Tür gegangen und öffnete sie ruckartig. Zwei oder sogar drei Männer stürzten in den Raum und Uli verschloss darauf rasch die Tür. Was ihr danach widerfuhr, war der Albtraum einer jeden Frau. Nacheinander sah sie die keuchenden, schwitzenden Gesichter der Männer über sich. Sie wollte schreien, doch ihre Stimme versagte. Soweit sie noch den Kopf hin und her bewegen konnte, suchte sie nach Uli in der Hoffnung, dass er sie aus den Klauen dieser Bestien befreien würde. Uli, ihr Held, ihre große Liebe, die Reinkarnation von Johannes Brahms, der seine Clara nie im Stich lassen würde. Während die anderen Männer ihr weiter Gewalt antaten, sah sie aus tränenerstickten Augen ihren Uli neben dem Bett stehen, das lachende Gesicht zur Teufelsfratze verzogen. Sie hörte, wie er seine Kumpane schreiend zu weiteren Erniedrigungen antrieb. Als die Männer endlich das Zimmer verließen, war auch Uli verschwunden. Stille trat ein, Totenstille. Sie war allein, gedemütigt, missbraucht. Zunächst war sie völlig kraftlos und außerstande, sich zu bewegen. Nach und nach meldeten sich die ersten Gedanken. Was, wenn sie geschwängert worden war? Sie würde nicht einmal wissen, von wem das Kind war. Diese Männer hatte sie nie zuvor gesehen. Sie kannte nicht einmal ihre Namen. Uli, ihre große und einzige Liebe – dieses Schwein! Dann verklärten sich ihre Erinnerungen an das Geschehen. Hatte Uli wirklich gelacht? Diese Teufelsfratze, war sie vielleicht Ausdruck von Angst und Schmerzen gewesen? Hatte einer der Kerle Uli vielleicht die ganze Zeit gezwungen zuzuschauen, vielleicht mit einer Waffe hinter ihm gestanden? Und ihn dann unter vorgehaltener Pistole oder im Schwitzkasten aus dem Zimmer gezerrt? Oder ihn anschließend sogar getötet? Nie wieder hatte sie etwas von Uli gehört. Nicht nur im

Traum, auch im wirklichen Leben. Hatte er sich so geschämt, so mit ihr gelitten, dass er sich nie mehr unter ihre Augen traute? Weil er ihr nicht hatte beistehen können?

Der Traum ging weiter. Stella sah sich aufstehen, schweißgebadet. Sie fühlte sich beschmutzt, musste duschen, um den Ekel abzuwaschen. Um das Unterbewusstsein wegzuspülen, um reagieren zu können, falls sie sich übergeben musste. Wieder kam in ihr die Angst auf, wie sie mit einer etwaigen Schwangerschaft umgehen würde. Nun ja, Clara Schumann hatte acht Kinder empfangen und zu allen sieben überlebenden ein gespanntes Verhältnis behalten. Eine Tochter hatte sie als Haushaltssklavin eingesetzt, einen Sohn wie ihren Ehemann Robert ins Irrenhaus gebracht. Wie sich zeigte, gab es Lösungen. Wieso konnte sie im Traum über sich selbst nachdenken? Hatte sich die Grenze zwischen Traum und Wirklichkeit schon so verwischt, dass sie nicht mehr zwischen beiden unterscheiden konnte? Dann war der Traum vorüber und Stella registrierte, dass sie wach war. Steif und geschockt blieb sie zunächst auf der Couch liegen.

Musste ihr widerlicher Kopf sie immer und immer wieder mit diesem Albtraum konfrontieren? Wie lange sollte das noch so gehen? Aufstehen, essen, trinken, noch etwa vierzig Jahre dieselben Teller und Bestecke spülen? Alles nur, um dieses bisschen Organismus zu erhalten, was man als Leben bezeichnete? Ein lächerliches Verständnis von Existenz! Wie oft hatte sie schon daran gedacht, diesem entwürdigenden Vegetieren ein Ende zu bereiten. Sie entschloss sich, vor den Trümmern ihrer Gedanken wegzulaufen, aufzustehen, die Jalousien hochzuziehen, um die Sonne hereinzulassen, und einen Kaffee zu überbrühen.

Als sie vor ihrer dampfenden Tasse am Tisch saß, setzten die Gedanken wieder ein. Sie blätterte in einem verstaubten Album, das sie vor Tagen aus dem Keller geholt hatte und das die Fotos von damals beherbergte, als die Welt noch in Ordnung schien und ihr eine Zukunft als gefeierte Ikone und geliebte Prinzessin bevorstand. Bilder aus der Zeit, bevor sie brutal vom Sockel gerissen und in den Abgrund gestürzt worden war.

„Vom Winde verweht“, murmelte sie vor sich hin. Gab es denn keine guten Träume? Fakt war jedenfalls, dass Uli seit Unzeiten weggeblieben war. Obwohl er vielleicht der Vater ihrer Tochter Melanie war. Melanie, die sie am liebsten Melancholie genannt hätte, wenn der Standesbeamte dies zugelassen hätte. Die ursprünglich Marie heißen sollte, wie die erste Tochter von Clara Schumann. Marie, die von Clara Schumann zum Hausmädchen degradiert worden war. Der Name war Stella dann allerdings doch zu altmodisch gewesen.

Auf wen überhaupt konnte sie im Leben rechnen? Gab es eine Chance, nach langen Irrwegen, Albträumen, Depressionen und nach qualvollen Monaten ergebnislos abgebrochener Sitzungen beim Psychotherapeuten, doch noch das erträumte Glück zu fassen? Dieses alberne Klassentreffen könnte ein Strohhalm sein. Wenn es den Initiatoren gelang, Uli ausfindig zu machen. Oder wenn sie ihn über die Partnersuche im Internet aufstöberte. Zufall – mehr blieb ihr nicht, um das letzte Fünkchen Hoffnung aufrechtzuerhalten.

Erschöpft und erstaunt schaute sie auf die große Standuhr. Halb drei nachmittags. In einer halben Stunde würde dieser Polizist klingeln, der sie am Telefon aufgefordert hatte, ins Polizeipräsidium zu kommen. Sie hatte ihm eindringlich vorgejammert, dass sie gesundheitlich zu sehr angegriffen sei. Ob es nicht zu einem späteren Zeitpunkt ginge. Darauf hatte er nachgegeben, aber nur, soweit es den Ort der Vernehmung anging. Ihre sofortige Vernehmung sei wichtig. Es gehe um den Tod von Werner Hoffmann. Um drei Uhr wollte er bei ihr aufkreuzen. Sie grübelte. Also wusste die Polizei, dass sie Hoffmann begegnet war. Na schön, daran war nichts Verwerfliches. Aber wer wusste schon, wen der Polizist sonst noch angehört hatte, und was ihm alles vorgelogen worden war? Auf wen aus ihrem Freundes- und Bekanntenkreis konnte sie sich wirklich verlassen? Auf Assmann sicherlich nicht. Dem hatte sie vor seiner Operation gründlich die Messe gesungen. Diesem larmoyanten Schlappschwanz, der geglaubt hatte, sie nach seiner Pfeife tanzen lassen zu können. Und auch sein Herzensbruder Bernie Tandler war ein unsicherer Kantonist. Ihm traute sie jede Gemeinheit zu, wenn es Bernie nur nützte. Außerdem konnte Alex Wohlrabe sie vielleicht bei der Polizei ins Spiel gebracht haben. Dieser hinterhältige Schuft, der nicht einmal vor ihrer Tochter Halt gemacht hatte und möglicherweise nicht verkraftet hatte, dass er abgeblitzt war. Blieb noch Nelly, ihre beste Freundin. War sie wirklich verlässlich? Irgendwie kehrte sie immer ihre Überlegenheit heraus, wollte Recht haben und ihre Meinung durchsetzen. Im Konfliktfall war ihr nicht bis um die nächste Ecke zu trauen. Immerhin hatte sie ihr vor Jahren einmal Uli ausspannen wollen. Selbstverständlich war das schiefgegangen. Uli wusste, was er an seiner Clara hatte. Seinem Verschwinden konnte nur eine Intrige zugrunde liegen, so viel stand fest. Wenn er überhaupt noch lebte.

Es klingelte. Als sie die Wohnungstür vorsichtig öffnete, hörte sie schon Stimmen, aus denen sie ihre Tochter Melanie heraushören konnte. Außer ihrer Tochter stand ein strahlender blatternarbiger Typ mit schwarzen Locken und Vollbart vor ihr. Während er noch in seiner abgewetzten Jeansjacke nach seinem Dienstausweis nestelte, stellte Melanie ihn bereits ihrer Mutter vor. „Das ist Herr Schreiner. Er ist Kriminalbeamter. Ein super netter Mann. Er ist sogar Kriminalhauptkommissar. Und er braucht dich als Zeugin."

Schreiner zeigte Stella trotzdem noch seinen Ausweis und sie bat ihn höflich mit kränklicher Stimme herein. „Kommen Sie. Sie haben offenbar die Qualität eines Menschenfängers. Meine Tochter haben Sie ja schon für sich eingenommen."

Sie setzten sich an den Wohnzimmertisch, wo Stella noch vor ein paar Tagen mit ihrer Freundin Nelly geplauscht hatte.

„Deine Anwesenheit ist entbehrlich, mein Schatz", fuhr Stella ihre Tochter mit leiser Schärfe an. „Herr Schreiner ist aus amtlichen Gründen hier und hat sicher wenig Zeit mitgebracht. Die möchte er mit ein paar Fragen an mich nutzen."

Mit einem Augenzwinkern zu Melanie und schmeichelnden Unterton widersprach Schreiner. „Die junge Dame darf von mir aus sehr gerne dabei sein."

Stella rümpfte die Nase. „Dann erwarte ich Ihre Fragen." Sie stockte. „Entschuldigung. Darf ich Ihnen etwas zu trinken anbieten? Einen schönen Champagner vielleicht? In diesem Hause gibt es immer Champagner. Oder dürfen Sie im Dienst keinen Alkohol zu sich nehmen?"

Ihre Tochter war schon aufgesprungen, doch Schreiner lehnte ab. „Vielen Dank. Ich will Sie nicht über Gebühr aufhalten, zumal Sie sich nicht ganz wohlfühlen. Mir geht es hauptsächlich um folgendes. Wir haben ein Tötungsdelikt aufzuklären. Das Opfer ist ein gewisser Werner Hoffmann."

Melanie brachte ein Glas Champagner und stellte es vor ihre Mutter hin. „So hieß doch dein letzter Verehrer, Mama."

Stella warf ihr einen bitterbösen Blick zu. „Wenn du schon unbedingt hier bleiben musst, dann halte wenigstens den Mund. Der Herr Kommissar stellt mir die Fragen, nicht dir. Auf deine überflüssigen Bemerkungen legt niemand Wert. Außerdem hast du Herrn Schreiner unterbrochen."

Der Kommissar war gerade dabei, den alles beherrschenden Parfumduft zu analysieren. Er tröstete Melanie mit einem überaus warmherzigen Blick, bevor er sich wieder an Stella wandte. „Routinemäßig haben wir den PC von Herrn Hoffmann gesichtet. Dabei sind wir auf die Mailkorrespondenz mit Ihnen gestoßen. Sie wurde unter den Alias Clara Schumann und Johannes Brahms geführt." Er heftete seinen Blick fest auf Stellas Gesicht. „Für meine Ermittlungen ist es wichtig, wie gut Sie Herrn Hoffmann kannten. Was wussten Sie über ihn? Haben Sie Hinweise von ihm auf eventuell bestehende Feindseligkeiten erhalten? Hat er beispielsweise einmal eine Bemerkung gemacht, dass er in Gefahr sei? Oder sogar, dass ihm jemand nach dem Leben trachte?"

Zunächst reagierte Stella schnippisch. „Ich glaube, Herr Kommissar, dass die Intensität meiner Beziehungen zu welchen Männern auch immer nicht von Belang für Sie sein kann." Sie holte tief Luft und nahm einen Schluck Champagner, dann wurde ihre Miene freundlicher. „Ihre übrigen Fragen beantworte ich gerne. Ich habe es nicht nötig, Verbindungen zu Männern über das Internet zu suchen." Ein Hauch von Hochmut glitt über ihre Züge. „Bis zum heutigen Tag haben die Männer meine Bekanntschaft gesucht und nicht umgekehrt. Außerdem verstehe ich viel zu wenig von Computern. Meine Aktivität, die Sie angesprochen haben, mussten mir meine Tochter und gelegentlich auch einer meiner engeren Freunde, oder jetzt ja Freundin, mit deren technischem Verständnis ermöglichen. Trotzdem verrate ich Ihnen gerne, wie es dazu gekommen ist." Wieder atmete sie schwer.

„Meine Abiturklasse feiert übermorgen Silberjubiläum. Schon um die Weihnachtszeit hat ein Mitschüler, Alex Wohlrabe, die Einladungen verschickt. Damit wollte er frühzeitig allen Gelegenheit geben, sich terminlich auf das Ereignis einrichten zu können. Wie es so geht, konnten Alex und ein weiterer Mitschüler, der ihm half, nicht alle Adressen in Erfahrung bringen. Deshalb haben sie in dem Einladungsschreiben alle Adressaten gebeten, bei der Suche nach den verschollenen Ehemaligen zu helfen. Das habe ich als Aufforderung verstanden, mich dabei zu beteiligen." Stella zeigte auf einen kleinen Beistelltisch zwischen zwei Fenstern. „Ich kam auf die Idee, das Internet zu nutzen. Allerdings habe ich nur diesen bescheidenen PC, der dort drüben steht. Damit kann man keine großen Sprünge machen. Mit fremder Hilfe habe ich versucht, den Aufenthalt eines bestimmten Mitschülers zu klären."

Schreiners Blick folgte ihrer ausgestreckten Hand und blieb auf dem kleinen Laptop neben dem Sektkühler haften. Mit dem geübten Auge eines erfahrenen Kriminalisten sah er, das neben der aufgeklappten Abdeckung ein Notizzettel mit einer achtstelligen Buchstaben-Zahlen-Kombination klebte. Schreiner kniff die Augen zusammen und prägte sich die Kombination, die vermutlich eine Kombination von Initialen und Geburtsdaten war, ein. Er wusste, an wen er sie so schnell wie möglich weiterzugeben hatte.

Stella hatte seine Konzentrationsübung nicht mitbekommen. Sie tupfte sich währenddessen mit einem weißen Spitzentuch fortwährend die Stirn. „Es fällt mir gesundheitlich schwer, mich zu konzentrieren. Ich wäre Ihnen dankbar, wenn unsere Unterredung nicht zu viel Zeit in Anspruch nehmen würde."

„Stell dich nicht so an, Mama. Es ist wichtig", fuhr ihre Tochter dazwischen und Schreiner unterdrückte ein Grinsen.

„Keine Sorge, gnädige Frau. Ich beschränke meine Fragen auf das unbedingt Notwendige. Wenn Sie bitte fortfahren würden."

Theatralisch betrachtete Stella den Stuckring um den großen Leuchter an der Decke. „Obwohl es nicht zwingend zur Sache gehören dürfte und deshalb niemanden etwas angeht, will ich so freimütig sein und offenbaren, dass ich in meiner Schulzeit mit einem Klassenkameraden namens Uli Landau verbandelt war. Wie das unter Teenagern nicht unüblich ist, gaben wir uns Kosenamen. Spitznamen, wenn Ihnen das besser gefällt. Er nannte mich Clara, weil ich Clara Schumann ähnlich sein soll, die vor etwa eineinhalb Jahrhunderten ebenfalls in der Myliusstraße wohnte. Da es mir passend erschien und Landau mit seinen langen blonden Haaren eine Ähnlichkeit aufwies, nannte ich ihn meinen Johannes Brahms. Kindereien, mehr nicht. Ich bringe die Geschichte, soweit sie für Sie von Interesse sein kann, zu Ende. Auf dem genannten Einladungsschreiben ist Ulis Adresse als unbekannt bezeichnet. Deshalb habe ich mich danach auf die Suche gemacht. Das haben die Initiatoren wohl von mir erwartet, weil ich Uli früher näherstand. Im Internet habe ich mit unseren früheren Kosenamen versucht, Kontakt zu ihm zu bekommen. Das ist alles."

„Und was war dann mit Werner Hoffmann?"

„Hoffmann? Der fühlte sich angesprochen. Ausgerechnet er. Ein Mann ohne Kultur. Weit davon entfernt, die Musik von Schumann oder Brahms überhaupt zu begreifen. Ein Schürzenjäger, wie ich bei den zwei bis drei Begegnungen, die ich mit ihm hatte, herausfand. Kein sehr angenehmer Mensch."

„Wenn Sie bitte noch meine eingangs dazu gestellten Fragen beantworten würden."

Stella nickte jovial und trank ihr Glas Champagner aus. „Ich habe keinerlei Anhaltspunkte, die Ihnen weiterhelfen könnten. Herr Hoffmann und ich sind uns persönlich nicht so nahegekommen, dass wir uns über unser Privatleben ausgetauscht hätten. Inwieweit er Feinde gehabt hat, weiß ich nicht. Zwar kann ich mir vorstellen, dass er bei seinem ungeschickten und angeberischen Benehmen wenige Freunde hatte. Deshalb wird man aber wohl niemand umbringen." Sie fröstelte. „Ein schreckliches Thema. Ich wäre Ihnen dankbar, wenn wir jetzt Schluss machen könnten."

Als Schreiner unschlüssig über seinen Bart strich, sprang Melanie auf. „Ich für meinen Teil verschwinde augenblicklich. Eine Kommilitonin hat mir einen grandiosen Tipp gegeben: Auf der Zeil soll es einen neuen Laden mit absolut hipper Mode geben, alles zu herabgesetzten Preisen während der Eröffnungsphase. Da muss ich hin."

Der Kommissar starrte Melanie fasziniert an. Es war überdeutlich, dass er den Faden verloren hatte. „Wir sind hier durch, jedenfalls für heute. Ich muss sowieso noch in die Innenstadt und kann Sie gerne in meinem Auto mitnehmen."

„Wow! Vielen Dank. Einen Kriminalhauptkommissar als Chauffeur. In den Genuss werden nicht viele Menschen kommen."

„Sagen Sie das nicht. Die meisten Leute, denen so etwas widerfährt, sind nicht gerade dankbar dafür. Vor allem, wenn sie auf der Rückbank mit zierlichen kleinen Handschellen sitzen."

„So ein gefährlicher Mensch sind Sie? Da muss ich mich ja vorsehen", himmelte Melanie ihn an.

Stella reagierte schroff. „Du solltest dich in mancher Hinsicht besser zurücknehmen."

Als Melanie und Schreiner sich verabschiedet hatten und gegangen waren, nahm Stella entspannt auf ihrem Lieblingssessel Platz. Uli würde zum Klassentreffen kommen. Sie wusste es nicht, aber sie hatte dieses untrügliche Gefühl. Und ihre Ahnungen hatte sich in ihrem Leben bisher immer bewahrheitet. Dann würde sich herausstellen, ob er für ihre zum überwiegenden Teil seit Jahren offenen Fragen eine Erklärung hatte.

Endlich!

21

Schreiner hatte sein Auto beim 1. Polizeirevier auf der oberen Zeil abgestellt. Selbstverständlich hatte er die Kollegen kurz darauf hingewiesen. Das trug ihm jetzt die neidischen Blicke aus Gardinenschlitzen ein, als er Melanie in einer Art Balztanz Richtung Hauptwache begleitete. Sie waren noch nicht ganz dort angekommen, als Melanie entzückt die Hände vor den Mund schlug, auf eine Leuchtreklametafel zeigte und Schreiner am Arm zu sich heranzog. „Das ist es. Da will ich rein."

Mit hängenden Dackelaugen schaute Schreiner sie an. „Muss es gleich sein? Der Laden hat noch lange auf." Er zeigte auf die untere Beschriftung der Eingangstür. „Bis zwanzig Uhr. Was halten Sie davon, wenn ich Sie noch zu einem Kaffee einlade? Sie würden mir eine Riesenfreude machen."

„Ich kleines Mädchen kann dem Herrn Kommissar, pardon, Hauptkommissar, eine Riesenfreude machen?", äffte Melanie ihn schalkhaft nach. „Na, dann wollen wir mal."

Schreiner strahlte. „Da vorn ist die Katharinenkirche. Dahinter ist eine Art Rundbau und darin befindet sich das *Mantis*. Direkt gegenüber von der Galeria Kaufhof. Manchmal gehe ich abends dort ein Weinchen trinken. Dazu ist es jetzt erstens zu früh, und zweitens bin ich noch im Dienst. Da trinke ich keinen Alkohol. Aber es gibt auch einen ordentlichen Kaffee oder Espresso."

„Ideal! Nichts wie hin."

Sie gaben ihre Bestellung auf und Melanie verabschiedete sich kurz, um die Toilette aufzusuchen. Schreiner grub seine Fingernägel in die Handballen. Er ärgerte sich über sich selbst. Warum hatte er bei Stella Engholm nicht noch ein paar Minuten warten und auf die Beantwortung weiterer wichtiger Fragen drängen können? Ihre Weinerlichkeit hatte ihm als Vorwand gedient, an anderer Stelle Antworten auf die noch offenen Punkte zu finden. In Wahrheit war es ihm wohl nur darum gegangen, noch eine Weile in Melanies Nähe verbringen zu können. Nun saß er hier und machte sich Vorwürfe. Irgendwie funktionierte er nicht mehr so gut wie früher. Schultz hatte ihm das ja auch gerade erst ins Stammbuch geschrieben.

Ihm blieb keine Zeit, seinen Gedankengang zu Ende zu führen. Melanie kam leichtfüßig wie eine Elfe zurück, atemberaubend schön, und setzte sich ihm gegenüber. Dann sah sie ihn herausfordernd an. „Eben habe ich mir die Frage gestellt, warum wir uns nicht duzen. Wie denken Sie darüber? Sie sind ja nicht so biblisch alt, dass so etwas nicht in Frage kommt. Oder darf man einen Kommissar nicht duzen?"

„Wenn ich für meine Zustimmung ein Küsschen kriege, bin ich dabei."

Er hielt ihr die Wange hin. Sie beugte sich zu ihm vor. Blitzschnell drehte er den Kopf und küsste sie auf den Mund. Sie zuckte überrascht zurück und drohte ihm gespielt mit dem Zeigefinger.

„Ich habe doch gleich gemerkt, dass man bei dir auf der Hut sein muss. Meine Mutter hat mir jahrelang beigebracht, dass alles im Leben schön Schritt für Schritt gehen muss." Sie lachte kokett. „Allerdings waren ihre Erziehungsversuche meistens vergeblich."

„Nach meinem kurzen Eindruck ist dein Verhältnis zur Mama etwas gespannt. Oder irre ich mich?"

„Überhaupt nicht. Mama ist in allen Dingen so altmodisch. Sie pocht ständig auf perfektes Benehmen. Wenn nicht alles nach ihrem Kopf geht, rastet sie aus, reagiert hysterisch oder übertreibt."

„Gibt es ein Beispiel?"

„Jede Menge. Ganz schlimm war es mit diesem Alex Wohlrabe. Als er mit der Einladung zum Klassentreffen kam, hat er gestaunt, dass ich so groß geworden bin und mich gedrückt. Freundschaftlich wohlgemerkt. Mama hat total überzogen reagiert und aus der ganzen Sache fast einen Vergewaltigungsversuch gemacht. Das wäre noch nicht so schlimm gewesen, wenn sie alles nur mir gegenüber so aufgebauscht hätte. Aber sie hat die Geschichte auch noch überall herumerzählt."

„Und Wohlrabe? Wie hat der das aufgenommen?"

„Wie zu erwarten. Mama hat wieder einen Freund weniger."

„Apropos Freund. Deine Mutter hat vorhin von einem Freund erzählt und sich dann korrigiert, um von einer Freundin zu sprechen. Einen Namen hat sie nicht genannt. Wen hat sie damit gemeint?"

Die Bedienung stellte ihre Getränke auf den Tisch. Melanie wartete, bis der Kellner sich zurückgezogen hatte und setzte dann eine mitleidige Miene auf.

„Das ist Toni Assmann. Er heißt jetzt Antonie Assmann. Nach einer Geschlechtsanpassung ist er zur Frau geworden. Damit hat er sich einen Lebenswunsch erfüllt. Zeitlebens hat er sich als Frau gefühlt. Er, oder besser sage ich jetzt sie, war in letzter Zeit sehr häufig bei uns zu Hause, weil sie in dieser Übergangsphase nicht allein sein wollte. Sie litt furchtbar, vor allem psychisch. Ständig trug sie sich mit Selbstmordgedanken. Sie lebte nur noch von Tabletten und allen möglichen chemischen Hilfsmitteln. Mama baute sie auf, so gut sie es konnte."

„Hast du auch mithelfen müssen? Immerhin bist du ja auch eine Frau und damit eine Ansprechpartnerin in einer so schweren Situation."

„Kaum. Sie hielt es lieber mit Mama, weil sie sich seit der Schulzeit kennen und befreundet sind. Und weil Mama auch immer irgendwelche seelischen Konflikte mit sich herumschleppt. Außerdem war ich Antonie wohl zu jung, um mit mir derartig einschneidende Probleme zu besprechen. Sie hielt mich anscheinend für zu unreif. Vielleicht lag es auch daran, dass ich keine Depressionen und selten schlechte Laune habe." Sie nippte an ihrem Cappuccino. „Klar habe ich immer mit ihr geredet und versucht, sie aufzubauen. Aber in der Regel hat es mich genervt, dass sie nur Schwermut verbreitet hat, ständig heulte, vor sich hin stierte und irgendwelche Chemiekeulen in sich reinstopfte. Davon wurde es dann manchmal ein bisschen besser. Wenn sie das ganze Zeug nicht schluckte, wurde sie völlig hysterisch. Das war so zwanghaft. Sie schielte dauernd nach ihrer Armbanduhr und hielt genaue Zeiten ein, zu denen sie haufenweise Medikamente verschlang. Das hat solche Formen angenommen, dass Mama mich einmal hinter ihr herschickte, als sie bereits gegangen war. Sie hatte ihre Medizin vergessen, die sie angeblich dringend zur Vorbereitung der Operation oder für andere hormonelle Behandlungen nehmen musste. Auf Mamas Bitten habe ich sie ihr dann schnell vorbeigebracht."

„Hat deine Mutter denn außer dem verstorbenen Hoffmann und Antonie Assmann keine weiteren Freunde? Ist sie vielleicht deshalb etwas verschroben?"

„Da ist schon immer mal was gelaufen. Aber wozu willst du das wissen? Willst du mich aushorchen? Ich dachte, wir zwei verstehen uns auf einer anderen Ebene."

Schreiner schrak zurück. „Irgendwie müssen wir zwei uns doch erst einmal warmreden. Die Frage habe ich nur gestellt, weil deine Mutter vorhin gesagt hat, dass du und Assmann ihr geholfen habt, die Partnerschaftsseite einzurichten, mit der sie Uli Landau finden wollte. Mir kam dabei der Gedanke, dass ein Mensch, der nach fünfundzwanzig Jahren immer noch seiner Jugendliebe hinterherläuft, sehr einsam sein muss."

Melanie nahm ihm die Erklärung ab. „Damit du Mama besser verstehst, muss ich zuerst ein paar Dinge korrigieren. Mama gibt sich sehr gerne hilflos, allein und damit schutzbedürftig gegenüber Dritten. Was sie dir über ihre fehlende PC-Begabung gesagt hat, ist so eine typische Untertreibung. Sie ist hochintelligent und praktisch begabt. Ihre Fähigkeiten liegen keineswegs nur auf dem musischen Sektor, wie sie gern glauben machen will."

„Sie hat also deine Hilfe gar nicht gebraucht, um sich im Internet auf die Suche nach Uli Landau zu machen?"

„Genau!"

„Kennst du diesen Mann eigentlich persönlich?"

Sie zögerte keine Sekunde mit der Antwort. „Ich glaube, er ist mein Vater, aber ich habe ihn noch nie gesehen."

Während sie grinsend Schreiners erstauntes Gesicht betrachtete, stand sie auf. „So, jetzt gehe ich da vorn in den Laden. Sonst stellst du mir noch eine halbe Stunde lang lauter Fragen, die nichts mit mir oder mit uns zu tun haben."

Schreiner griff sich mit der Hand an die Brust. „Ich Dummkopf habe geglaubt, dass uns noch viel mehr Zeit bleibt. Die persönlicheren Fragen sollten erst noch kommen. Kriege ich bitte so bald wie möglich eine zweite Chance?"

Sie wiegte ihren Kopf hin und her, musste aber lachen. „Na gut. Eine Chance noch. Ruf mich an. Du hast ja die Nummer."

„Bitte nicht anrufen. Was soll ich denn sagen, wenn deine Mutter am Apparat ist?"

Sie fischte aus ihrer Handtasche ein Kärtchen hervor. „Da steht meine Handynummer drauf." Im Weggehen warf sie ihm einen Handkuss zu. „Und wenn mein Handy klingelt, geht Mama bestimmt nicht dran."

Verdattert blieb Schreiner sitzen, starrte aus dem Fenster und verfiel in tiefes Grübeln. Die vielen Menschen auf dem Friedrich-Stoltze-Platz vor dem Café *BarCelona* nahm er nicht wirklich wahr. Je länger er nachdachte, umso wütender wurde er auf sich selbst. Er hätte Stella Engholm unbedingt noch mehr Fragen stellen müssen. Seine Einschätzung, die Antworten woanders herholen zu können, stellte sich bei näherer Betrachtung nur als halbrichtig dar. Sollte er einfach nochmal zu ihr gehen? Das ging aber nicht sofort. Er hatte sie ja gerade aus angeblicher Rücksichtnahme geschont. Lange warten durfte er aber auch nicht. Es ging dabei nicht nur um die Fragen, die er zu Unrecht zurückgestellt hatte. Jetzt war ja noch hinzugekommen, dass Melanie den wenigen Angaben ihrer Mutter widersprochen hatte. Es wurde Zeit, dass Licht ins Dunkel kam. Und dafür war er zuständig. Nur er, sonst niemand. Immerhin wurde er dafür bezahlt, wenn auch aus seiner Sicht nicht gerade üppig. Was war, wenn Melanie gelogen hatte? Wenn sie ihn gezielt an der Nase herumgeführt hatte? Auch das war nicht auszuschließen. Und er alter Esel war darauf hereingefallen. Dann hatte er jetzt schon wieder Mist gebaut. Aber das konnte nicht sein. So viel Menschenkenntnis besaß er. Sie war unbestritten süß. Das Beste, was ihm seit Jahren über den Weg gelaufen war. Das hatte Zukunft. Oder nicht? Sie konnte eine wichtige Zeugin in einem

Mordverfahren sein. Und er hatte nichts Besseres zu tun, als mit ihr in einem laufenden Ermittlungsverfahren zu flirten und sich an sie heranzumachen. Wenn diese Kiste schiefging, konnte seine Frühpensionierung anders eingeleitet werden, als er sich das vorgestellt und gewünscht hatte. Sollte er die Finger von der Kleinen lassen? Einfach nicht mehr anrufen? Er schloss die Augen und malte sich ihr Bild aus. Nein, das ging nicht. Eine andere Lösung musste her. Und diese Lösung hieß, so schnell wie möglich den Fall aufzuklären. Was er heute versiebt hatte, konnte er nicht einfach ungeschehen machen. Er musste sehen, auf andere Weise ans Ziel zu kommen.

Mit einem Mal glaubte Schreiner, den Weg gefunden zu haben. Er kramte in seinem Terminplaner herum und musste lachen. In der heutigen Zeit benutzte er für Termine, Adressen und Geburtstagseintragungen immer noch die Variante aus Papier und nicht das Smartphone. Wenn das kein gesundes Misstrauen gegen Fortschritt und Technik war! Auf Anhieb fand er die Telefonnummer, die er gesucht hatte. Eine ausgesprochen liebliche Frauenstimme meldete sich. Noch so eine Süße, dachte er. Als er sie fragte, ob er sie noch am Abend aufsuchen könne, wehrte sie ab. Sie verabredeten sich für übermorgen. Bei ihr zu Hause. Darauf hatte er mit ein paar Ausflüchten bestanden. Kriminalistische Gründe. Das zog immer. Davon verstand niemand etwas und konnte deshalb auch nichts entgegenhalten. Übermorgen also. Dem Tag des Klassentreffens. Wenn das kein Omen war.

22

Es war später Nachmittag, als die dunkelgraue Limousine vorschriftsmäßig in einer Reihe parkender Fahrzeuge stand. Das Mittelklasse-Auto war ein gängiges Modell, entsprach jedoch nicht mehr der aktuellen Angebotspalette des Herstellers. Die rundum getönten Scheiben fielen nicht weiter auf. In Typ und Ausführung passte sie nahtlos zu den übrigen Autos, die gegenüber der Reihenhauskette in der Engelthalerstraße im bürgerlichen Stadtteil Eckenheim standen. Auffällig war lediglich, dass die Limousine auf der Beifahrerseite stark durchhing.

Dieter Sennelaub, der normannische Kleiderschrank des Frankfurter K 11, der mit seinen rund hundertfünfzig Kilo für die Schräglage des Autos verantwortlich war, und sein Kollege Schreiner langten auf die Rückbank und holten eine weiße Plastiktüte nach vorn. Sie fischten einen kleinen verschlossenen Eimer heraus. Sennelaub machte sich mit seiner ganzen Körperkraft daran, den Deckel abzudrehen, während Schreiner aus dem Handschuhfach zwei mäßig gesäuberte Gabeln hervorzauberte. Nachdem Sennelaub den Pott auf der Mittelkonsole abgestellt hatte, begannen beide Beamte wortlos und mit sichtlichem Genuss, den Inhalt zu verschlingen.

Nach einer Weile grunzte Schreiner unwillig. „Jetzt mach mal halblang. Du legst ein Tempo vor, das mich total benachteiligt."

„Ich doch nicht. Mir liegt am Herzen, dass aus dir Strichmännchen noch ein richtiger Mann wird." Sennelaub zog aus der Plastiktüte zwei Papierservietten hervor und warf Schreiner eine zu. Mit der anderen wischte er sich genüsslich den Mund ab. „Saumäßig gut, das Zeug. Und zu dem Preis. Das können wir immer wieder machen. Der kleine Umweg lohnt sich. Die *Venos* in Rödelheim ist ein Geheimtipp für Fisch, seit ich bei der Polizei bin. Und diese Nordseekrabben sind einfach Spitze."

Schreiner fischte den Rest aus dem Eimer und leckte sich anschließend die Lippen ab. „So ein kleiner Umweg ist auch im Dienst zulässig. Es gilt der alte Spruch: Ohne Mampf kein Kampf."

Plötzlich verzog sich Sennelaubs weiches Gesicht in düstere Falten und er motzte Schreiner an. „Auf der ganzen Fahrt hast du mir wieder mal nicht gesagt, wo es hingeht, und wozu du mich mitnimmst. Ich bin einfach zu gutmütig und kollegial. Das nächste Mal bleibe ich im Präsidium und mache meine Akten."

Schreiner frotzelte und äffte ihn nach. „Sieh da. Auf der ganzen Fahrt zur *Venos* hast du mich nicht zu Wort kommen lassen und nur vom Essen geredet. Während der Weiterfahrt hierher hast du nur geschwiegen, weil dir offenbar schlecht vor Hunger war. Jetzt hast du dir die Wampe vollgehauen, und nun kommen die Vorwürfe."

„Sing keine Opern und schieß los."

„Meinen Fall kennst du. Dazu muss ich nichts sagen. Ergänzend solltest du wissen, dass der Kollege Lachmann vom Bundeskriminalamt uns einen Bericht über diesen Drecksack Uli Landau zugeleitet hat. Sagen wir, per Boten. Ich habe seine Ermittlungen zu Landau gründlich studiert. Der Typ lebt von Waffenschmuggel und Handel mit Frauen und Drogen."

Schreiner setzte Sennelaub umfassend ins Bild. „Lachmann hat nun, vermutlich von einem anderen Verbindungsbeamten in Brasilien, erfahren, dass Landau heute nach Frankfurt kommt. Er hat in Brasilien ein Flugticket gekauft. Dem Vernehmen nach will Landau seine Mutter und morgen ein Klassentreffen der *Ziehen-Schule* besuchen.“ Schreiner zeigte auf das gegenüberliegende Reihenhaus. „Seine Mutter wohnt dort drüben.“

„Keine hochmögende Adresse, wenn man überlegt, dass der Sohnemann im Geld schwimmen dürfte. Warum er hier nicht eine andere Schule besucht? Es gibt nähere Gymnasien als die *Ziehen-Schule.* Und warum haben wir ihn nicht gleich am Flughafen hopsgenommen, wenn er so ein dicker Fisch ist?“

„Drei Fragen, drei Antworten. Die Mama hat hier seit Jahren ihr vertrautes Umfeld. Vielleicht wollte sie gar nicht woanders hinziehen. Mit der Schule hast du Recht. Ursprünglich war Landau in der *Wöhlerschule.* Dort ist er rausgeflogen, nachdem er sich auf einer Klassenfahrt ins Schlafzimmer der Mädels geschlichen hat. Wahrscheinlich hat er dort schon für einen seiner späteren Geschäftszweige geübt. Schlimmer war wohl noch, dass er anschließend die Lehrer ausgelacht hat. Na, und am Flughafen haben wir ihn deshalb noch nicht festgenommen, weil unsere Beweislage bisher nicht wasserdicht ist. Drogen oder Waffen wird er nicht mitführen. Da er längst genug Geld hat, benutzt er dafür seine bezahlten Kuriere.“

„Ist es nicht seltsam, dass er den Südamerikanern die Mädchen aus der eigenen Umgebung als Nutten vermittelt?“

„Vielleicht werden die Mädchen dort gar nicht eingesetzt. Möglicherweise transportieren Kuriere sie nach Deutschland an ihren Arbeitsplatz. Das ist nicht mehr Landaus Job. Er ist offenbar der Chef. Seine Aufgabe ist in erster Linie, die Väter der Mädchen, die Behörden und die Polizei zu schmieren.“ Schreiner schlug Sennelaub vor die Brust. „Aber das wissen wir alles noch nicht so genau, um es ihm nachweisen zu können."

Sennelaub strich sich gefühlvoll über seinen massigen Brustkasten und tätschelte anschließend Schreiners Hand. „Vorsicht mit solchen Zärtlichkeiten. Du könntest dir dein zartes Händchen verletzen. Oder willst du das etwa, um deinen fehlgeschlagenen Pensionierungsantrag wiederholen zu können?", grinste er Schreiner provokativ an. „So, und jetzt erzähle mal, warum wir hier überhaupt herumstehen, vor allem, warum du mich mitgeschleppt hast."

„In Lachmanns Brief steht, dass Landau immer einen Aluminiumkoffer bei sich trägt, den er mit einer Kette an seinem Handgelenk befestigt hat. In diesem Koffer soll er Geschäfts- und Bankunterlagen verwahren. Angeblich lässt er sie nie zurück, wenn er sein Haus in Südamerika verlässt."

„Okay! Und ich soll ihm das Ding vom Händchen reißen?"

„Quatsch! Du denkst immer in so schlichten Kategorien. Versuche, einmal im Leben mitzudenken. Vom Inhalt dieses Koffers hängt ab, ob wir Landau im Falle einer Festnahme auch in Haft behalten können. Wenn das Beweismaterial nicht langt, lässt ihn jeder Haftrichter wieder laufen. Dann ist er über alle Berge. Ob er danach noch einmal nach Frankfurt kommt, wage ich zu bezweifeln."

„Ich kapiere es immer noch nicht. Was soll ich tun?"

„Du, Dieter Sennelaub, bekommst morgen mit dem Bericht von Lachmann und der Unterstützung durch Staatsanwalt Schultz beim Ermittlungsrichter am Amtsgericht einen Durchsuchungsbeschluss. Und zwar für das Häuschen von Landaus Mama. Sobald Landau morgen Abend das Haus verlassen hat, um zum Klassentreffen zu gehen, klingelst du mit dem Beschluss in der Hand bei seiner Mama an der Tür und holst den Koffer.

Zum Klassentreffen wird er ihn bestimmt nicht mitnehmen, zumal er ihn bei Mama in guten Händen glaubt."

„Blöde Frage: Warum machst du das nicht selbst?"

„Weil ich gleichzeitig woanders hin muss. Ich habe eine andere unaufschiebbare Ermittlung durchzuführen, kapiert?"

Schreiner schaute auf die Armbanduhr. „Jetzt heißt es warten. Wie früher, als wir bei der Bereitschaftspolizei angefangen haben und uns stundenlang beim Objektschutz oder ähnlich langweiligen Aufgaben die Beine in den Bauch gestanden haben."

Das Gespräch schlief ein. Während Sennelaub immer wieder durchs Fenster nach draußen schielte, rutschte Schreiner in den Fahrersitz und grübelte. Sein Gesicht wirkte maskenhaft, er schien mit seinen Gedanken weit weg zu sein. Sennelaub schaute ihn an und runzelte die Stirn. „Was ist denn auf einmal mit dir los? Sind dir die Krabben nicht bekommen?"

Schreiner rückte seinen Oberkörper wieder gerade. Er blieb sehr ernst. Seine Stimme geriet fast zu einem Flüstern. „Die alte Geschichte. Damals war es genau dieselbe Situation. Du müsstest dich erinnern. Wir waren im Nordend auf Streife, als mein Kollege und ich in einem Hinterhof einen Einbrecher auf frischer Tat ertappten. Ein ganz junger Kerl. Er wollte zunächst flüchten, aber es gab keinen Ausweg. Da rannte er direkt auf mich zu. In seiner Hand sah ich etwas blitzen und war überzeugt, dass er eine Waffe gezogen hatte. Messer oder Pistole. Das war in der Dunkelheit nicht genau zu erkennen. Also riss ich meine Dienstwaffe heraus und zielte auf die Beine. Wirklich auf die Beine. Aber in der Hektik und der wenigen Erfahrung habe ich den Schuss verrissen. Ich habe ihn in den Bauch getroffen. Er war schwerverletzt und ist später im Krankenhaus gestorben. Mein Waterloo war, dass er tatsächlich unbewaffnet war, und ich offenbar vom Mondlicht getäuscht wurde. Heute noch träume ich gelegentlich davon. Und ich mache mir nach wie vor Vorwürfe. Mit mehr Selbstkontrolle und Kaltblütigkeit und mit genauem Hinsehen hätte ich das vermeiden können."

Sennelaub fuhr ihm mit der Hand über den Lockenkopf. „Komm, vergiss das endlich. Das ist strafrechtlich und disziplinär untersucht worden. Aus beiden Instanzen bist du unbelastet herausgegangen. Du hast dir also nichts vorzuwerfen. Damit muss endlich mal Schluss sein. Außerdem hast du mir doch von deiner neuen Flamme erzählt. Konzentriere dich lieber auf sie. Du hast ein Recht darauf. Das Leben geht weiter."

Schreiner kam nicht dazu, Sennelaub zu widersprechen. In der mittlerweile hereingebrochenen Dämmerung leuchtete das Lichterpaar eines Fahrzeugs die Straße aus. Ein Taxi fuhr vor und zeitgleich öffnete sich eine Haustür am gegenüberliegenden Reihenhaus. Eine ältere Dame mit gepflegtem grauem Haar in einem beigen Chanel-Kostüm trat auf die Schwelle. Sie reckte den Kopf nach vorn, kniff die Augen zusammen und schaute zum Taxi. Eine kleine Weile musste sie warten, weil offenbar der Zahlvorgang noch nicht abgeschlossen war. Dann öffnete sich die Beifahrertür des Pkw. Schwerfällig stieg ein übergewichtiger Mann aus und ordnete sein zerknittertes kariertes Hemd, das ihm über die Hose hing. Der Vorgang dauerte etwas länger, weil er nur eine Hand benutzte. In der anderen hielt er einen Aluminiumkoffer. Um sein Handgelenk und den Griff des Koffers baumelten die Endstücke einer Art von Handschelle. Aus dem Kofferraum des Pkw fischte er mit einiger Mühe noch einen kleinen Trolley. Als der Mann es endlich geschafft hatte, gab er der Beifahrertür mit dem Rücken zum Taxi einen Tritt und watschelte strahlend auf die Dame zu. Er drückte sie mit dem freien Arm an sich. „Da bin ich, Mama. Wie versprochen. Was sagst du jetzt?"

Seine Mutter kam zunächst nicht dazu zu antworten, denn in diesem Moment bog mit röhrendem Motor ein knallgelber, hochgetunter Mini in die Engelhardtstraße ein und blieb mit kreischenden Bremsen direkt vor ihnen stehen. Eine bildschöne, gestylte Frau mittleren Alters stieg aus und stürzte auf die zwei zu. Mit der Dame tauschte sie Küsschen aus, den Mann knutschte sie leidenschaftlich.

Sennelaub hatte aus Furcht vor Entdeckung nicht gewagt, das Seitenfenster ein wenig herunterzulassen. Zu gerne hätten er und Schreiner ein paar Gesprächsfetzen aufgefangen. Aus den Gesten der jüngeren Frau wurde jedoch deutlich, dass sie das Auto parken und anschließend wiederkommen wollte. Als die schicke Lady davonfuhr, beugte sich Schreiner weit nach vorn.

„Ich habe das Kennzeichen zum Glück noch eben mitbekommen. Notiere es dir gleich. Du wirst es brauchen."

Sennelaub schaute ihn irritiert an, folgte jedoch widerspruchslos seinem Diktat. „Was ist das für eine Tussi? Kennst du sie?"

„Eben nicht. Ich würde aber gerne wissen, wer sie ist, und was sie mit Landau zu schaffen hat. Nach der Beschreibung und den Fotos, die Lachmann uns geschickt hat, handelt es sich bei dem Dicken jedenfalls um Landau. So wie die Puppe ihn abgeknutscht hat, muss sie enger mit ihm liiert sein und weiß daher bestimmt einiges über ihn. Vielleicht hat er über sie auch die Nachricht von dem Klassentreffen erhalten."

„Du meinst also, dass ich nicht nur einen Durchsuchungsbeschluss und mit ihm den Aluminiumkoffer beschaffen muss, sondern auch noch das Kraftfahrzeugkennzeichen dieser aufgedonnerten Lady überprüfen soll?"

„Genau! Ich habe gerade nachgedacht."

„Hör auf zu prahlen. Das kannst du gar nicht."

„Okay, akzeptiert. Mir kam nur rein zufällig der Gedanke, dass manche Leute gerne ihre Initialen im Autokennzeichen führen."

„Und?"

„Ich habe ‚F-NP' abgelesen. Das muss nichts mit der *Frankfurter Neuen Presse* zu tun haben. Hinter dem Kürzel NP kann auch der Name der Dame stecken. Aber mir fällt niemand ein, auf den das Kürzel passt."

23

Schreiner war an diesem Tag mit einem Dienstwagen der gehobenen Sorte unterwegs, um gegebenenfalls auf die hübsche Zeugin, die er aufsuchen wollte, gehörigen Eindruck zu machen. Er orientierte sich hauptsächlich am Navigationsgerät, in das er die Adresse Am Eisernen Schlag eingegeben hatte. Schon von Weitem sah er den ellenlangen Fernsehturm näherkommen und wusste, dass er sich dem Stadtteil Ginnheim näherte. Nicht immer waren die Navis zuverlässig, und Schreiner war es ohnehin gewohnt, seine Unternehmungen nach allen Richtungen abzusichern. Deshalb hatte er vor Fahrtantritt noch einen Blick in den Stadtplan geworfen.

Am Telefon hatte er die Gaststätte *Feldbergblick* vorgeschlagen, die in einem Kleingartengelände lag und einen großen Garten zu bieten hatte. Kaffee, so meinte er, würde es dort auch geben. Dass er sich sonst in diesem Restaurant gelegentlich anderen Getränken widmete, hatte er seiner Gesprächspartnerin verschwiegen und angeregt, von dort aus gemeinsam die letzte Wohnung ihres Vaters in der Ginnheimer Mühlgasse aufzusuchen. Selbstbewusst hatte sie geantwortet, dieser Aufwand sei nicht nötig. Er könne unmittelbar zu ihr kommen. Den Besitz ihres Vaters habe sie bereits mit in ihre Wohnung genommen. Falls Schreiner einige der Sachen ansehen wolle, biete sich ihre Wohnung als Treffpunkt an.

Yumiko Ute Radermacher wohnte im elften Stock einer Wohnanlage mit kleinen Appartements. Eben wollte Schreiner die zahllosen Briefkästen und Klingeln absuchen, als er feststellte, dass die Haustür nur angelehnt war. Er betrat das Haus, zögerte einen Moment an der Treppe, entschied sich dann aber doch für den Aufzug. Oben angekommen inspizierte er nacheinander die gleichförmigen Wohnungstüren, bis er in der Ecke auf ein Klingelschild mit den Initialen Y. U. R. stieß.

Als er läuten wollte, öffnete sich direkt die Tür und Yumiko Ute Radermacher stand mit süßem Lächeln im Türrahmen, die pechschwarzen Haare zu einem Pferdeschwanz gebunden. Sie trug ein T-Shirt mit Trompetenärmeln und Jeans. Auf dem weißen Shirt war eine riesige blaue Welle abgedruckt, die Jeans waren an beiden Knien modisch aufgerissen. „Irgendwie hatte ich im Gefühl, dass Sie im Anmarsch wären. Kommen Sie bitte rein."

Im Flur bat sie ihn, er möge seine Straßenschuhe ausziehen. Schreiner gehorchte ohne zu fragen. Als Yumiko ihn in das große Wohnzimmer führte, schaute er sich erstaunt um. Eine solche Ausstattung hatte er noch nie zuvor gesehen. Vorsichtig betrat er den geflochtenen Boden. Yumiko kicherte in ihre hohle Hand. „Das ist ein Tatami-Boden. So etwas haben wir in Japan."

Schreiner nickte verlegen. Seine Augen waren auf die gegenüberliegende Wandseite gerichtet. Dort hing in einer Nische ein Rollbild, auf das ein kalligrafischer Schriftzug gemalt war. Darunter stand ein halbrundes Tischchen mit einer länglichen Vase aus Glas, in der ein einzelner gekrümmter Blütenzweig steckte. Zur Zimmermitte hin war ein höchstens kniehoher Tisch aufgestellt, um den vier Sitzkissen aus goldfarbenem Seidenstoff drapiert waren. Vor den Fenstern waren einige verschiebbare kastenförmige Elemente, die vom Boden bis zur Decke reichten. Die flachen hohlen Holzkästen waren mit einem undurchsichtigen weißlichen Papier bespannt, das Schreiner an Löschpapier erinnerte, wie er es früher immer benutzt hatte, wenn er mit dem Füllhalter schrieb.

Yumiko wies auf die Sitzkissen. „Nehmen Sie bitte Platz. Ich habe einen grünen Tee für uns vorbereitet. Hoffentlich mögen Sie das. Wenn es Ihnen lieber ist, kann ich aber auch ein Eis aus grünem Tee anbieten. Mit ein paar Omochi."

Schreiner hatte für einen Augenblick seine Reaktion nicht im Griff. Mit dem letzten Angebot konnte er nichts anfangen. Er kannte das Wort nicht, wollte es aber auch nicht zugeben. Seine Mimik war zusehends hilflos. „Keine Umstände bitte. Tee ist okay. Mehr nicht."

Während er sich hinsetzte und nicht wusste, wo er seine Beine hinstrecken sollte, ging Yumiko in die Küche. Es dauerte eine Weile, bis sie mit einem Tablett zurückkehrte, auf dem zwei kunstvoll getöpferte und bemalte Teetassen, eine schwarze eiserne Teekanne und ein paar bunte Süßigkeiten aufgebaut waren, die wie gezuckerter Knetgummi aussahen.

„Tut mir leid, dass ich Sie hier alleine sitzen lassen musste. Es hat ein bisschen länger gedauert, als ich hoffte. Aber dadurch hatten Sie noch ein bisschen mehr Zeit zum Nachdenken."

Wieder war Schreiner irritiert und blieb stumm. Yumiko schenkte ein, bediente ihn und setzte sich im Lotossitz gegenüber.

„Bevor Sie mir Ihre Fragen stellen, möchte ich eine kleine Beichte ablegen. Bei unserer ersten Begegnung in der Trauerhalle habe ich Ihnen nicht so ganz die reine Wahrheit gesagt. Nicht, weil ich Sie gezielt anlügen wollte. Es waren vielmehr die Umstände. Da wurde gerade meines toten Vaters gedacht. Und dann kamen Sie plötzlich mit ganz irdischen Fragen. Zudem noch mit solchen, die kritisch auf Einstellungen und Verhaltensweisen meines verstorbenen Vaters zielten. Diese Situation erlaubte es mir nicht, Ihnen Dinge zu offenbaren, die gegen die Lebensweise meines Vaters sprachen. Deshalb möchte ich mich jetzt ein Stückchen korrigieren."

Jetzt gewann Schreiner langsam wieder seine alte Sicherheit zurück. Zufrieden konstatierte er, dass er Yumiko nicht mehr als Bittsteller gegenübersaß. Er konnte sie kommen lassen, weil sie etwas wiedergutzumachen hatte. „Da bin ich aber gespannt."

Schelmisch sah sie ihn an. „Kann mir das schaden, wenn ich heute von meinen früheren Angaben abweiche?"

Der Kommissar bewunderte das junge Mädchen. Was für ein Schlaukopf, dass sie sich zuerst absichern wollte. Und dazu sah sie auch noch unglaublich süß aus. Er war versucht, sich elegant zurückzulehnen und merkte gerade noch rechtzeitig, dass es keine Stützen im Rücken gab. Geschickt fing er sich ab und überspielte die Situation mit markiger Stimme. „Überhaupt nicht. Über reumütige Sünderinnen halten wir schützend unsere Hand. Wo liegt denn der Pferdefuß?"

Sie nippte am Tee und bot ihm mit einer Handbewegung an, bei den Süßigkeiten zuzugreifen. „Die sind aus Japan. Sie schmecken exzellent."

Schreiner musste feststellen, dass Yumiko sich voll im Griff hatte. Sie erschien ihm mehr höflich als herzlich. Für einen Moment glaubte er, dass es schwierig sein würde, sich an sie heranmachen zu wollen. Doch er bekam sofort wieder die Kurve und fand zurück zum Thema.

„Das glaube ich Ihnen gerne. Ich werde sicher noch den Mut aufbringen, davon zu probieren. Aber erst einmal bin ich doch neugierig, was Sie von Ihren früheren Aussagen zurücknehmen müssen."

Sie legte ein undurchdringliches Lächeln auf. „Mein Vater war nicht so, wie ich es Ihnen geschildert habe. Auch war unser Verhältnis zueinander keineswegs spannungsfrei. Das folgte schon daraus, dass ich bei meiner Mutter aufwuchs und im japanischen Sinne erzogen wurde. Ehrgeizig und konsequent. Daher sah ich die Beziehung zu meinem Vater als eine Pflicht. Weil er mein Vater war, besuchte ich ihn gelegentlich. Nicht etwa, weil ich ihn liebte oder gar verehrte. Mein Herz gehörte immer nur meiner Mutter."

Schreiner hatte das Gefühl, etwas sagen zu müssen, obwohl ihm nichts Gescheites oder Wichtiges einfiel.

„Ich verstehe."

„Mein Vater hatte wenig Charakter. Und wenig eigene Meinung. Für ihn gab es nur ein Ziel im Leben, und das war die Eroberung möglichst vieler Frauen. Er war unersättlich, aber andererseits auch sofort in fast jede Frau verliebt und ließ nicht eher nach, bis er sie besaß. Dann ging seine Suche nach der idealen Partnerin weiter. Er hat sie bis zu seinem Tod nicht gefunden."

„Und Sie besuchten ihn nicht so oft?"

„Gelegentlich. Meine Mutter wollte das so. Von mir aus hätte ich es nicht getan. Es gab keine wirkliche Verbindung zwischen ihm und mir. Sie werden sich jetzt fragen, warum ich ihm zur Beerdigung ein ganz persönliches Lied gesungen habe. Das entsprach einfach meiner Erziehung."

„Also hatten Sie gar nicht unbedingt den Bedarf, seinen Wohnungsschlüssel zu besitzen?"

„Ehrlich gesagt, hatte ich keinen eigenen Schlüssel. Er hatte ein überzähliges Exemplar an einer versteckten Stelle abgelegt. Den sollte ich mir nehmen, falls er auf mein Klingeln nicht öffnete. Doch der Schlüssel lag oft nicht an seinem Platz. Sicher immer dann, wenn er eine seiner Eroberungen mit zu sich nach Hause genommen hatte."

„War denn die Geschichte mit Assmann so, wie von Ihnen erzählt?"

„Auch nicht. Mein Vater missbrauchte diesen armen Teufel. In dem Sinne, dass er ihn für seine Zwecke einspannte. Genaueres weiß ich allerdings nicht. Ich habe nur ein Treffen erlebt. Dabei bewegte sich mein Vater zwischen Provokationen, Drohungen und Forderungen."

Schreiner nickte mehrmals und griff dann mit einer linkischen Handbewegung nach einer der Süßigkeiten. Vorsichtig, als halte er etwas Heißes in der Hand, führte er sie zu seinem Mund. Er kaute langsam, lutschte und schluckte schließlich den Rest. „Sehr interessanter Geschmack. Was ist die Grundsubstanz? Doch nicht etwa Insekten?"

Wieder kicherte Yumiko in ihre hohle Hand. „Nein, das ist kein tierisches Produkt. Selbst mein Vater als überzeugter Buddhist und erklärter Vegetarier hätte das gegessen."

Diabolisch grinste Schreiner Yumiko an. „Ich habe gar nicht mehr daran gedacht, dass Ihr Vater sich als Buddhist bezeichnete. Sein Lebenswandel passte dazu wohl nicht gerade." Sein Grinsen wurde noch breiter. „Und wenn ich an die vielen Frauengeschichten denke, von denen Sie eben erzählt haben, hat er ja nicht so ganz fleischlos gelebt."

Yumiko tat so, als habe sie den Gedankengang nicht verstanden. „So. Nun habe ich mein Herz erleichtert und meine Beichte abgelegt. Jetzt höre ich nur noch Ihnen zu. Sie wollten mir noch ein paar wichtige Fragen stellen."

Schreiner gelang es schnell, zu einem geschäftsmäßigen Verhalten zurückzufinden. „Eine wesentliche Frage drängt sich nach allem, was Sie mir eben erzählt haben, förmlich auf. Wie ist es Ihrem Vater gelungen, so viele Frauen kennenzulernen? Was war an ihm so besonders, dass die Frauen auf ihn flogen?"

„Er sah einfach super aus. Hinreißend. Ein Frauentyp zum Schwärmen", platzte es spontan aus Yumiko heraus.

Schreiners Antwort kam ebenfalls wie aus der Pistole geschossen. „Wie der Vater, so die Tochter."

Sie errötete kaum merklich. „Natürlich habe ich eben übertrieben. Entschuldigen Sie bitte. Das Aussehen ist immer Geschmacksache. Fakt ist, dass er bei Frauen Erfolg hatte. Warum auch immer." Sie schaute Schreiner unterkühlt in die Augen. „Dieser Hinweis von mir bringt Sie sicherlich nicht weiter. Tatsächlich kann ich Ihnen aber mit den Aufzeichnungen meines Vaters helfen. In unserem Telefongespräch hatten Sie schon angedeutet, an seiner Korrespondenz und seinen Kontaktdaten interessiert zu sein. Genau darum habe ich meine Wohnung als unseren Treffpunkt vorgeschlagen. Ich habe mir gedacht, dass Sie mehr als nur meine Angaben brauchen. Wenn Sie daher einverstanden sind, hole ich den Laptop meines Vaters. Es gibt nur elektronisches Material."

„Sie haben mir meinen Wunsch von den Augen abgelesen. Damit treffen Sie den Kern meines Besuchs."

Yumiko verließ den Raum und kehrte nach kurzer Zeit mit dem Laptop zurück. Sie nahm ihn auf dem Tisch in Betrieb, schob ihn Schreiner zu und ermunterte ihn, die Programme von Interesse aufzurufen. Schreiner reagierte etwas unbeholfen. „Dürfte ich den auch mitnehmen? Ich bin mir nicht sicher, ob ich hier zum Ziel komme."

„Ich überlasse Ihnen den Laptop gerne für eine Weile. Aber wollen Sie nicht wenigstens testen, ob der Inhalt Sie weiterbringt? Es könnte doch sein, dass sich daraus Anschlussfragen an mich entwickeln. Dann müssten wir einen weiteren Termin vereinbaren."

Schreiner musste ihr Recht geben. Erneut hatte er das Gefühl, nicht bei der Sache zu sein. Sein Verhalten kam ihm selbst stümperhaft vor. Eine neue Verabredung mit dem hübschen Mädchen wäre nicht das Schlechteste. Obwohl er ihr anmerkte, dass keine persönliche Wellenlänge zustande kam. Ganz anders, als dies bei Melanie der Fall war. Er gestand sich ein, dass er sich hauptsächlich gegen eine sofortige Auswertung der Computerdaten sperrte, weil er fürchtete, sich zu blamieren. Er wusste, dass er in der PC-Bedienung nicht sattelfest war. Trotzdem würde er jetzt nicht anders vorgehen können. Wenn er es geschickt anstellte, konnte er sie in die Arbeit einbinden. Er gab sich daher entgegenkommend. „Dann wollen wir mal. Ich wollte nur Ihre Zeit nicht über Gebühr in Anspruch nehmen."

Im Verlauf seiner Bemühungen brach bei Yumiko nach und nach das Eis. Zunächst begleitete sie seine täppischen Versuche mit Argwohn. Vermutlich befürchtete sie dahinter eine Täuschung oder List. Als sie endlich nicht mehr an der Erkenntnis vorbeikam, dass seine technischen Fähigkeiten begrenzt waren, sprang sie ihm zur Seite. Mehr und mehr zeigte sie ihm, was sie selbst bei der Aufarbeitung des Privatlebens ihres Vaters herausgefunden hatte.

Sie hatten schon mehr als eine Stunde nebeneinander gesessen und immer wieder den Zugang in irgendwelche Programme gesucht, als Schreiner plötzlich wie von einem elektrischen Schlag getroffen zusammenzuckte. Da sah er, was ihm seit Tagen durch den Kopf gegangen war. Woran er viel zu spät gedacht hatte. Und was er zu lange vernachlässigt hatte, als ihm endlich die Möglichkeit in den Sinn gekommen war. Er strahlte

Yumiko an und musste sich beherrschen, ihr nicht um den Hals zu fallen. „Jetzt möchte ich doch auf Ihr Angebot zurückkommen und mir den Laptop ausleihen. Ich muss die Ergebnisse, die Sie mir hier gezeigt haben, für die Ermittlungsakten sichern. Es könnten wichtige Beweise werden. Falls ich dann noch Fragen an Sie habe, komme ich gerne noch einmal auf Sie zu. Die Zeit nehme ich mir gerne, spätestens wenn ich Ihnen den Computer zurückbringe."

Yumiko war deutlich anzusehen, dass sie sich zu einer Frage überwinden musste. Offensichtlich ließ es ihre japanische Erziehung aus Höflichkeit nicht zu, neugierig zu sein. Dann brach es aber aus ihr heraus. „Warum ist es für Sie so überraschend, dass mein Vater seine Bekanntschaften auch über Vermittlungsdienste im Internet gemacht hat? In seinem Alter konnte er doch wohl nicht mehr in die Diskos gehen."

Schreiner sah auf seine Armbanduhr. „Sie dürfen mir nicht böse sein, wenn ich Ihre Frage jetzt nicht sofort beantworte. Ich muss ganz schnell noch jemanden besuchen und ein paar Fragen stellen. Da die Person heute Abend eine Veranstaltung besuchen wird, befürchte ich, sie sonst nicht mehr zu erreichen."

24

Stella Engholm öffnete ihre Wohnungstür nur einen Spalt, gerade genug, um einen Hauch Hermes rouge ins Treppenhaus zu entlassen. Sie sah Schreiner aus übermüdeten Augen an. In der Hand hielt sie ein halbgefülltes Glas Champagner. Bevor sie die Tür ganz öffnete, stellte sie sich auf die Zehenspitzen und prüfte nach, ob nicht noch andere Personen mit ihm gekommen waren.

„Kommen Sie rein. Sie werden eine sehr stichhaltige Begründung geben müssen, warum Sie mich derart überfallartig aufsuchen. Bei Ihrem Anruf hatte ich den Eindruck, dass es um Leben und Tod geht."

Sie führte ihn in denselben Wohnraum wie beim ersten Besuch. Schreiner gab sich zurückgenommen und charmant. „Verehrte gnädige Frau, das mag überzogen gewesen sein. Andererseits bitte ich Sie um Verständnis, dass es in meinem Beruf immer um Leben und Tod geht, da ich in der Mordkommission arbeite."

„Das lasse ich als Erklärung nicht zu. Ich hoffe, dass es Ihnen um mehr als Allgemeinplätze geht. Auch möchte ich Sie bitten, sich sehr kurz zu fassen. Ich habe in absehbarer Zeit einen Termin. Der Anlass erfordert, dass ich ihm durch angemessene Garderobe Rechnung trage. Das wird Zeit kosten. Also bitte."

Melanie stürzte ins Zimmer, baute sich vor Schreiner auf und verschränkte die Arme. Mit spitzbübischem Lächeln himmelte sie ihn an. „Du kommst also einfach hierher zu meiner Mutter, ohne mir vorher Bescheid zu sagen. Und das, obwohl ich dir meine private Handynummer gegeben habe. Schäme dich."

Schreiner hob die Arme. „Gemach, gemach. Mein Besuch hier kam völlig überraschend. Vor ein paar Minuten wusste ich selbst noch nicht, dass ich hier aufkreuzen würde."

Weiter kam er nicht. Stella schaute ihn und ihre Tochter mit einem Blick an, der zwischen Empörung und Verständnislosigkeit lag. „Du duzt diesen Mann? Der hier in unser Privatleben eindringt und es durcheinander bringt. Der in Stilfragen sehr fragwürdig agiert. Und den du bisher nur einmal gesehen hast. Oder irre ich da?"

Melanie herrschte sie patzig an. „Das muss dich nicht interessieren und deshalb nicht belasten, Mama. Konzentriere dich auf das Anliegen von Herrn Schreiner und putz dich dann für dein Klassentreffen heraus." Mit aufforderndem Grinsen wandte sie sich an Schreiner. „Brauchst du lange, um den Grund deines Besuchs loszuwerden? Ist es verboten, wenn ich so lange dabei bleibe?"

Schreiner zauderte. Melanies Auftritt passte ihm nicht ins Konzept. Jedenfalls nicht von Anbeginn seines Besuchs. Andererseits konnte er sich nicht durchringen, sie vor den Kopf zu stoßen. Er hielt es weder für nötig, noch wollte er es sich mit ihr verscherzen. „Soweit ich es zu beantworten habe, darfst du gerne bleiben."

Stella bot Schreiner einen Platz an und setzte sich dazu. Es berührte sie nicht, dass ihre Tochter stehen blieb. Sie verhielt sich, als sei sie mit Schreiner alleine im Zimmer. „Ich wäre Ihnen dankbar, wenn Sie nun schnell zur Sache kämen."

„Dann falle ich am besten mit der Tür ins Haus. Kannten Sie einen Herrn Oliver Radermacher?"

Keine Regung in Stellas Gesicht verriet, ob sie von der Frage überrascht war. „Darf ich Sie zurückfragen, wie Sie darauf kommen?"

„Kein Problem. Sie haben vor einiger Zeit eine Partnersuche im Internet gestartet. Darauf hat, wie ich inzwischen herausgefunden habe, nicht nur der verstorbene Werner Hoffmann, sondern auch der ebenfalls getötete Oliver Radermacher reagiert, der bereits am Fastnachtssonntag zu Tode kam."

„Es mag sein, dass er, wie Sie es formulieren, reagiert hat. Was soll ich dazu sagen? Ich verstehe nicht, weshalb ich für das Verhalten von Herrn Radermacher verantwortlich sein soll. Oder weshalb ich es kommentieren muss."

Es war dem Kommissar anzumerken, dass er mit dem sophistischen Antwortverhalten Probleme hatte. „Dann will ich direkter fragen, damit wir weiterkommen und Sie Ihren Abendtermin nicht verpassen. Hat sich Oliver Radermacher als Johannes Brahms auf Ihre Internetanzeige gemeldet? Haben Sie ihn daraufhin persönlich gesprochen? Sind Sie ihm auf Ihrer Partnersuche hin einmal begegnet?"

„Sie sagen so spitz, dass es *meine* Partnersuche war. Ich habe Ihnen bereits bei Ihrem letzten Besuch erklärt, welchen Hintergrund diese Internetsuche hatte. Ich wollte helfen, Uli Landau zu finden."

Schreiner wirkte genervt, als er sie unterbrach. „Diesen Themenkreis können wir für den Augenblick beiseitelassen. Irgendeine der Suchaktionen scheint jedenfalls erfolgreich gewesen zu sein. Sie können ja Herrn Landau heute Abend selbst danach fragen."

Ein mächtiges Zittern durchfuhr Stellas Körper. Schreiner ärgerte sich schon über sich selbst, dass er sich ohne Not zu der Information hatte hinreißen lassen. Er wollte sie etwas abschwächen, um Stella ihre Sicherheit zurückgewinnen zu lassen, und murmelte: „Es gibt da ein paar kleinere Anhaltspunkte."

Stella rang nach Fassung und trank ihr Glas Champagner leer. Sie lehnte sich zurück, stand kurz auf und zeigte wie beiläufig auf den unscheinbaren Laptop, der neben ihr auf einem Beistelltischchen hinter dem Sektkühler stand. Sie hielt sich kurz an der Tischplatte fest, schien sich dann aber wieder in den Griff zu bekommen und nahm wieder ihren alten Platz ein. Ihre Miene machte klar, dass es sie anwiderte, Rede und Antwort stehen zu müssen.

„Ja, ich habe diesen Herrn Radermacher einmal getroffen. Ein einziges Mal. Dieses eine Mal war schon zu viel. Oliver Radermacher war keinesfalls, was man einen anständigen Mann nennt. Ein Weiberheld. Er hatte keine Kultur. Von wegen Johannes Brahms. Auch wenn er Orchestermusiker war, lag sein Hauptinteresse auf einer viel schlichteren Ebene. Er kam gleich darauf zu sprechen, dass er der Überzeugung sei, Johannes Brahms habe zu Clara Schumann ausschließlich ein erotisches Verhältnis gesucht und unterhalten."

„Warum haben Sie mir das nicht schon bei meinem ersten Besuch mitgeteilt?"

„Weil Sie mich nicht danach gefragt haben", antwortete sie schnippisch.

Schreiner entschloss sich, sachlich zu bleiben. „Haben Sie Oliver Radermacher Ihre Meinung ins Gesicht gesagt? Blieb es deshalb bei nur einem Treffen?"

„Ich hoffe, dass Sie nicht den Eindruck von mir haben, ich würde hinter dem Berg halten. Selbstverständlich habe ich ihm unmissverständlich klargemacht, dass ich die in meiner Anzeige eingeforderte Seelenverwandtschaft nicht einmal im Ansatz als gegeben ansehe."

„Wie hat er das aufgenommen?"

„Heiter. Wie ein Spieler, der auf das falsche Pferd gesetzt hat. Herr Radermacher war ohne jeglichen Tiefgang."

„Hat es weitere Interessenten gegeben, die sich auf Ihre Partnersuche gemeldet haben?"

„Sie bleiben also bei Ihrer Formulierung, dass es eine Partnersuche war. Das ist ein bisschen impertinent, aber offenbar Ihr Stil. Na schön, lassen wir es auf sich beruhen, da ich in Zeitnot bin. Nein, weitere Rückmeldungen habe ich nicht erhalten. Vor allem nicht von Uli Landau, um den es mir bei dieser Suche ja ging. Sie haben offenbar schon wieder den Anlass meines Vorgehens vergessen."

„Keineswegs, gnädige Frau. Wie sich jedoch gezeigt hat, hatte Ihre Anzeige keinen exklusiven Charakter mit Ein-Personen-Bezug. Andere Männer haben sich ebenfalls angesprochen gefühlt." Schreiner benötigte einen Moment, bis er seine nächste Frage formulierte. „Haben Sie eine Erklärung dafür, weshalb beide Herren, die sich auf diese Anzeige meldeten, umgebracht worden sind?"

Stellas Antwort kam prompt. „Ich denke, dass ich verfolgt werde. Ich habe einige Anzeichen dafür gefunden. Das habe ich gerade meiner besten Freundin Nelly Perabo erzählt. Mir sind unter anderem meine neuesten Kompositionen entwendet worden. Ich hatte sogar Ihre Kollegen hier, um mir zu helfen. Aber die Polizei scheint sich mehr auf Gedankenspiele zu verlegen, wie sie sich Arbeit ersparen kann."

„Das ist noch keine Antwort auf meine Frage. Oder habe ich den Inhalt Ihrer Aussage nicht begriffen?"

„Dann werde ich noch deutlicher. Vermutlich handelt mein Verfolger aus Eifersucht und Besitzgier. Er bringt jeden um, der mir zu nahe kommt."

„Meinen Sie das im Ernst?"

Stellas Blick ähnelte dem eines neugeborenen Kindes. „Ich weiß nicht. So oft in meinem Leben ist es vorgekommen, dass Männer bereit waren, alles zu tun, um meine Aufmerksamkeit und Zuwendung zu erhalten. Sie prügelten sich rücksichtslos und gnadenlos. Vor vielen Jahren, bei meiner Abiturfeier in einer Bar in der Innenstadt, haben die männlichen Anwesenden das gesamte Lokal zerlegt. Soweit ich es damals verstanden habe, ging es dabei nur um meine Person." Sie seufzte. „Sensibilität scheint nicht die Stärke der Männer zu sein."

Schreiner dachte nach. Das Selbstbild, das Stella Engholm zeichnete, hielt er für überzogen. Sicher, sie mochte vor fünfundzwanzig Jahren ein heißer Feger gewesen sein. Aber heute? Natürlich war er nicht der Papst in den Fragen weiblicher Reize. Er kam nicht dazu, sich endgültig Rechenschaft abzulegen, weil er Melanies Blick auffing, der ihm signalisierte, dass sie ihn sprechen wollte. Die Standuhr kam Schreiner mit einem Glockenschlag zu Hilfe. Er stand auf und machte eine kleine Verbeugung vor Stella.

„Es wird wohl Zeit für Sie. Ich will Sie heute nicht länger in Anspruch nehmen. Vielen Dank."

Umständlich ging er an dem Beistelltischchen vorbei, auf dem Stellas Laptop stand. Dabei kontrollierte er im Vorübergehen den aufgeklebten Notizzettel auf der Abdeckung. Die achtstellige Buchstaben- und Zahlenkombination stimmte mit der Erinnerung dessen überein, was er bei seinem ersten Besuch aus gehöriger Entfernung gesehen hatte. Zum Glück! Er klopfte sich gedanklich auf die Schultern. Denn er hatte im Anschluss an den Besuch die Buchstaben- und Zahlenkolonne an die Task Force Internet der Cyberabteilung des Landeskriminalamts weitergegeben. Dort würde er noch heute anrufen und sich nach

Ergebnissen erkundigen müssen. Ohnehin seltsam, dass ihn die Kollegen bisher nicht kontaktiert hatten.

Stella nickte ihm zur Verabschiedung nur zu. Bevor er zur Tür ging, wandte sie sich an ihre Tochter. „Melanie, du bringst den Herrn bitte nach draußen."

Melanie folgte Schreiner schweigend bis vor die Tür des Vorgartens. Dort blieb sie stehen. „Mir ist während eurer Unterhaltung etwas eingefallen, was vielleicht wichtig sein könnte."

„Dann lass uns ein Stück gemeinsam die Straße heruntergehen. Mein Auto steht ein Stück weiter weg."

„Ich wusste nicht, dass du auch wegen des Todes von diesem Radermacher ermittelst", platzte es aus Melanie heraus. „Bisher war immer nur von Werner Hoffmann die Rede, wenn ich dabei war."

„Na und?"

„Du hast vorhin zu Mama gesagt, dass dieser Radermacher am Fastnachtssonntag verstorben ist. Wenn ich mich nicht irre, habe ich Radermacher da gesehen."

„Du? Wieso? Wann denn? Beim Treffen mit deiner Mutter?"

„Nein. Meine Mutter war nicht dabei. Sie war zu Hause. Ich war auf dem Karnevalszug. Eigentlich bin ich zu Toni in die *Stoltze Bar* gegangen und hatte gar keine Lust, mich diesem vulgären Trubel anzuschließen. An so einem Tag meint ja jeder Spießer, dass er jetzt mal die Sau rauslassen könne. Dann kam aber eine ganz süße Kinderkapelle. Die Mädchen trugen total schicke Uniformen und waren furchtbar stolz. Da bin ich halt stehen geblieben und habe ein bisschen zugeschaut. Auf einmal stolperte gegenüber irgendein Typ aus der Bar. Er schien zu viel getrunken zu haben. Ich dachte, dass er sich übergab. Oder er hustete. Genau weiß ich das nicht mehr. Soweit ich mich erinnere, habe ich in der Zeitung gelesen, dass der Mann im Rettungswagen gestorben ist. Ich bin mir aber nicht sicher, ob das alles so war, weil es lange zurückliegt und für mich nicht von besonderem Interesse war. Es ist mir alles nur wegen Fastnachtssonntag eingefallen. Ich könnte ja nicht einmal sagen, ob es wirklich Radermacher war. An Karneval besaufen sich schließlich viele Menschen und müssen anschließend kotzen."

Schreiner blieb stehen, hielt ihren Arm fest und fixierte sie mit ernstem Gesicht. „Wollen wir einen Kaffee trinken gehen? Deine Geschichte hat mich sehr neugierig gemacht. Sie kann unheimlich wichtig sein. Deshalb musst du versuchen, mir alles genau zu erzählen, was in deiner Erinnerung noch hängengeblieben ist. Alle Details. Das geht am besten in einem Café." Er nahm sie bei der Hand. „Auf geht's."

25

Kaum hatten Schreiner und Melanie die Wohnung in der Myliusstraße verlassen, legte Stella eine ungewöhnliche Eile an den Tag. Sie hielt es nicht mehr länger aus. Nach all den Jahren musste sie sofort wissen, woran sie war. Was hatte sie nicht alles entbehrt! Und dazu noch ein Kind großgezogen. Ulis Kind. Davon war sie überzeugt. Trotzdem von ihr ungeliebt. Warum, wusste sie nicht genau. Sie hatte nie eine Herzensbindung zu ihrer Tochter gefunden. Es hatte so kommen müssen. Auch Clara Schumann war ihren Kindern zeitlebens mit emotionalem Abstand begegnet. Vor allem ihrer ersten Tochter.

Stella verzichtete auf ihre sonst üblichen Schmink- und Bekleidungsrituale und schloss die Wohnungstür hinter sich. Als ihr auf der Treppe einfiel, dass sie den Autoschlüssel vergessen hatte, kehrte sie hastig noch einmal um. Auf dem Weg zur Garage versuchte sie, sich genau an Schreiners Worte zu erinnern. Offenbar hatte er sich verplappert und mehr gesagt, als er ursprünglich wollte. Seine Bemerkung konnte nicht von ungefähr gekommen sein. Es war also so gut wie sicher, dass Uli in Deutschland war. Wo konnte er sich aufhalten, wenn er ungestört sein wollte? Keineswegs im Hotel. Im Zweifel nur bei seiner Mutter! Während der Schulzeit hatte er immer wieder geschwärmt, wie wichtig seine Mutter, die ihm jeden Wunsch von den Augen ablese, für ihn sei. Ihre Wärme und häusliche

Geborgenheit seien für ihn unverzichtbar. Auch nach der Schulentlassung bis zu ihrer Trennung hatte er immer zugesehen, dass er in dieser vertrauten Umgebung untergebracht war. Wahrscheinlich hatte er seine Gründe dafür. Preisgegeben hatte er sie nie.

Stella fuhr nach Eckenheim und suchte einen Parkplatz in einiger Entfernung von dem Reihenhaus, das Ulis Mutter bewohnte. Als sie an dem Haus vorbeifuhr, fiel ihr Blick auf ein direkt davor geparktes Fahrzeug mit dem Kennzeichen F-NP, das ihr irgendwie bekannt vorkam, ohne ihre Erinnerung präzisieren zu können.

Sie stellte ihren Pkw ab und näherte sich auf der gegenüberliegenden Straßenseite zielstrebig dem Reihenhaus. Im Vorübergehen warf sie ein paar verstohlene Blicke hinüber, ohne irgendwelche Erkenntnisse zu gewinnen. Mit ausgreifenden Schritten passierte sie das letzte Haus in der Kette, überquerte die Straße und betrat einen Gartenweg, der hinter den Häusern entlangführte. Dort schlich sie sich im Schutz der Büsche und Bäume bis hinter das Haus von Ulis Mutter. Als Sichtschutz zum Garten stand da eine Hainbuchenhecke. Stella verstand es zunächst als glücklichen Umstand, dass einige Äste der Hecke abgestorben waren und ihr so ermöglichten, in den Garten einzusehen. Ihr Glücksgefühl sollte aber von kurzer Dauer sein.

Im Garten sah sie auf einem Teakholzensemble von Gartenstühlen drei Personen um einen runden Holztisch sitzen. Mit dem Gesicht zu Stella saß aufrecht eine ältere Dame. Stella erkannte sie sofort. Ulis Mutter hatte sich in der ganzen Zeit nur unwesentlich verändert. Ein klein wenig gealtert war sie. Aber sie zeigte immer noch den herrschsüchtigen, besserwisserischen Gesichtsausdruck von früher. Immer wenn sie sich der Frau zu ihrer Linken zuwandte, trug ihre Miene einen Zug von abgehobener Anmaßung, gleichzeitig auch von Anbiederung. Sah sie zu dem Mann an ihrer rechten Seite, so verhielt sie sich beflissen, wohlwollend und nahezu unterwürfig.

Doch wer war dieser Mann? Fast unförmig dick und schlampig gekleidet? Stella starrte auf seinen Bauchumfang. Plötzlich ergriff der Dicke das Wort, und an der Stimme, dem Gehabe und den Gesten erkannte Stella ihn wieder. Das war hundertprozentig Uli. *Ihr* Uli? Große Güte, wie hatte sich dieser Mann verändert. Äußerlich jedenfalls. Da war er nicht wiederzuerkennen. Und in der Art? Vielleicht war er schon damals so dominant gewesen, ohne dass sie darauf geachtet hätte. Weil Liebe eben blind machte. Wahrscheinlich war er schon immer ein angeberischer Wichtigtuer, eitel, egoistisch, und nach allem, was sie mit ihm und ohne ihn erlebt hatte, gefühlsarm.

Ihre Gedankengänge wurden unterbrochen, weil sich jetzt die jüngere der beiden Damen in das Gespräch einmischte und Stella dabei ein paar Mal das Halbprofil zuwandte. Sie war schön, eine tolle Blondine, schick gekleidet, wenn auch ein bisschen lasziv. Da fiel es Stella wie Schuppen von den Augen. Das war Nelly! Ohne jeden Zweifel. Nelly Perabo, angeblich ihre beste Freundin.

Was hatte Nelly hier verloren? Hatte sie ihr nicht kürzlich erzählt, dass sie ihren Freund nur gelegentlich treffen könne? Aus irgendwelchen beruflichen und persönlichen Gründen?

Stella beruhigte sich damit, dass Uli wohl irgendwann von der Freundschaft Nellys zu ihr erfahren hatte. Sicher wollte er sie jetzt aushorchen, wie es ihr, Stella, ergangen war, und wie es ihr heute ging. Das war nicht weiter verwunderlich. Schließlich war Nelly auf der *Wöhlerschule* in seiner Klasse oder eine Klasse darunter gewesen. Man kannte sich also. Warum sollte der Kontakt nicht wieder gesucht worden sein?

Ulis Mutter erhob sich und ging mit schweren Schritten ins Haus. Als sie die Terrassentür hinter sich zugezogen hatte, stand Nelly auf, trat von hinten an Uli heran, umarmte ihn, beugte sich über ihn und drückte seinen Kopf an ihren Busen. Uli zog sie zu sich herum und griff ihr johlend in den Schritt. Beide lachten laut auf. Er zerrte sie auf seinen Schoß und knutschte sie heftig ab. Nelly quiekte und zwickte ihn in die Wangen. Wieder lachten beide. Dieses Mal zu Stella hin. Hatten die beiden sie entdeckt? War sie der Grund für das übertriebene Gelächter? Machte man sich über sie lustig? Nelly, diese Verräterin und Uli, dieser fette Halunke!

Zitternd stand Stella hinter der Hainbuchenhecke. Ihren ganzen Körper durchzogen massive Krämpfe, Tränen liefen ihr über die Wangen und tropften zu Boden. Sie fühlte sich elend und gedemütigt.

Sie musste einen schweren inneren Kampf führen, bis sie sich wieder im Griff hatte. Nein, das durfte nicht sein! So durfte sie heute Abend auf dem Klassentreffen niemand sehen. Schon gar nicht Uli. Das ließ ihr Stolz nicht zu. Sie musste schön und begehrenswert sein, sich noch optimal schminken und unvergleichlich anziehen. Dann würde dieser Uli sehen, dass er Gold verschmähte, um Eisen zu gewinnen. Er würde einsehen, welchen Fehler er gemacht hatte, seinen Irrweg eingestehen und reumütig zu ihr zurückfinden.

Und was würde aus Nelly? Aus diesem verlogenen Biest? Sie bekäme noch ihre Quittung! Ganz sicher!

26

Das Restaurant Sandelmühle lag abgelegen, von der U-Bahn-Station Heddernheim war es aber nur wenige Schritte entfernt und vor dem Eingang gab es genügend Parkplätze. Der Gastraum selbst war zeitlos gestaltet, der zweckmäßig möblierte Außenbereich bot Platz für eine größere Personenzahl. Ein langer Tisch war für bis zu dreißig Gäste eingedeckt. Ein paar kleine Blumensträuße, Kerzen und einen Ständer, auf dem in silberner Farbe ein Lorbeerkranz aus Pappe mit der Zahl fünfundzwanzig aufgesteckt war, schmückten den Tisch. Die Speisekarte enthielt, von ein paar osteuropäischen Tupfern abgesehen, bürgerliche Küche. Mithin deutete der äußere Rahmen auf eine Familienfeier hin. Hätte jedoch ein neutraler Beobachter die nach 19 Uhr anrückenden Personen gesehen, wäre er bei etwa einem Drittel der Beteiligten eher von einem privaten Treffen der Künstler des Tigerpalastes, des berühmten Frankfurter Varietés, ausgegangen. Ebenso gut hätte er auf einen Maskenball außerhalb der Saison schließen können.

Die weniger auffälligen Teilnehmer an dem Klassentreffen der ehemaligen 13s2 waren bereits pünktlich zum angegebenen Beginn der Feier eingetroffen. Das verspätete Eintreffen der eher individualistischen Jubilare hing wohl mit deren Erwartung zusammen, von den Übrigen bewundert zu werden.

Eine Frau, die sich bei der späteren Vorstellungsrunde als Gundi Dambach entpuppte, betrat als Erste des Clubs der Exklusiven den Gartenbereich. Sie erschien im maoistischen Blaumann mit passender Schirmmütze, an deren Front ein roter Plastikstern befestigt war. Ihr folgte der Mitschüler Günter Gras, der schon zur Schulzeit das fehlende zweite S in seinem Namen beklagt und mit einem erhöhten Aufkommen an talentlosen Versen bekämpft hatte. Er hatte sich auf einen braunen Cord-Sakko verlegt und präsentierte in Erinnerung an sein nahezu namensgleiches Idol einen schwarzen Schnauzbart.

Dann erschien Antonie Assmann. Sie hatte es tatsächlich gewagt, als Southern Belle in knallrotem Tuch anzurücken. Die in gleichem Ton gefärbte Langhaarperücke war durch die Witterungsumstände leicht vom Winde verweht. Mit Assmann war Stella Engholm eingetroffen. Sie präsentierte sich im gewohnten Biedermeierlook in zartblau. Ihre Frisur war selbstverständlich gescheitelt und im Nacken zu einem Knoten gebunden. Mit einigem Abstand glich sie wieder einmal ihrem Idol Clara Schumann. Trotz des großzügig aufgelegten Make-ups sah sie überanstrengt und blass aus. Während Antonie die Anwesenden der Reihe nach unter großem Hallo begrüßte, nickte Stella dezent ein paar Mal in die Runde und setzte sich dann so an den Rand des Tisches, dass neben ihr noch ein Stuhl freiblieb. Ihr seidengesponnenes Handtäschchen hängte sie über die Rückenlehne.

Erste Bestellungen wurden bereits aufgegeben, als Alex Wohlrabe im stramm gebügelten Nadelstreifenanzug mit dunkelroter Seidenkrawatte auftrat und die Dankesbezeugungen für seine gelungene Organisation des Festes entgegennahm. Fünf Minuten nach ihm trat Bernie Tandler auf die Bildfläche. Er hatte das Outfit eines Dandys gewählt und bewegte sich tänzerisch zunächst zu den weiblichen Gästen, bevor er seine ehemaligen Mitschüler herablassend begrüßte.

Mit einem Mal wurde es mucksmäuschenstill. Alle Augen richteten sich auf ein Schwergewicht, das mit Jeans und darüber hängendem Hemd auf den ersten Blick keines Hinschauens wert gewesen wäre. Doch es war der Bauch, der einzelnen Damen spitze Schreie des Entsetzens entlockte. Der neue Gast trug über Hosenbund und Hemd die Attrappe eines Sprengstoffgürtels. Als eine Frau direkt vor ihm in Panik aufsprang, schnappte er sie am Arm, drückte sie an sich und rief, er sei doch der Uli und der Gürtel sei ein Scherz. Er nahm den Gürtel ab, schleuderte ihn über dem Kopf wie ein Lasso und ließ ihn dann in den Grünbereich fliegen. Anschließend sah er sich laut lachend um, grüßte mit erhobenen Armen in die Runde und wartete auf den Beifall für seinen unschlagbaren Gag.

Stella nutzte diese Situation, um ihn durch ein Handzeichen darauf aufmerksam zu machen, dass neben ihr ein Platz frei sei. Uli Landau schien zu zögern, bewegte sich jedoch schließlich auf sie zu.

Ein weiterer Gast erschien, der einige Schritte von dem Tisch entfernt stehenblieb. Er hatte kurzes blondes, am Hinterkopf bereits schütteres Haar. Seine markante Nase stützte eine rechteckige Hornbrille. Die saloppe Kleidung passte zu seinem Typ. Als er unvermittelt vor der Gruppe stehen blieb, verstummten nach und nach die Gespräche und mehrere Augenpaare richteten sich auf ihn.

Dennis Hauschild hatte das Risiko seines Vorhabens abgewogen und für vertretbar gehalten. Von den Ehemaligen der Klasse 13s2 hatte er nur Assmann kennengelernt. Das war einige Monate her und in einer besonderen Situation. Er meinte sich zu erinnern, dass er sich Assmann nicht mit Namen vorgestellt hatte. Die Umstände ihres Treffens waren hektisch gewesen, viele Menschen, laute Musik. Assmann hatte ihn damals loswerden wollen, so schnell wie möglich. Hauschild hatte es für naheliegend gehalten, dass er nach der Operation vielleicht gar nicht hierherkommen würde. Jetzt hatte er den zur Lady gewandelten Assmann aus dem Innenbereich der Gaststätte zwar gesehen, doch er vertraute darauf, dass sie ihn nicht wiedererkennen würde, zumal Hauschild sich einen Dreitagebart hatte wachsen lassen. Es war aber auch gleichgültig.

Claußen, als der er auftreten wollte, konnte ja Reporter geworden sein. Und dass er nicht Claußen war, würde niemandem auffallen, weil der echte Claußen aus der Parallelklasse stammte. Er war also nicht jeden Tag und jede Schulstunde von den Schülerinnen und Schülern der 13s2 beobachtet und in seinem Tun erlebt worden. Feste Freundschaften über den Klassenverband hinaus hatte es nach seinen Recherchen nicht gegeben. Die Erinnerung an den Mitschüler aus der 13m1 würde folglich nicht groß sein. Vielleicht würden ein paar prüfende Blicke auf ihn gerichtet, mehr nicht. Dafür würde er aber Gelegenheit haben, einen Abend lang in die Gespräche der Ehemaligen hineinzuhören. Das konnte wichtig sein, falls die Theorie seines neuen Duzfreundes Bernd Schreiner zutraf, wonach die historischen Rollen aus der Brahms-Schumann-Ära zur Abiturzeit der 13s2 neu aufgeteilt worden waren. Daraus konnte sich schließlich der Schlüssel für die beiden Morde ergeben. Schreiner würde sich ganz in der Nähe aufhalten, das Ohr am Geschehen. Mit hierhergehen konnte er nicht, da er vielen Ehemaligen bekannt war.

Unbefangen schaute Hauschild in die Runde und sprach laut. „Ich heiße Daniel Claußen und wohne in Heddernheim. Deshalb komme ich gelegentlich hierher, um ein Gläschen Wein zu trinken. Gerade habe ich erfahren, dass ein Treffen von

Ehemaligen meiner früheren Schule stattfindet. Ich war in eurer Parallelklasse, der 13m1. Auf dem Mathematikzweig, bei Frau Dingeldey. Als ich von eurer Feier hörte, wollte ich wenigstens mal Hallo sagen."

Es dauerte nur Sekunden, bis Alex Wohlrabe reagierte. Er stand auf, holte einen der freien Stühle und schob ihn zwischen sich und seinen Tischnachbarn. „Irgendwie kommst du mir auch noch bekannt vor. Ich bin der Alex und hier für die Organisation zuständig. Keiner wird was dagegen haben, wenn du dich dazusetzt. Schließlich hast du genauso Grund zu feiern wie wir."

Aus den Augenwinkeln hatte Hauschild Antonies Reaktion beobachtet. Doch sie saß zu weit weg und war viel zu sehr ins Gespräch vertieft, um ihn genauer unter die Lupe nehmen zu können. Außerdem hatte er keinen Anlass dazu geboten. Hauschild verhielt sich gegenüber Wohlrabe so, als müsse er sich leicht überwinden. Schließlich nahm er neben ihm Platz.

Es wurde getrunken, gelacht, in Erinnerungen an die Abiturzeit geschwelgt. Günter Gras trug ein auf diesen Abend gemachtes Gedicht vor, Gundi Dambach quäkte zeternd dazwischen und beklagte die Ausbeutung der Arbeiterklasse. Unter den übrigen Ehemaligen war das letzte gemeinsame Treffen zum Abitur mit der anschließenden Schlägerei eines der Hauptthemen. Die Beiträge dazu wurden heroisch geschönt, und da Antonie dazu schwieg, gab es nur Sieger dieses Abends.

Später präsentierte Antonie unter dem Beifall aller Teilnehmer eine Tanz- und Gesangseinlage. Unter den männlichen Gästen zeigten sich nach und nach erste alkoholbedingte Ausfälle, am lautesten war Landau. Über den Tisch hinweg erzählte er anzügliche platte Witze, machte sich über die gemeinsame Vergangenheit lustig und protzte mit seinem Reichtum.

„Ich lade euch alle heute Abend ein. Der ganze Kram geht auf meine Kosten. Diese paar Kröten zahle ich aus der Portokasse. Ich habe schließlich mitbekommen, dass die meisten von euch arme Schlucker geblieben sind. Nachher können sich alle, die Beamte geworden sind, in eine Ecke stellen. Dann lassen wir den Hut rumgehen und sammeln, damit es bei denen morgen noch für ein Bier reicht."

Stella zupfte ihn am Hemd. „Nicht so laut, Uli. Du beherrschst den Tisch und lässt niemand sonst zu Wort kommen."

„Das zarte Clärchen!", baute sich Landau vor ihr auf und grinste sie diabolisch an. „In Mode und Gemüt immer noch eineinhalb Jahrhunderte rückwärts gewandt. Habe ich dein empfindsames Seelchen verletzt? Meine Güte, du hast dich in den vergangenen fünfundzwanzig Jahren gar nicht fortentwickelt. Immer noch das Heimchen am Herd."

Einige lachten und Landau winkte in die Runde. Stella war anzusehen, wie sehr sie die überlaute Attacke getroffen hatte. Ihre Hände zitterten, ebenso ihre Mundwinkel.

Sie raunte ihm zu. „Bitte, Uli, sei doch einen Moment so wie früher. Und trinke nicht so viel. Wenn du zu viel getrunken hast, hast du mir schon damals nicht zugehört. Ich weiß doch nicht einmal, wie ich dich erreichen kann. Deshalb muss ich eben heute ein paar private Worte mit dir wechseln. Die nur uns beide angehen."

Tatsächlich setzte sich Landau wieder hin und streichelte ihr über die Wange. Doch sein provokantes Gesicht passte nicht zu der liebevollen Geste. Sein Tonfall blieb unverändert laut. „Was hat mir denn meine süße Clara zu beichten? Du hast doch den unvergleichlichen Uli hoffentlich nicht betrogen? Jetzt sage schön laut und deutlich, so, dass es alle hören können, ob du mir immer treu geblieben bist."

Stella zog sich an seinem Ärmel ein wenig aus dem Stuhl hoch, bis ihr Mund fast sein Ohr berührte. Sie zitterte am ganzen Leib. „Uli! Noch einmal: Ich bitte dich! Hör genau zu! Ich weiß nicht, wo ich anfangen soll. Es war doch eine so tolle Zeit, die wir gemeinsam verbrachten. Und wir liebten uns doch so sehr, dass wir glaubten, nichts auf der Welt könne uns trennen. Wir waren eins, unzertrennlich. Die Zukunft schien uns offenzustehen."

Sie machte eine kleine Pause und schüttelte sich. Dann reckte sie sich auf, als wolle sie sich für die entscheidende Botschaft an ihn Mut machen.

„Aus meiner Sicht könnte alles immer noch so sein. An meinen Gefühlen zu dir hat sich nichts verändert. Trotz allem, was geschehen ist und was du mir angetan hast, liebe ich dich nach wie vor. Und ich sage dir jetzt, dass es eine Klammer gibt, die uns unzerstörbar zusammenhält. Wir haben eine gemeinsame Tochter. Willst du sie nicht endlich einmal kennenlernen? Nach all der Zeit?"

Landau schlug mit der flachen Hand so heftig auf den Tisch, dass die Gläser zitterten. „He, gebt mal alle Ruhe. Habt ihr das gehört?" Er zeigte auf Stella. „Diese altbackene Jungfer will mir ihren Bastard unterjubeln. Wahrscheinlich, weil sie mitgehört hat, dass ich zu Geld gekommen bin. Ich lache mich tot. Mädchen, da musst du früher aufstehen, wenn du den guten alten Uli reinlegen willst. Hast wohl damals nicht aufgepasst, als dir irgendwer zu nahegetreten ist. Oder du weißt schon selbst nicht mehr, wer von deinen ehemaligen Bewunderern in Betracht kommt. Schmink dir das ab, Mäuschen. Hast eine schöne Idee gehabt und es mal probiert. Aber dafür ist der liebe Uli viel zu aufgeweckt."

Er sah sich um, als erwarte er Applaus. Als die Zeichen der Bewunderung ausblieben, deklamierte er laut weiter.

„Bei deinem Musikervolk hat doch jeder was mit jedem. Du möchtest mir gerne deinen Fehltritt unterschieben, weil du dich in deinem verrückten Kopf nach wie vor für Clara Schumann hältst und ihr Leben kopierst. Diese Clara hat mehr Glück gehabt als du. Sie hat ihrem Ehemann die Vaterschaft für ihr letztes Kind eingeredet, dessen Erzeuger mit hoher Wahrscheinlichkeit der gute Johannes Brahms war. Nur war Robert Schumann offensichtlich dümmer als ich. Er hat ihr nämlich geglaubt. Jedenfalls war Clara zwar genauso abgebrüht wie du, aber ohne Zweifel intelligenter. Wozu nach meiner Erfahrung nicht viel gehört."

Kurzzeitig war es still. Einige der Ehemaligen blickten betreten auf den Tisch. Niemand schien Lust oder Kraft zu haben, Stella zur Hilfe zu kommen, die mit verkrampften Fingern ihr Sektglas an den Körper presste.

Mit Erleichterung und großem Hallo wurde die Bedienung begrüßt, die gerade mit einem Tablett voll Bier- und Weingläsern an den Tisch trat und fragte, wem sie etwas davon überlassen solle.

Antonie war es letztlich, die den stimmungstötenden Auftritt von Uli vergessen ließ. Sie rettete die Situation mit einer Präsentation des Uraltchansons *Yes Sir* der längst verblichenen Kultsängerin Zarah Leander. Im Anschluss wurden neue Themen gefunden, die Atmosphäre war wieder unbefangen. Teils wurde ernst diskutiert und politisiert, teils schallend gelacht. Das Essen wurde serviert, Erinnerungsfotos gemacht. Dazwischen gab es laute unverbrüchliche Schwüre, Abende dieser Art künftig regelmäßig organisieren zu wollen. Es sei einfach zu schön, sich nach der langen Trennung endlich wiedergefunden zu haben.

Wie aus heiterem Himmel unterbrach ein krachendes Geräusch von splitterndem Holz die Stimmenkulisse. Mit einem langgezogenen Stöhnen stürzte Uli Landau seitlich von seinem Stuhl, Holzstreben zerbrachen lautstark. Im Fallen riss er Teller, Bestecke und Gläser vom Tisch. Dann blieb es totenstill.

Als erste reagierte Stella. Hysterisch kreischend und heulend schob sie ihren Stuhl hinter sich und warf sich weinend auf Landau. Mit erstickter Stimme sprach sie auf ihn ein. „Uli, mein Herz, mein Leben! Was ist dir?“ Sie wandte sich an die Runde. „Hilft mir denn keiner? Jemand muss ihn auf die Seite drehen und ihm das Hemd öffnen. Er kriegt keine Luft. Ich sehe es. Mein Gott, er erstickt.“

Alle waren aufgesprungen und eilten herbei. Als einer der ersten war Dennis Hauschild bei Landau. Als er sich daran beteiligen wollte, ihn in die Seitenlage zu bringen, stolperte er fast über Stellas umgekippten Stuhl. Neben dem Stuhl lag unter einer Querstrebe der Rückenlehne das seidene Handtäschchen, dessen Klappverschluss durch den Aufprall aufgeschlagen worden war. Diverse Gegenstände waren herausgerollt und lagen verstreut herum. Hauschild war schon versucht, das Durcheinander unbeachtet zu lassen, als sein Blick auf eine Art Apothekenfläschchen fiel und ihm bewusst wurde, dass irgendetwas daran ungewöhnlich war.

Plötzlich war Hauschild klar, welcher Umstand nicht zu dem übrigen Erscheinungsbild passte. Das Fläschchen war offen und er sah unter den aus der Tasche herausgefallenen Sachen keinerlei Verschluss. Er holte ein Taschentuch aus seiner Hosentasche und packte damit das Fläschchen. Als er Schreiner per Handy herbeirufen wollte, stand plötzlich Stella neben ihm und keifte ihn an.

„Was machst du da? Vergreifst du dich an anderer Leute Wertsachen? Lass sofort die Finger davon.“

Sie wollte nach seiner Hand mit dem Fläschchen greifen, hielt jedoch mitten in der Bewegung inne.

„Was hast du denn da? Hat das jemand geworfen? Das wird doch hoffentlich nicht irgendetwas sein, womit man meinem Uli so übel mitgespielt hat?“

Wie aus dem Nichts stand Schreiner plötzlich neben Hauschild und nahm ihm das Fläschchen aus der Hand.

„So ein Zufall. Ich habe doch nur schnell in dem Lokal etwas trinken wollen.“ Seine Stimme klang schnarrend und kalt. „Da bekomme ich mit, dass hier etwas nicht stimmt. Und schon bin ich da um zu helfen.“

Er betrachtete das Fläschchen genau und sprach Hauschild an. „Wo haben wir denn den Verschluss?“

„Ja, fragen Sie ihn nur. Entweder hat er ihn,“ mischte sich Stella mit krächzender Stimme ein und sah sich um, „oder irgendjemand aus der Festrunde muss ihn noch bei sich tragen.“

Blitzschnell bückte sich Schreiner und nahm Stellas Seidentäschchen an sich. „Da Sie ebenfalls zu dieser Runde gehören, muss ich natürlich auch nachprüfen, ob der Verschluss nicht vielleicht noch in Ihrem Täschchen ist.“

Ein breitschultriger Koloss trat plötzlich hinzu und sprach Schreiner an. „Alles erledigt, Bernd. Der Krankenwagen ist mit Notarzt unterwegs. Die Kollegen habe ich auch informiert. Sie schicken Verstärkung. Ich war mir nicht sicher, ob wir bei dieser großen Personenzahl ein wenig Unterstützung brauchen.“

Stella herrschte nun Schreiner an. „Wer ist dieser Mann? Was ist das für ein Komplott? Welches Spiel wird hier gespielt? Sind Sie etwa für den Zusammenbruch von Herrn Landau verantwortlich? Das wird ein Nachspiel für Sie haben. Und die Presse werde ich auch davon unterrichten.“

Dennis Hauschild winkte ab. „Das brauchen Sie nicht. Ich bin ja bereits hier."

Stella wirkte überfordert und schaute verzweifelt um sich. Anstatt ihre Fragen zu beantworten, zog Sennelaub seinen Polizeidienstausweis hervor und zeigte ihn ihr. Er blieb dicht bei Stella stehen, bis kurz darauf der anschwellende Ton eines Martinshorns zu hören war. Wenig später stürzten zwei Sanitäter mit einer Trage und ein dritter Mann herbei, dessen Armbinde ihn als Notarzt auswies. Alle drei kümmerten sich mit professionellen Handgriffen umgehend um Landau.

Sennelaub gab Schreiner kurzentschlossen ein Zeichen, er solle auf Stella achten und stapfte zu der Notarztmannschaft. Ihre Mienen sprachen Bände. Seinen fragenden Blick beantwortete der Notarzt mit einem schwachen Kopfschütteln und Sennelaub ging zurück zu Schreiner.

„Es hat den Anschein, dass ich den Durchsuchungsbeschluss vorhin umsonst erkämpft habe. Dabei lief alles so glatt. Ich habe gewartet, bis unser Freund hierher aufgebrochen war. Dann habe ich die Frau Mama bezirzt, den Aluminium-Koffer sichergestellt und ihn samt der Frau Mama ins Präsidium gebracht, damit sie den Sohnemann nicht per Handy vorwarnen kann."

Schreiner zuckte nur mit den Schultern. „Manchmal schaffen wir halt einen Tag lang wie die Wilden und dann stellt sich auf einmal heraus, dass alles für die Katz war. Als Belohnung für den Frust scheinen wir heute Abend aber eine andere schwere Nuss geknackt zu haben."

Die Sanitäter hoben Landau auf die Trage und brachten ihn nach draußen. Wieder war die Tonfolge sich nähernder Martinshörner zu hören. Kurz darauf eilten vier uniformierte Polizeibeamte herbei. Schreiner winkte sie zu sich und gab ihnen leise ein paar Instruktionen. Die Beamten nickten ihm zu und kümmerten sich nach und nach um die übrigen Ehemaligen. Deren Stimmung war inzwischen auf dem Nullpunkt angelangt. Rundherum herrschte Schweigen. Den Aufforderungen der Polizeibeamten, die sich routinemäßig um die Erfassung der Personalien kümmerten und an jede Person die klassischen Fragen nach Beobachtungen zum Tathergang stellten, wurde ohne großes Federlesen entsprochen.

Währenddessen hatte Schreiner unbemerkt Stellas Handtäschchen durchwühlt und schien fündig geworden zu sein. Durch ein Augenzwinkern verständigte er sich mit seinem Kollegen Sennelaub.

Sennelaub packte Stella am Arm und hielt sie wie in einem Schraubstock. Noch einmal bäumte Stella sich auf.

„Was fällt Ihnen ein? Wer gibt Ihnen das Recht dazu?", schrie sie Schreiner an. „Meinen Sie, weil Sie diesen Verschlussdeckel aus meiner Tasche gezaubert haben, könnten Sie mir daraus etwas vorwerfen? Sie müssen Ihren Verstand benutzen. Jemand wird mir das Ding heimlich zugesteckt haben."

Schreiner versicherte sich, dass die übrige Runde mit den uniformierten Polizisten beschäftigt war. „Wir besprechen alles Weitere im Präsidium, Frau Engholm. Oder sollte ich Sie lieber ‚Champagner' nennen? Die Kollegen der Task Force Internet des Landeskriminalamts waren nicht faul und haben das Darknet durchforscht, um Ihnen auf die Schliche zu kommen. Mit Ihrem Clara-Schumann-Tick haben wir alle Codenamen ausprobiert, die etwas damit zu tun haben könnten. Und da fanden wir heraus, dass Clara Schumann eine fanatische Liebe für Champagner hatte, genau wie Sie. Unter all den Begriffen, die wir ausprobiert haben, war dies dann der Richtige. Damit haben Sie im Darknet ihre Bestellungen für Liquid Ecstasy aufgegeben. Es steht fest, dass Sie den Decknamen *Champagner* benutzt haben."

Mit einem Aufschrei fuhr Stella ihn an. „Wie sind Sie überhaupt an mein Passwort gekommen? Sie sind bei mir eingebrochen. Ich werde Sie anzeigen. Das ist alles gesetzlich unzulässig, was Sie getrieben haben."

„Keineswegs. Als ich Sie zuletzt besucht habe, machten Sie mich selbst auf Ihren PC auf dem Beistelltischchen aufmerksam. Wie ich dabei sofort erkannt habe, klebte auf der Abdeckung ein kleiner Notizzettel. Darauf hatten Sie, was so viele Menschen aus Angst vor Vergesslichkeit tun, Ihr Passwort notiert. Gehen Sie davon aus, dass ein geschulter Kriminalbeamter über einen kurzen Zeitraum in der Lage ist, eine Ziffern- und Buchstabenfolge im Gedächtnis zu behalten. Ob Sie die Adresse selbst eingerichtet haben, ist unwichtig. Jedenfalls haben Sie den sogenannten Tor-Browser runtergeladen, über den bekanntermaßen mit Hilfe eines Geflechts von Servern der Anmelder verschlüsselt wird, haben sich auf dem Einkaufsportal für Drogen und Pharmazeutika, *AlphaBay*, angemeldet und Liquid Ecstasy über eine Packstation in Ihrer Nähe bezogen. Wir werden außerdem bald wissen, ob auch Ihrem ehemaligen Freund Uli Landau dieses Zeug eingeschenkt wurde. Von wem, dürfte nun ziemlich klar sein. Und über das Warum werden wir in den nächsten Tagen eine Reihe von Gesprächen führen müssen. Ich hoffe, dass Sie so klug sind, Ihre ganz schlechte Ausgangsposition durch ein umfassendes Geständnis zu verbessern."

Stella war bleich geworden. Ihre Bewegungen waren fahrig. „Sie sind ein Teufel. Ich weiß immer noch nicht, wovon Sie reden. Sie fantasieren da vor sich hin, ohne dass ich ein Wort davon verstehe." Sie griff sich theatralisch an die Stirn. „Außerdem brauche ich einen Arzt. Sofort. Ihre Vorwürfe sind einfach zu viel für mich und machen mich krank. All das ist Ihre Schuld."

Schreiner nickte nachdenklich. „Den Arzt sollen Sie haben. Ich denke dabei an Professor Rotherz. Er ist ein erfahrener Psychiater. Nach meinem Eindruck ist es unbedingt erforderlich, dass er Sie kennenlernt und untersucht."

Unbeeindruckt vom übrigen Geschehen verließen Hauschild, Schreiner und Sennelaub mit Stella Engholm die Gaststätte. Dabei hatte Sennelaub seine Hand fest um Stellas Arm gelegt.

27

Das Büro von Staatsanwalt Schultz glich einem Miniaturcafé. Der Schreibtisch war an die Wand gerückt, und darauf standen Kaffeemaschine, Milch, Zucker, Geschirr, Gebäck und Pralinen. Natürlich Nougat, wie Schultz es bevorzugte. Von seinem Lieblingsstand in der Kleinmarkthalle. In der Mitte des Büros war ein runder Tisch mit etlichen Stühlen aufgestellt. Vor dem Platz, der die Tür im Rücken und das Fenster im Sichtfeld hatte, stand ein Laptop. Auf diesem Platz saß Hanspeter Schultz, gutgelaunt, im konservativen dunkelgrauen Anzug mit Weste, an der die goldene Taschenuhrkette baumelte, in der sich gelegentlich die zu lang gebundene rot-gepunktete Krawatte verfing.

Zu seiner Rechten hatte Schreiner Platz genommen, wie fast immer im lockeren Jeanslook, und auf der anderen Seite saß ein älterer Herr mit gepflegtem Äußeren und schlohweißem vollem Haar. Aus dem gebräunten Gesicht stach eine in Gold gefasste Designerbrille hervor. Er trug einen maßgeschneiderten Nadelstreifenanzug.

„Waren Sie in Urlaub?", fragte Schultz den Mann. „Sie machen einen ausgesprochen erholten Eindruck. Sonst sehen Sie meistens ein wenig blasser und abgekämpfter aus."

Die Stimme von Professor Rotherz strahlte Überzeugungskraft aus und war fest, aber leise. „Sie liegen richtig. Ein paar Tage Ostsee mit der Familie haben mir gutgetan, um dem Dauerstress zu entkommen. Aber wem sage ich das? Ihnen geht es sicher nicht anders." Er beugte sich mit verständnisvollem Blick zu Schreiner. „Und bei der Polizei ist bekanntermaßen ebenfalls das ganze Jahr über viel los."

Seine Brille rutschte leicht nach vorn. Er schob sie mit dem Zeigefinger betulich zurück auf die Nasenwurzel und fuhr fort. „Ich bin allerdings schon vor drei Tagen von Usedom zurückgekommen und habe mich sofort um Frau Engholm gekümmert." Er sah Schultz an. „Sie hatten mich im Urlaub auf dem Handy erwischt und um eine Vorabexploration gebeten. Als Sie mir den Hintergrund der Geschichte erläutert haben, bin ich vorzeitig abgereist und habe die Dame in der Untersuchungshaft aufgesucht. Sie hat mir bereitwillig Auskunft erteilt. Trotzdem will ich heute gerne bei der Vernehmung dabei sein, um mein gewonnenes Bild abzurunden."

Schultz erhob keinen Widerspruch. „Könnten Sie bitte, bevor Frau Engholm vorgeführt wird, schon ein wenig ausführen, zu welchen Erkenntnissen Sie gekommen sind?"

Rotherz blieb allerdings keine Zeit zu antworten. Auf dem Flur waren kräftige Schritte zu hören und kurz darauf klopfte es an der Tür. Eine Wachtmeisterin betrat das Büro. An ihrem Handgelenk war Stella Engholm angekettet. Die Wachtmeisterin schloss sie von der Handschelle los und setzte sich dann auf einen Stuhl unmittelbar neben der Tür.

Stella schaute sich unsicher um. Gesichtsausdruck und Haltung zeigten einen von den Ereignissen und der Untersuchungshaft gebrochenen Menschen. Sie trug eine weiße Bluse und eine dunkelbraune Baumwollhose. Ihre Augen mieden jeden Blickkontakt, ihre Stimme war tonlos. „Wo soll ich hin?"

Schultz forderte sie auf, ihm gegenüber Platz zu nehmen. „Wir müssen noch einen Augenblick warten. Ihr Verteidiger wird sicher gleich dazukommen."

Schultz hatte kaum ausgesprochen, als es erneut an der Tür klopfte und ein baumlanger dunkler Lockenkopf eintrat. Zu seinen abgetragenen Jeans hatte er sich für dunkelbraune Cowboystiefel und ein weit fallendes weißes Piratenhemd entschieden. Über dem Arm hing eine Anwaltsrobe, die er jetzt lässig auf die Stuhllehne warf.

„Rechtsanwalt Ullstein. Tut mir leid, dass ich etwas zu spät bin. Ich hatte noch einen Termin." Er schaute auf seine Armbanduhr. „Ich bin ja gar nicht zu spät. Noch besser. Also nehme ich die Entschuldigung zurück. Von mir aus kann es losgehen. Ich hatte schon Gelegenheit, in der Haft mit Frau Engholm zu reden."

Man merkte Schultz an, dass ihm der flapsige Auftritt nicht gefiel. „Ihren letzten Satz habe ich nicht verstanden, weil er etwas unpräzise ausgefallen ist. Sind Sie auch in Haft?"

Ullstein legte den Kopf schief und spitzte den Mund. „Aber Herr Staatsanwalt. Wollen wir unsere Kräfte schon auf diesem Nebenschauplatz vergeuden? Dafür ist der Anlass doch zu ernst."

Schultz ärgerte sich am meisten über sich selbst, weil er sich auf dieses Niveau hatte ziehen lassen. Natürlich hatte dieser Advokat Recht. Er entschloss sich, nicht auf die Frage und Bemerkungen des Anwalts einzugehen.

„Wir fangen an. Sie sind sicher alle damit einverstanden, dass ich die Vernehmung aufzeichne." Er zeigte auf den Laptop, fixierte Frau Engholm, belehrte sie über ihre Rechte und fragte, ob sie aussagen wolle. Als sie nickte und Ullstein nichts einzuwenden hatte, fuhr er fort.

„Frau Engholm, es besteht der dringende Tatverdacht, dass Sie drei Menschen getötet haben. Ich spreche von den Herren Oliver Radermacher, Werner Hoffmann und Uli Landau."

Weiter kam Schultz nicht. Stellas Gesicht wurde aschfahl. Ihre Augen weiteten sich, bevor sie zu schluchzen begann und in Tränen ausbrach. „Nicht Uli. Ich glaube das nicht. Das war nicht von mir gewollt. Wenn er nur an diesem Abend nicht so scheußlich gewesen wäre. Wir liebten uns doch immer noch. Er konnte es sich nur nicht eingestehen. Und mir gegenüber nicht zugeben. So war er. Wie ein trotziges Kind."

Ullstein legte seinen Arm um seine Mandantin und beruhigte sie. Schultz stand auf und gab Schreiner ein Zeichen. „Wir servieren erst einmal ein bisschen Kaffee und Süßigkeiten. Nach der kleinen Pause machen wir weiter."

Schreiner bediente die Runde. Als er wieder Platz nahm, hatte Stella sich gefangen und Schultz zeigte Mitgefühl, als er sie wieder anredete. „Geht es jetzt wieder, Frau Engholm? Können wir weitermachen?"

Stella nickte. Schultz lehnte sich zurück.

„Nur zu Ihrer Information will ich kurz auf die Umstände eingehen, die zum Tod von Herrn Landau führten. Natürlich haben wir den Notarzt sofort beim Eintreffen davon unterrichtet, dass Liquid Ecstasy im Spiel sein könnte. Trotzdem konnte die Rettungsmannschaft Herrn Landau nicht mehr helfen. Sein aufgeschwemmter Körper war unseres Wissens von Alkohol, Nikotin, Tabletten und Drogen völlig heruntergewirtschaftet. Mit der enormen Dosis Liquid Ecstasy, die er verabreicht bekommen hat, ist sein Körper nicht mehr fertiggeworden."

Schultz wartete Stellas Reaktion ab. Als sie ruhig blieb, fuhr er fort. „Ich muss Ihnen nun eine Reihe von Fragen stellen. Dabei halte ich mich an die Chronologie der Ereignisse. Sie können selbstverständlich davon abweichen und Dinge ergänzen, die Sie für wichtig halten." Als keine Reaktion erfolgte, begann er. „Schildern Sie uns bitte im Zusammenhang, wie es zum Tod von Oliver Radermacher gekommen ist, und inwieweit Sie daran beteiligt waren."

Stella rutschte auf ihrem Stuhl nach vorn. Sie hatte die Hände gefaltet und ihr Gesicht verriet keine Gemütsbewegung, als sie zu sprechen begann.

„Alles begann mit der Einladung zum Klassentreffen, die Alex Wohlrabe um die Weihnachtszeit verschickt hatte." Sie stockte einen Moment, fuhr dann aber fort. „Genauer gesagt, hat er sie bei mir zu Hause vorbeigebracht. Und sich dabei an meiner Tochter Melanie vergriffen. Melanie bestreitet das. Vielleicht bilde ich es mir auch nur ein, weil ich Alex unsympathisch finde. Er hält sich für unwiderstehlich und meint, alle Frauen müssten auf ihn fliegen." Wieder eine Pause und tiefes Atemholen. „Uli Landau stand nicht auf der Einladungsliste. Eigentlich stand er doch darauf, aber ohne Adresse. Alex forderte in der Einladung alle auf, uns um die verschollenen Ehemaligen zu kümmern und zu helfen, ihre Adressen herauszufinden. Deshalb kam mir dann die Idee."

Schultz munterte sie freundlich auf. „Welche Idee, Frau Engholm?"

„Die Idee mit dem Internet. Ich muss hier etwas weiter ausholen. Uli Landau und ich waren zu Schulzeiten ein Paar. Nein, nicht nur ein Paar. Ein Rausch, ein Traum! Unser Leben war Musik. Vor allem klassische Musik. Uli Landau fand, dass ich Clara Schumann ähnelte." Sie stockte wieder. „Nein, so stimmt es nicht. Ich wohnte bereits damals in der Myliusstraße. Dort, wo vor Jahrzehnten Clara Schumann lebte." Sie schaute auf und Schultz an. „Ist Clara Schumann ein Begriff für Sie?"

„Selbstverständlich!“

„Dann erzähle ich weiter. Ich lernte als Kind Klavierspielen. Es gab kleine Erfolge und Heraushebungen und ich begann, mich für Clara Schumann zu interessieren, weil sie runde zwanzig Jahre ganz in der Nähe gelebt hatte.“ Sie richtete ihren verklärten Blick zur Decke. „Mit den Jahren verspürte ich, wie Claras Geist auf mich überging. Wie Clara und ich eins wurden, wie sie mein Leben und meine Träume ausfüllte und beherrschte. Bis mir klar wurde, dass ich ihre Wiedergeburt war. Ausersehen und auserwählt.“ Ein kurzer Ruck durchfuhr sie. „So, jetzt kommt wieder Uli Landau ins Spiel. Ich kannte ihn schon lange, von der Schule her. Irgendwann ließ er sich, dem Zeitgeist entsprechend, die Haare länger wachsen. Ich sah ihn plötzlich mit anderen Augen. Er sah immer mehr Johannes Brahms ähnlich. Das konnte kein Zufall sein. Das war die Botschaft einer höheren Macht. Wie damals Clara Schumann wurde auch mir jetzt ein Johannes Brahms geschenkt. Wir wurden ein Traumpaar, liebten uns, sahen nur noch uns. Es gab sonst nichts mehr auf der Welt außer uns.“

Ihr Blick ging aus dem Fenster in die Ferne. Ihrem Gesichtsausdruck nach war sie in einer anderen, früheren Welt angekommen. Schultz wartete eine Weile, bevor er sie ansprach. „Können wir jetzt zu Ihrer Idee mit dem Internet kommen?“

Enttäuscht warf sie den Kopf zurück. „Natürlich. Wegen Ulis fehlender Anschrift auf der Einladung nahm ich mir vor, zu helfen und ihn zu suchen. Die ganzen Jahre über hatte ich keinen Kontakt mehr zu ihm. Ich war verzweifelt, zumal ich eine Tochter geboren hatte, deren Vater er ist. Eines Tages war er verschwunden. Ohne Abschied. Er war einfach weg. Es hatte keinen Streit gegeben, nichts.“

Schultz' Miene verdüsterte sich und er warf ein. „Lassen wir diesen Teil einmal weg. Wir kommen später noch einmal darauf, wenn wir uns über Motive unterhalten."

Stella behielt ihre steife Haltung bei, protestierte jedoch etwas lauter. „Das gehört zusammen. Untrennbar, wie Uli und ich. Es war so, wie ich gesagt habe. Natürlich hatte ich über die ganzen Jahre hinweg versucht, ihn ausfindig zu machen. Da gab es seine Mutter, die hier in Frankfurt wohnt. Ich wusste das. Habe sie mehrmals angerufen, habe Nächte vor ihrer Tür zugebracht. Sie war hart wie Stein. Ließ mich abblitzen. Sagte, ich sei ein gestörtes Flittchen. Ich solle fernbleiben, sonst werde sie die Polizei rufen."

Sie nippte am Kaffee und tippte sich leicht an die Schläfen, als dränge sie einen Schmerz zurück. „Irgendwann gab ich auf. Ich war Unzeiten gegen eine Mauer gerannt. Es gab für mich keine Hoffnung mehr." Sie hob leicht den Zeigefinger. „Erst mit der Einladung kam mir plötzlich eine neue Idee. Einige Kontakte waren mit E-Mail-Adressen angegeben. Warum hatte ich nur vorher nicht daran gedacht? Das Internet. Und unsere gemeinsame Liebesgeschichte. Das war eine neue Chance. Daran klammerte ich mich von nun an. Ich stellte als eine Art Partnersuche unsere Liebesgeschichte ein. Clara suchte ihren Johannes."

Ullstein versuchte aufs Tempo zu drücken. „Darauf meldeten sich dann logischerweise einige Männer, die sich von der romantischen Ansage angesprochen fühlten."

Schultz ignorierte den Einwand und fragte sie: „Kam auf diese Weise Herr Radermacher ins Spiel?"

„Genau! Meine Güte, ich hatte nicht damit gerechnet, wer sich alles als Johannes Brahms verstand. Als Mann von dessen Qualitäten und Seelenleben. Unglaublich. Ausgerechnet Radermacher. Ein Mann ohne jegliche Kultur. Schon bei der ersten und übrigens einzigen Begegnung wollte er mir mit seiner vermeintlichen Unwiderstehlichkeit imponieren. Er verstand sich als Frauenheld und verfolgte ausschließlich sexuelle Abenteuer. Da war er bei mir an die Falsche geraten. So ein erbärmlicher Kerl. Die lebendige Unmoral. Eine Frau nach der anderen ins Unglück stürzen, sich davonmachen und keine Verantwortung übernehmen. Seine Ehefrau hat er mit einem Kind sitzen gelassen. Sein Imponiergehabe gipfelte darin, dass er sich irgendwann verplapperte und sich damit brüstete, insgesamt fünf Kinder von fünf verschiedenen Frauen zu haben. Das verstand er unter Mann von Welt."

„Wie kam Herr Radermacher zu Tode?"

„Zum besseren Verständnis meiner Begegnung mit Oliver Radermacher müssen Sie wissen, dass ich mich seit Jahren um meinen ehemaligen Mitschüler Toni Assmann kümmere. Toni war in einer psychischen Ausnahmesituation. Er fühlte sich mehr als Frau, hatte aber den Körper eines Mannes. Inzwischen hat er eine Operation zur Geschlechtsangleichung über sich ergehen lassen. Toni ist gescheiterter Musiker. Nach einer irreparablen Handverletzung, die ihm Uli zugefügt hat aus Hass gegen jeden, der nicht Hetero ist, war seine Karriere zu Ende. Als ich Oliver Radermacher traf, gab ich seinem Drängen nach, mit dem Handy ein Selfie von uns beiden zu machen. Geschickt überredete er mich, es mir per MMS zuzuschicken und zwang mich damit, ihm meine Handynummer preiszugeben. Weil Radermacher mir erzählt hat, dass er Mitglied in einem Orchester sei, habe ich Toni das Foto gezeigt. Irgendwie hoffte ich, Radermacher würde Toni in seiner aussichtslosen musikalischen Situation eine Beschäftigung vermitteln können. Zumindest glaubte ich, er würde Beziehungen haben. Toni erkannte Radermacher auf dem Foto als gelegentlichen Gast der Bar, in der er ab und an arbeitete. Weil Radermacher mich zu weiteren Treffen nötigen wollte, fragte ich Toni, ob er nicht eine Idee hätte, wie ich Radermacher loswerden könnte. Als er keine Möglichkeit sah, mich von den Nachstellungen zu erlösen, setzte ich ihm, natürlich nur im übertragenen Sinn, die Pistole auf die Brust, erklärte ihm, wie oft ich schon für ihn dagewesen sei. Schließlich drohte ich ihm an, ihm meine Freundschaft zu entziehen, weil ich Radermachers Stalking nicht mehr aushielt. Wenn er nicht einmal bereit sei, mir eine kleine Gefälligkeit zu erweisen, würde ich den Kontakt zu ihm für immer beenden. Toni weinte, klammerte sich an mich und war verzweifelt. Ich sei doch die einzige, die immer ein offenes Ohr für ihn gehabt habe. Da schlug ich ihm vor, mich anzurufen, sobald Radermacher wieder mal in die Bar komme. Dann würde ich ihm ein paar Tropfen zukommen lassen, die er Radermacher ins Glas schütten müsse. Heimlich natürlich. Radermacher würde davon kurz übel werden. Dann solle er ihm das Handy wegnehmen, damit Radermacher nicht mehr über meine Nummer verfüge und mich nicht weiter terrorisieren könne. Am Fastnachtssonntag rief Toni mich an und teilte mit, Radermacher sei gerade in der Bar eingetroffen. Ich flehte ihn an, Radermacher mit allen Mitteln dort aufzuhalten. Unter dem Vorwand, Toni habe bei seinem letzten Besuch die Tropfen gegen seine Depressionen in unserer Wohnung vergessen, schickte ich meine Tochter Melanie mit einer ordentlichen Überdosis Liquid Ecstasy zu Assmann in die Bar. Ich schärfte ihr ein, die Medizin sei für ihn lebenswichtig, da er selbstmordgefährdet sei.“ Erschöpft holte Stella Luft. „Den Rest werden Sie kennen.“

„Bis auf den Hintergrund für den ominösen Brief, den wir in Assmanns Wohnung gefunden haben und der mit Ihrem Namen unterzeichnet ist.“

„Uninteressant. Eine Übung von mir. Der Brief ist im Original von Clara Schumann. Ich hatte ihn irgendwann in einem Auktionskatalog gesehen und kopiert. Für Ihre Fragen ist er bedeutungslos.“

Schultz forderte Schreiner mit dem Kopf auf, Stella Kaffee nachzuschenken. Er legte die Hände ineinander und schaute Rechtsanwalt Ullstein fragend an. „Aus meiner Sicht könnten wir das vorerst so stehenlassen. Wie ich schon sagte, kommen wir später zusammenfassend auf das Motiv. Haben Sie zu dem behandelten Themenkreis noch Fragen, Herr Rechtsanwalt?“

Ullstein schien abgelenkt. Er schielte auf seine Armbanduhr, bevor er antwortete. „Nein. Keine Fragen. Vielleicht können wir das Ganze etwas straffen. Ich gestehe, dass ich ein wenig in Terminnot bin.“

„Wir haben hier in einer möglichen Schwurgerichtssache Licht ins Dunkel zu bringen“, reagierte Schultz schroff. „Sie werden verstehen, dass ich auf zeitliche Belange der Teilnehmer keine Rücksicht nehmen kann. Und auch nicht will.“ Aufmunternd sah er Stella an. „Nach unseren Ermittlungen fühlte sich Herr Werner Hoffmann irgendwann auf Ihre Anzeige hin als Johannes Brahms angesprochen. Wollen Sie bitte schildern, welche Kontakte Sie mit diesem Herrn hatten?“

„Dieser Widerling. Er gab sich seidenweich, verständnisvoll, kulturbeflissen. Der gleiche Typ wie Radermacher. Von der ersten Begegnung an hatte er nur im Sinn, mit mir zu schlafen.“

„Heißt das, dass es mehrere Treffen zwischen Ihnen gab?“

„Ja. Das hatte zwei Gründe. Einmal stellte sich heraus, dass er Uli irgendwann über den Weg gelaufen war. Er behauptete, Uli habe ihn betrogen. Aus dieser Geschäftsbeziehung heraus meinte er, eventuell noch seine Adresse zu haben. Er wollte sie bei einem Folgetreffen mitbringen. Deshalb ließ ich mich auf weitere Verabredungen ein. Andererseits wusste ich zu dem Zeitpunkt noch nicht, was er für ein ekelhafter Schuft war, der über Leichen ging."

„Eine seltsame Formulierung aus Ihrem Mund. Können Sie das präzisieren?"

Stella konnte die Bemerkung offenbar nicht richtig einsortieren. Es dauerte eine Weile, bis sie antwortete. „Er prahlte damit, unzählige Frauen glücklich gemacht zu haben. Seine Angeberei ging so weit, dass er meinte, er sei die personifizierte Männlichkeit. Als ich ihn nach Kindern fragte, beteuerte er, er wisse nur von einem Kind. Zu diesem armen Wesen unterhielt er keinen Kontakt. Ich sprach an, dass es ihn doch jedenfalls viel Unterhalt kosten müsse. Da lachte er mich aus und sagte, er schwimme zwar im Geld, doch für mehr als den Mindestunterhalt komme er nicht auf. Die Kindsmutter hätte ja besser aufpassen und verhüten können. Er habe das Kind schließlich nicht gewollt, und es auch nicht darauf angelegt. Brauchen Sie etwa noch mehr Angaben zu Herrn Hoffmanns Charakter?"

Schultz verneinte. „Herr Hoffmann kam auf die gleiche Weise ums Leben wie Herr Radermacher. Können Sie uns zu Ihrem Vorgehen etwas sagen?"

Ein kühles Nicken. „Ja. Dieses Mal trug ich selbst direkt dazu bei, diesen widerwärtigen Nichtsnutz mundtot zu machen. Ich traf mich mit ihm am Paulsplatz. Das Café heißt, glaube ich, *Stern-Café*. Es bietet einen sehr guten Kaffee, den besten in Frankfurt. Außerdem schmackhafte Kuchensorten. Wir saßen draußen. Das war für mein Vorhaben ausgezeichnet. Ringsherum gibt es eine riesige Zahl von Tischen und Stühlen, weil das *Stern-Café* nicht der einzige Anbieter auf dem Platz ist. Alle Stühle waren besetzt. Menschenmassen drängten über den Platz, vor allem asiatische Touristen. Sie strömten am Römer aus den Bussen, machten mit allen Reiseteilnehmern dieselben Fotos und verteilten sich dann über den Paulsplatz. Für mein Anliegen war es wichtig, dass durch die vielen quirligen Leute kein Mensch auf den anderen achtete. Als Hoffmann zur Toilette ging, konnte ich ihm in aller Ruhe und vor allem völlig unbemerkt das Liquid Ecstasy in sein Getränk gießen. Kaum war er zurück, forderte ich ihn mit einem vielsagenden Lächeln zum Trinken auf." Sie pausierte. „Den Rest der Geschichte dürften Sie kennen."

Schultz sah in die Runde. „Fragen?" Als sich niemand rührte, munterte er Stella auf. „Sie könnten ein bisschen angestrengt sein. Möchten Sie eine kleine Pause?"

„Vielen Dank. Nein, ich möchte es hinter mich bringen."

„Dann sollten Sie uns jetzt bitte etwas über Ihr Verhältnis zu Uli Landau erzählen."

Ein bitteres Lachen. „Verhältnis ist gut gesagt. Das scheint es zu treffen. Aber wohl nur von seiner Seite. Ich komme darauf zurück." Sie bog mehrmals ihre Schultern nach hinten, als wolle sie gegen einsetzende Verspannungen ankämpfen. Dann begann sie zu reden. „Wie ich schon sagte, war es zwischen Uli und mir zunächst die große Liebe. Doch irgendwann war Uli meiner überdrüssig. Ich spürte das mehr und mehr, wollte es aber nicht wahrhaben. In meiner Einfalt glaubte ich, dass unserer Beziehung nur ein fester Halt fehle. Ein Kind. Ich ließ ohne sein Wissen die Pille weg. Dann geschah etwas Fürchterliches." Stella schlug die Hände vors Gesicht und schluchzte für einen Moment hemmungslos. Dann tupfte sie äußerst vorsichtig mit einem Taschentuch ihre Augen und war sehr darauf bedacht, das Make-up nicht zu verwischen. Mehrmals zog sie die Nase nach oben. Ihre Stimme klang jetzt blechern, als sie fortfuhr.

„Ich kann Ihnen nicht gut erklären, was nahezu zeitgleich damals geschah. Es war schrecklich."

Schultz tauschte kurze Blicke mit Schreiner aus, bevor er auf Stella einging. „Vor vielen Jahren soll es eine Anzeige gegen Herrn Landau gegeben haben. Mit schweren Vorwürfen. Nach unseren Ermittlungen könnte diese Anzeige der Anlass für Herrn Landau gewesen sein, sich ins Ausland abzusetzen. Wollten Sie diesen Sachverhalt ansprechen? Waren Sie vielleicht die Dame, die Herrn Landau angezeigt hat?"

Stella schluckte mehrmals und hüstelte rau. „Ja! Das stimmt. Aber ich habe die Anzeige später zurückgenommen."

„Würden Sie uns bitte sagen, worum es dabei ging? Und warum Sie schließlich Ihren Vorwurf fallen gelassen haben?"

Sie sprach sehr leise, kaum noch hörbar. „Ich war mit Uli zusammen. Wie so oft. Verstehen Sie? Ich wollte, dass es endlich mit dem Kind klappte. Dann waren da plötzlich mehrere Männer. Unbekannte Männer." Sie stockte. „Es war wie im Albtraum. Sie traten mir zu nahe. Alle. Und ich musste aus der Situation heraus auch noch annehmen, dass es Freunde von Uli waren. Dass er sie angestiftet hatte. Ich blieb schließlich alleine zurück. Völlig verzweifelt. In dieser Gemütsverfassung erstattete ich wenig später die Anzeige." Ein wunder Blick in die Runde. „Dann kamen mir Zweifel. Uli hatte zwar dabei gelacht. Aber nach meiner Erinnerung irgendwie unnatürlich und verkrampft. Ich begann mich zu fragen, ob er nicht zum Dabeisein und Zuschauen gezwungen worden war." Wieder dieser hilfesuchende Blick. „Irgendwann war ich mir nicht mehr sicher, ob ich das alles tatsächlich erlebt oder nur geträumt hatte. Ob Uli sich nicht vielleicht vor diesem vermeintlichen Erlebnis schon zurückgezogen und mich verlassen hatte. Und ich vielleicht nur eine Erklärung gesucht hatte, um seine Flucht vor mir zu verarbeiten. Andererseits passte alles zusammen, weil auch Clara Schumann von Johannes Brahms verlassen wurde, nachdem er sie geschwängert hatte. Jedenfalls war ich mir nicht mehr sicher, ob ich mir nicht den ganzen Vorfall eingeredet hatte. Deshalb nahm ich die Anzeige zurück."

„Und am Abend des Klassentreffens war das Maß voll, und Sie verabreichten Herrn Landau eine tödliche Menge des Mittels? Sie hatten das Liquid Ecstasy wohl schon mit diesem Vorsatz mitgenommen."

„Nein, nicht von Anfang an. Es kam vorher so vieles zusammen. Ich war zunächst wirklich bereit, zu unserer alten Liebe zurückzufinden." Sie deutete auf Schreiner. „Weil Herr Schreiner ganz beiläufig bemerkt hatte, Uli sei im Lande und komme am Abend, fuhr ich vorher am Haus seiner Mutter vorbei, um mich zu vergewissern. Ich sah ihn im Garten sitzen. Aber nicht nur ihn. Da war auch meine beste Freundin Nelly Perabo. Und beide in einer eindeutigen Situation. Ich fiel aus allen Wolken. Trotzdem hoffte ich immer noch, ihn abends auf dem Klassentreffen zurückgewinnen zu können. Er behandelte mich nicht nur abweisend, vielmehr machte er mich vor der versammelten Klasse lächerlich. Schließlich bestritt er sogar noch, der Vater von Melanie zu sein und stellte mich als leichte Person dar."

Schultz versicherte sich, dass keiner der übrigen Anwesenden Fragen dazu hatte, bevor er sich wieder an Stella wandte. „Sie haben eben zwischen den Zeilen schon einiges über Ihr Motiv durchblicken lassen. Könnten Sie bitte für uns zusammenfassen, warum alle drei Männer aus Ihrer Hand sterben mussten?"

Stella reagierte fassungslos. „Das fragen Sie mich wirklich? Haben Sie das nicht verstanden? Sie wollen eine Zusammenfassung?" Sie reckte ihren Oberkörper. Ihre Antwort folgte in abgehackten Sätzen. „Von der besten Freundin hintergangen. Vom

Mann und Kindsvater verlassen und anderen Männern überlassen. Das gemeinsame Kind vom Vater verleugnet. Die Gefühle mit Füßen getreten. Die Partnerin nur benutzt und verlacht."

Schultz zeigte Mitgefühl. „Ich habe Sie durchaus verstanden, muss aber für das Protokoll Ihre persönlichen Angaben haben. Sagen Sie uns bitte noch, wie es sich bei Oliver Radermacher und Werner Hoffmann verhielt. Da lässt sich das, was Sie eben erklärten, nicht eins zu eins übertragen."

„Doch. Ich widerspreche Ihnen. Die Herren waren Typen, die ohne Abstriche dieselbe Vorstellung mit mir gegeben hätten wie zuvor Uli. Beide wollten mich nur beschlafen und dann wegwerfen. Eine Nummer mehr im Eroberungsbuch, sonst nichts. Sie sehen es auch daran, dass die beiden feinen Herren bedenkenlos Kinder in die Welt gesetzt haben, ohne sich um sie zu kümmern und die Verantwortung für ihr Handeln zu tragen." Sie warf Schultz einen herausfordernden Blick zu. „Die Opfer sind nicht diese drei Männer. Ich bin das Opfer! Seit Uli mich mit meinem Kind im Stich gelassen hat, blieben die Tage dunkel, die Nächte voll undurchdringlicher Angst, mithin das ganze Leben feindselig."

Schultz blieb stoisch. „Lassen wir das einmal so stehen. Ich habe eine ergänzende Frage. Warum gerade Liquid Ecstasy? Warum gerade ein Mittel, dass in aller Regel Frauen von Männern verabreicht wird, um sie gefügig zu machen?"

Sie lachte bitter. „Sie haben sich die Antwort mit Ihrer Frage selbst gegeben. Es ist das Mittel, mit welchem Männer die Frauen missbrauchen. Radermacher, Hoffmann und Uli waren solche Männer, die ihre Eroberungen als Wegwerfware verstanden. Ich habe sie mit ihren eigenen Mitteln zur Rechenschaft gezogen."

Schultz ließ die Schultern sacken und warf Professor Rotherz einen vielsagenden Blick zu. Rotherz drückte seine Hände fest auf die Tischplatte. „Aus medizinischer Sicht empfehle ich, die Vernehmung an dieser Stelle abzubrechen und zumindest für heute zu beenden. Frau Engholm wirkt überanstrengt und ruhebedürftig."

Schultz stimmte zu und bat die Wachtmeisterin, Stella in die Hafträume zurückzubringen. Die Wachtmeisterin legte ihr Handschellen an. Als Stella den Raum niedergeschlagen mit knappem Gruß verließ, entschuldigte sich ihr Verteidiger und folgte ihr.

„Können Sie uns schon etwas darüber sagen, ob die Dame für ihre Taten im strafrechtlichen Sinn verantwortlich ist?", wandte sich Schultz an Professor Rotherz. „Oder war sie aus medizinischer Sicht nicht in der Lage, das Unrecht ihrer Taten einzusehen?"

„Bisher konnte ich mit Frau Engholm nur kurz sprechen. Weitere Gespräche werden nötig sein, um zu einem abschließenden Bild zu kommen. Als Psychiater kann ich bisher Folgendes verstehen. Frau Engholm kam in der Kindheit und Jugend aus einer Art „heile Welt-Situation". Sie vertiefte sich in die Musik und lernte, in dieser Sphäre zu leben und zu erleben. Auch nach meinem heutigen Eindruck ist Frau Engholm ein sensibler Mensch, der leicht aufnimmt, spürt, wahrnimmt und fantasiert. Die harte Realität des Lebens konnte bei ihr im Alltag nicht ausreichend ausgleichen oder gegensteuern. Pubertät und Jugendzeit, die Phasen, in denen das Großhirn noch nicht als Träger von Vernunft und Einsicht ausgereift ist, boten einen guten Nährboden für die weitere Entwicklung. Sie verliebte sich."

Schreiner unterbrach. „Und Liebe macht bekanntlich blind, zumindest zu Beginn, wie ich gerade in den letzten Tagen leidvoll erfahren habe."

Schultz schaute ihn irritiert an. Rotherz nickte nur zustimmend und fuhr in seiner vorläufigen psychiatrischen Begutachtung fort. „In ihrer Identifikation mit Clara Schumann lernte Frau Engholm sich zu bewegen, zu fühlen und zu denken. Clara Schumann wurde zu einem Teil ihrer Identität. In einer unkritischen Idealisierung verschmolzen die beiden Lebenswege und wurden so zu einem gemeinsamen Lebenskonzept. Das bestimmte das weitere Suchen nach Sinn und Entwicklung. Die virtuelle Welt bot einen Schutzraum dafür, sie gab dem unbewussten Spiel Raum und Gestalt. Dem stand eine Realität gegenüber, die immer wieder schmerzte und ernüchterte. Der romantisch verklärte Wunsch, die Sehnsucht nach Verschmelzung und Ur-Nähe konnten nicht gelebt werden und führten unausweichlich in die Katastrophe. Denn sie waren Ergebnis einer unreifen Spaltung in Gut und Böse mit dem Ergebnis, dass aus Gut Böse wurde und damit die symbiotische Harmonie zerstört wurde. In Frau Engholms Beziehungen war deshalb ein Scheitern primär angelegt."

Schultz wiegte den Kopf hin und her. „Ich bin nicht sicher, ob ich alles richtig verstanden habe. Das muss sich erst einmal in mir setzen. Zunächst habe ich aber noch eine wichtige Frage. Ungeachtet einer Therapierbarkeit von Frau Engholm ist von großer juristischer Bedeutung, ob sie als uneingeschränkt oder nur eingeschränkt schuldfähig angesehen werden kann, oder ob man ihr sogar Schuldunfähigkeit zubilligen müsste. Die Frage ist mit anderen Worten, ob sie aus psychiatrischer und damit medizinischer Sicht in der Lage war, das Unrecht ihrer Taten einzusehen. Davon würde abhängen, ob sie im Prozess zu einer Freiheitsstrafe verurteilt werden kann oder in die Psychiatrie eingewiesen werden muss."

„Das hängt von der Einsichts- und Steuerungsfähigkeit zum Zeitpunkt der Tat ab. Man muss dies sehr genau explorieren. Allgemeine Aussagen dazu gibt es nicht."

Schultz zuckte die Achseln. „Dann muss ich mich eben in Geduld üben. Ohne Sie drängen zu wollen muss ich aber der guten Ordnung halber auf die Eilbedürftigkeit Ihres Gutachtens hinweisen. Frau Engholm sitzt in Untersuchungshaft. Deshalb sind wir zur äußersten Beschleunigung des Verfahrens verpflichtet. Für den Augenblick danke ich Ihnen herzlich."

Rotherz verabschiedete sich. Schultz blieb mit Schreiner alleine zurück. Schreiner wirkte entspannt. „Das hätten wir mal wieder im Kasten. Bleibt nur noch die Frage, was wir mit Assmann machen. Deren Rolle beim Tod von Radermacher ist noch immer nebelhaft."

„Gegen sie werden wir nach Stellas Angaben und ihrer eigenen Aussage nicht viel in der Hand haben. Ich denke, sie kommt mit einem blauen Auge davon."

Schultz angelte sich eine Nougatpraline und forderte Schreiner auf, sich anzuschließen. Er wirkte erschöpft und atmete tief durch.

„Die letzten Tage habe ich eine ausgezeichnete Biografie über Clara Schumann gelesen. Darin gab es tatsächlich Ähnlichkeiten zu Stella Engholm. Nicht nur äußerlich. Auch Clara Schumann ging knallhart mit ihrem Mann um. Sie ließ ihn in das Irrenhaus einweisen, ohne ihn je zu besuchen. Ebenso verfuhr sie mit einem ihrer beiden Söhne. Und die älteste Tochter ließ sie wie eine Magd für sich arbeiten. Da finden sich echte Parallelen. Frau Engholm hat ihre Partner allerdings nicht in die Psychiatrie einweisen lassen, sondern gleich ins Jenseits befördert." Schultz grub sein Gesicht zwischen die Hände. „Manchmal geht mir durch den Kopf, was für ein rätselhaftes Individuum doch jeder Mensch ist. Nehmen wir die bunte Palette dieses Falles, Stella Engholm, Alex Wohlrabe, Uli Landau, Antonie Assmann, Bernie Tandler und wie sie alle heißen. Welche unfassbaren, gewaltigen und unermesslichen Kräfte diese Menschen antreiben. Wie Rotationsmaschinen. Menschen, die sich in ihrem übersteigerten Selbstwertgefühl wie Hamster im Rad verhaspeln und es nicht einmal bemerken. Es ist erstaunlich, dass in unserem Fall nur eine einzige Teufelsmaske eine Rolle spielte. Dabei hatten wir es mit so vielen Teufeln zu tun. Zeitweilig habe ich geglaubt, nicht in einem wahrhaftigen Kriminalfall zu ermitteln, sondern in einem Zirkus oder im Theater zu sitzen und einem Spiel zuzuschauen. Vielleicht ist ja das ganze Leben eine Bühne, auf der jeder von uns seine Rolle zu spielen hat. Der Drehbuchautor und der Regisseur sind dabei die großen Unbekannten."

Schreiner rieb sich schmunzelnd die Hände. „Vielen Dank, dass Sie diese niveauvollen philosophischen Betrachtungen an meine bescheidene Adresse richten. Sehen wir es doch so: Das Rätsel Mensch trägt unerschöpflich zur Krisensicherheit unseres Berufs als Ermittler bei. Getötet oder geklaut wird immer. Anstatt sich darüber zu freuen, verfallen Sie nach jedem gelösten Fall in Schwermut statt in Erleichterung. Schade, dass Professor Rotherz schon gegangen ist. Er hätte sicher einiges dazu zu sagen."

Schultz musste lachen. „Was sind Sie doch für ein schlichter Mensch. Trotzdem tun Sie mir gelegentlich gut. Als Kontrastprogramm sozusagen." Er schlug unvermittelt auf die Tischplatte. „Deshalb freue ich mich auch ehrlich, dass Ihr albernes Gesuch auf Frühpensionierung kein Gehör gefunden hat."

„Weil wir zusammen passen. Endlich haben Sie eingesehen, dass Sie ohne mich nur die Hälfte wert sind. Aber Sie haben

Konkurrenz bekommen. Auf einem ganz anderen Feld natürlich. Damit will ich Ihren fragenden Blick von vorhin beantworten. Ich habe mich in eine junge Dame verguckt. Ob daraus mehr wird, werden wir sehen. Und Sie werden es erfahren." Er warf einen Blick auf seine Armbanduhr. „Ich muss übrigens los, weil ich in Kürze mit ihr verabredet bin."

„Während der Dienstzeit?" Schultz rümpfte die Nase. „Das arme Kind. Ich kann ihm nur wünschen, dass es mit einer starken Leidensfähigkeit gesegnet ist. Am meisten beeindruckt mich, dass es noch junge Frauen gibt, die auf Menschen wie Sie hereinfallen."

Als Schultz alleine war, kramte er eine CD aus seinem Schreibtisch hervor und nach ein paar linkischen Handgriffen brachte er seine kleine Stereoanlage zum Laufen. In gedämpfter Lautstärke, aber nicht zum ersten Mal, ließ er sich von Puccinis Musik in eine andere Welt versetzen. Am Ende seiner Lieblingsarie *Nessun dorma* aus der Oper *Turandot* schaltete er den Apparat wieder aus, setzte sich in seinen Ledersessel und starrte vor sich hin. Die gerade verdrängte Melancholie kehrte zurück. Wehmütig nahm er Abschied von seinem Büro und schaute sich ein letztes Mal um. Er hatte es nicht fertiggebracht, Schreiner die ganze Wahrheit zu sagen. Ab der kommenden Woche würde er, wie er am frühen Morgen von seinem Chef erfahren hatte, zunächst für ein halbes Jahr zur vorgesetzten Behörde abgeordnet werden. Dort solle er sich in der vermeintlichen Kunst der Stabsarbeit, einer reinen Schreibtischtätigkeit, üben. Man wolle damit erproben, ob man ihn im Anschluss für eine Beförderung vorschlagen könne. So hatte es ihm der Chef gesagt. Schultz war sich sehr sicher, dass ihn diese Aufgabe nicht interessieren und ihm auch nicht liegen würde. Das konnte das Ende spannender Ermittlungen und vor allem seiner liebgewonnenen Zusammenarbeit mit Schreiner sein. Aber in einer Beamtenhierarchie gab es so gut wie keine Möglichkeit, sich erfolgreich gegen Vorgesetzte aufzulehnen, die meinten, mit ihren Entscheidungen das Wohl der Behörde und ihrer Bediensteten zu fördern. Ebenso wenig schien es ihm erfolgversprechend, in die nächste Zirkusnummer eingreifen zu wollen, die das Leben für ihn bereithielt.

Schultz steckte sich eine weitere Nougatpraline in den Mund und lehnte sich zurück. „Man wird sehen", murmelte er vor sich hin.

EPILOG

Wenige Tage später kam es, von allen Ehemaligen der 13s2 völlig unerwartet, gleich zu zwei weiteren Klassentreffen. War die Beerdigung von Uli Landau nach der Wiedersehensfeier in der Sandelmühle vorhersehbar gewesen, so kam die Trauerfeier für Stella Engholm total überraschend.

Alle waren gekommen. Antonie Assmann hatte eine schwarze Federboa für unerlässlich empfunden, Gundi Dambach sah ihren anthrazitfarbenen Fummel nicht als Verrat an der Arbeiterklasse an, und Günter Gras hatte das Verständnis aller Teilnehmer gefunden, als er erklärte, bei solchen Anlässen von der Interpretation eigener Gedichte Abstand nehmen zu wollen.

Auf Landaus Beerdigung wussten nicht alle etwas mit Nelly Perabo anzufangen. Ihr Name und der Anlass ihres Kommens sprachen sich jedoch schnell herum. Teil der Diskussion war, wie sie bei ihren naturblonden Haaren zu dem Namen Perabo gekommen sein mochte. In diesem Zusammenhang wurde außerdem intensiv debattiert, warum Uli und Stella nicht nebeneinander in einem Grab liegen durften. Es hieß, Ulis Mutter habe dem heftig widersprochen und auch Nelly habe ihr Veto eingelegt. Es könne nicht sein, dass die Mörderin neben ihrem Opfer die letzte Ruhe finden dürfe.

Schließlich bewegte die Teilnahme von Dennis Hauschild alias Daniel Claußen an beiden Trauerfeiern die Gemüter. Es war weniger seine Person, die zu Spekulationen Anlass gab. Vielmehr beherrschte seine gerade veröffentlichte Artikelserie unter dem Titel *Wahnsinnssinfonie* die Gerüchteküche.

Als der größte Teil des Trauerzugs sich nach den letzten Feierlichkeiten zum Café *Ruppel* gegenüber vom Hauptfriedhof bewegte, setzte sich ein Paar im stillen Einvernehmen ab, das sich auch an den Gesprächen nicht beteiligt hatte. Sie benutzten die U 5 bis zur Konstablerwache und marschierten dann zu Fuß Richtung Hauptwache weiter.

Wer das verliebte Paar genau beobachtet hätte, wie es Hand in Hand die Neue Kräme in südlicher Richtung spazierte, hätte ehrlichen Herzens gemeint, dass ein Gegensatz kaum größer sein könne. Die junge vornehme Dame von betörender Schönheit war zwar lässig gekleidet, doch jeder Kenner hätte bemerkt, dass die schwarze, figurbetonte Kleidung hohen Qualitätsansprüchen genügte. Die gepflegte Frisur und das perfekte Makeup harmonierten damit. Nur die Spuren von getrockneten Tränen, die sich auf dem Gesicht abzeichneten, standen im Gegensatz dazu. Der Mann an ihrer Seite passte zwar mit seinem schwarzen Leinenanzug zum Erscheinungsbild der Dame. Seine wilden dunklen Locken, sein Vollbart, das vernarbte Gesicht und schließlich sein deutlich höheres Lebensalter bildeten jedoch einen auffälligen Kontrast.

Die zwei gingen wortlos bis zum *Stern-Café* am Paulsplatz. Nach ihrem beiderseitigen Verständnis passte dieser Ort, an dem Werner Hoffmann durch die Hand von Stella Engholm ums Leben gekommen war, bestens für die Verarbeitung der jüngsten Ereignisse. Da es die ganze Nacht geregnet hatte, gingen sie nach innen, durchquerten den Eingangsbereich mit dem langen Tresen und sogen den intensiven Duft aromatischen, frisch gemahlenen Kaffees ein. Am Ende der Theke nahmen sie die Treppe in den ersten Stock, bestellten vom hervorragenden hauseigenen Kaffee und je einen New Yorker Käsekuchen, eine Variation mit Himbeeren.

Sie waren die einzigen Gäste im Obergeschoss. Melanie Engholm nahm Schreiners Hand und sah ihm tief in die Augen. Obwohl sie ihn ersichtlich anhimmelte, blieb ihr Gesicht dabei ernst. „Jetzt sind sie im Tod vereint. Gestern die Beerdigung von Landau, heute die meiner Mutter. Ich will auf keinen Fall einen Vorwurf an irgendeine Adresse richten. Aber kannst du mir verständlich machen, wie es passieren konnte, dass meine Mutter sich das Leben nehmen konnte? Alle bisherigen Erklärungen, ob aus der Haftanstalt oder von Rechtsanwalt Ullstein, haben mich nicht überzeugen können."

„Ich verstehe es selbst nicht. Offenbar hat man deine Mutter bei der Inhaftierung nicht ordentlich auf alle gefährlichen Gegenstände hin durchsucht. Anders kann ich nicht nachvollziehen, wieso sie noch im Besitz von Liquid Ecstasy sein konnte." Er tätschelte ihr die Hand und wartete ab, bis die Bedienung die Bestellungen serviert hatte. „Es ist schon makaber, dass sie für sich die gleiche Todesart gewählt hat, die sie für die drei Männer vorgesehen hatte. Soweit es Uli Landau betrifft, war es sicher ihr Gedanke an etwas Gemeinsames noch bis in den Tod."

Melanie naschte nur häppchenweise an ihrem Kuchen. „Es mag sein, wie es will. In ihrem knappen Abschiedsbrief hat sie, ohne einen Hauch des Zweifels aufkommen zu lassen, versichert, dass ausschließlich Uli als mein Vater in Betracht komme. Alle hieran geäußerten Zweifel, auch die von Uli selbst, gehörten in das Reich der Verleumdungen und Märchen. Wie auch immer. Sie war jedenfalls trotz allem meine Mutter. Die Bedingungen, unter denen sie mich großgezogen hat, waren für sie schwer genug. Schließlich musste sie ja alle Träume beerdigen und stand alleine da. Deshalb kann und will ich ihr nicht böse sein."

„Es ist ja auch etwas Vorzeigbares dabei herausgekommen", schmunzelte Schreiner.

Sie ging nicht auf sein Kompliment ein. „Mir macht immer noch zu schaffen, dass ich an dem Tod von Herrn Radermacher mitgewirkt habe. Natürlich unwissentlich. Aber ich habe Toni die K.-o.-Tropfen gebracht. Und er ging wohl davon aus, dass er Radermacher damit etwas Gutes tue."

„Lass die Vergangenheit endlich ruhen und schaue in die Zukunft. Dich trifft keine Schuld, und du kannst die Folgen nicht mehr ändern."

„Das sagt sich so leicht. Die Gedanken kann man nicht einfach wegschieben." Sie trank einen Schluck Kaffee. „Meinen Vater hätte ich auch gerne einmal kennengelernt. Jetzt ist es zu spät."

„Ich bin mir nicht sicher, ob du von diesem Erlebnis profitiert hättest. Du musst nicht alles über ihn wissen. Aber du darfst mir glauben, dass er ein fragwürdiger Charakter war. Ich denke nicht, dass es ein Gewinn für dich gewesen wäre, mit ihm zusammenzutreffen."

„Daran zweifle ich kaum. Ich halte es vielmehr für wahrscheinlich, dass eine Begegnung keine Gemeinsamkeiten ergeben und mit einer Enttäuschung geendet hätte. Trotzdem hätte ich gerne den Versuch unternommen." Sie legte ihre Gabel auf den Teller und schob den überwiegenden Teil des Kuchenstücks von sich weg. „Du musst das so verstehen. Blut ist eben dicker als Wasser."

Schreiner unterbrach sie und schnappte ihre Hand. „Warum isst du den Kuchen nicht auf? Er ist doch prima. Du hast doch nicht etwa Angst, dass du durch deinen mutmaßlichen Vater Uli Landau erblich belastet sein könntest?"

Melanie drohte ihm schalkhaft mit erhobenem Zeigefinger. „Deine Bemerkung ist jedenfalls am heutigen Tag unpassend, ja sogar unanständig und vor allem wenig charmant. Du musst noch sehr viel lernen. Und zwar von mir."

„Das mag sein. Wir Polizisten erleben halt zu viel, um zart besaitet zu sein. Daran musst du dich gewöhnen. Wir sind manchmal knallhart, aber ehrlich. Wenn ich sage, dass ich dich liebe, stimmt es."

„Und? Sagst du es?"

Schreiner schnappte sich die Nelken aus der Tischvase, stand auf, rückte seinen Stuhl zur Seite und kniete vor Melanie hin. Mit theatralischer Verbeugung und breitem Grinsen legte er die Blumen auf ihren Schoß, warf ihr einen Handkuss zu und hob die drei Schwurfinger. „Ich liebe dich."

Sie drehte sich verlegen nach allen Seiten um. Zufrieden registrierte sie, dass sie noch immer alleine waren. „Lass den Unsinn und setz dich wieder hin." Sie beobachtete angestrengt, dass er ihr folgte und sie dabei nicht aus den Augen ließ. „Oder hast du das im Ernst gemeint?"

Er schaute sie verträumt an. Seine Stimme hatte etwas Feierliches. „Glaube mir, es ist wahr."

DANKSAGUNG

Wie hat mein Familien-, Freundes- und Bekanntenkreis mich nur in den letzten Monaten ertragen können? Meine Achterbahnlaunen in zwei Welten, der realen und der von mir erdichteten Welt? Allen, die unter mir gelitten haben, danke ich von Herzen für ihre Ausdauer, ihre Geduld und ihr Verständnis.

Besonders danken möchte ich all denen, ohne deren aktive Mitwirkung dieser Roman nicht entstanden wäre:

- Frau Angelika Katharina Albert, Buchhändlerin, für die vorgenommene Gesamtschau
- Frau Dr. Gitta Binder-Klinsing, Psychiaterin, für die medizinische Bewertung
- Herrn Dr. Reinhard Dietrich, „Pabst" für den Bereich Wissenschaft und Kunst u. v. a. m.
- Frau Gabriele Dölling, Oberstudienrätin, für das Beibringen musikalischer Grundkenntnisse
- Herrn Uli Fehring, Bankenvorstand, für seine großartige Vermittlung musikalischer Fachkompetenz
- Herrn Daniel Finkernagel, Fernseh- und Hörfunkmoderator, für die ungeschminkten Einblicke in Musikerausbildung und Musikeralltag
- Herrn Kolja Gärtner, Reporter bei der auflagenstärksten deutschen Zeitung, für seine Dauervorstellung als Romansäule

- Herrn Dr. René Heinen, Verlagsleiter, für die freundschaftliche Begleitung des Romans durch dick und dünn
- Herrn Werner Heinz, Jugendberatung und Jugendhilfe Frankfurt am Main, für seinen Kontaktnachweis
- Frau Sieglinde Möller, Pädagogin, für den Nachweis medizinischer Kompetenz
- Frau Prof. Dr. Hildegund Schmitt, Fachärztin, und Herrn Hanskarl Schmitt, Staatsanwalt, die dem Roman wiederum unverzichtbares Leben eingehaucht haben
- Herrn Robert Schmitt, Leitender Kriminaldirektor, für seine Einführung in die schwarze Cyberwelt
- Herrn Dr. Dietmar Seehuber, Chefarzt für Psychiatrie, für seine Einfühlung in den Romanverlauf und die medizinische Beurteilung des Täterverhaltens
- Den Damen und Herren des Societäts-Verlags für ihre geduldige und professionelle Betreuung
- Frau Dr. Gabriele Steuer und Herrn Dr. Hans Georg Steuer, Fachärzte für Orthopädie, für den Nachweis musikalischer Kompetenzträger
- Der unbekannt gebliebenen Dame, heutige Bewohnerin des Hauses Myliusstraße 32, für ihre Erläuterungen zum baulichen und architektonischen Zustand des „Clara-Schumann-Hauses".

Der Autor

Udo Scheu, ehemaliger Leiter der Staatsanwaltschaft Frankfurt und früherer Präsident der Hessischen Landespolizei, entführt die Leser auch in seinem neuen Krimi in die Frankfurter Halb- und Unterwelt. Im Societäts-Verlag sind bereits „Frankfurter Kreuz“, „Kains Tattoo“, „Lupenrein“, „Das jüngste Gericht“ und „Das blaue Licht“ erschienen.

Udo Scheu

Frankfurter Kreuz

Die bizarre Glaubensgemeinschaft einer Frankfurter Freikirche trifft während einer Prozession am Mainufer plötzlich auf einen Toten. Er ist unter einer Brücke aufgebahrt, als sei er ans Kreuz genagelt. Aus seinem geöffneten Mund hängen einige Goldfäden. In seinen Kleidern findet sich ein Kreuzworträtsel, dessen Lösung seinen Vornamen ergibt. Darunter steht eine geheimnisvolle achtstellige Nummer. Sensationsreporter Dennis Hauschild recherchiert an historischen Frankfurter Stätten nach einem Schädeltorso mit Goldanhaftungen und bringt so erstes Licht in das Dunkel.

264 Seiten · Broschur
ISBN 978-3-95542-142-7
12,80 Euro

AUF WWW.SOCIETAETS-VERLAG.DE